女とフィクション

山田登世子
Yamada Toyoko

藤原書店

女とフィクション——目次

I　文学と女たち　9

Ⅱ　フランス美女伝説

87

III　バルザックとその時代　173

女とフィクション

I

文学と女たち

ルノワール「ラ・グルヌイエール」(1869年)

鏡の中の女

女にはいつも鏡が良く似合う。女が《かたち》として現れ出るものであり、鏡がかたちを映すものであってみれば、女と鏡はたがいに分身のような共犯関係を結んでいるのかもしれない。

そう、像である女はいつも鏡の中で生きている。とらえがたく、さまざまに姿を変え、《現れ》と《存在》が一つであるような女は、鏡の中に住んでいる。おそらく女は、いつも鏡の中の女なのだ。亡霊のように立ち現れて、光をゆらめかせ、亡霊のようにはかなく脆く、消えてゆく像。あなたは、鏡の中に映った像をとらえようとして手をのばす。けれど、あなたの手が触れるのは冷たい「表面」だけ。女はその鏡の表面だけに住んでいて、その向こうを探してもまなざしはむなしく空をさまようことだろう。奥行きというものをもたず、「表面」がそのまま「奥底」である鏡は、とらえがたい女のあやうさを際立たせて見せるのである。

鏡の中、女は現れるたびに姿を変える。それでいて、映っているのはいつも同じ女だ。女はいつも自分のうちに幾人かの《私》を住まわせていて、自分自身のうちに複数の《私》を折りたたんでいる。鏡は、女の複数性を明かすこよない装置なのだ。

女の複数性を映しだす鏡——そう言いながら浮かんでくるのは、マルグリット・デュラスである。デュラスの小説や映画には、鏡という装置がよく使われている。たとえば『インディア・ソング』。時が止まったかのようにけだるく果てなく続く舞踏会のシーンは、鏡に面したサロンを唯一の場所にしている。その鏡は、空間を非現実的なもので満たすためにそこにあるかのようだ。声を失って実在感を失った人物たちは、鏡によってさらに現実的な存在感を剥奪され、生と死の間、実在と不在の間、今と永遠の間、さまざまな「間」に宙吊りになっている。

その鏡について、デュラス自身はこう語っている。サロンの鏡は、「現実の存在を疑わしいものにするために」そこにあるのだ、と。鏡の中でまなざしを交わし、鏡の中に幽閉された人物たちは、固有の名も職業も剥奪されて、死者のような無名性を帯びている。そこにいるのは、誰でもない者たちであり、ただ複数である者たちだ。かれらは影として鏡に映っている。存在を無と化し、「無」を立ち現れさせる装置。『インディア・ソング』のなかの鏡はそのような魔術的な効果を生み出している。

鏡のその魔術性は、ヒロインのアンヌ＝マリー・ストレッテルについてさらに著しい。サロンの中央に立つ女は、「自分を望む男のものになり」、かれらの欲望に身をゆだねている。まるで実在に穴を穿たれたかのように、彼女という空無にむかって、すべての欲望が、狂気が、絶望がひきよせられてゆく。心に不治の病をかかえ込んだ彼女の身体は、生きながらすでに死した廃墟であり、さまざまな距離と時間（カルカッタ、フランス、海、陸……）を宿す空無にほかならない。だからこそ彼女には鏡があれほど似つかわしいのだ。「不在」がそのまま強烈な「現前」であること――鏡は、女のこのパラドキシカルな在り様をありありと見せつけるのである。

その『インディア・ソング』の中、海に消えてゆく女は、死の後にもまた立ち現れて姿を見せることだろう。生きながらすでに現身を脱ぎ捨てている彼女は、不死の女であるからだ。「アンヌ＝マリー・ストレッテルは千年生きて来た」とデュラスは言う。デュラスにとって一人の女はいつも千年生きてきた女たちの記憶を宿している。デュラスの女たちは、一人でそのまま千人の女、一人ですべての女であり、言ってみれば誰もがみなアンヌ＝マリー・ストレッテルなのだ。

事実、デュラスの作品の中の女たちはたがいにみなよく似ている。女たちはみなたがいに他を宿らせた分身たちなのだ。『破壊しに、と彼女は言う』の中にも、素晴らしく印象的なシーンがある。そして、そこでもまた、やはり鏡が登場している。

二人の女が鏡の中に映った自分たちの姿にみとれあう。

「なんてあなたはきれいなの」とエリザベートは言う。

「私たち、女なのね」とアリサは言う。「ごらんなさい」

彼女たちは鏡の中で再び見つめあう。それからエリザベートは、顔をアリサの顔に押しあてる。アリサの手はエリザベートの肌に触れている、肩に。
「あたしたちって似てるわ」とアリサはつぶやく……「そう思わない？　背の高さも同じだし」。彼女たちは微笑する。「ええ、そうね」

二人の女、アリサとエリザベートはたがいにたがいの姿をたたみこんでいる。おそらく二人は、一人なのだ。一人の女は、いつも誰か別の女を宿している。女はいつも、別の誰かに似ている。そして、女たちはみな、そのことを知っている。「私たち、女なのね」……。

ひとりの女はもうひとりの女の姿をまなざしに指し向け、そのもうひとりの女はまた別の女を指し向けて……。女とはそうして次々と限りなく立ち現れてくる像なのだ。それぞれ現れ出る像はちがっているけれど、いずれも似ていて、一人の女になってしまう。中身のない不在者である女、かたち《フォルム》でしかない女は、そのような在り方しかとりようがないのだ。そういえば、ソニア・リキエルも語っていた、「女は誰でも、自分のなかに、ほかのすべての女のフォルムを全部もっている」と。

空虚な《現れ》であり、《フォルム》である女は、いつも千の像をもっている。だから女はあれほどとらえがたく、触れたかと思うとすぐに消えてゆくのだ。そう、あなたのまなざしに現れた女はいつも消えてゆく……。どこに？　どこでもないところ、千の女の像をきらめかせる鏡の中に。

（一九九二・一〇）

サロンでは、誰もが《女優》のように――

フェミナンな空間

見られないことは存在しないことにひとしい――この言葉は、フランス文化の特性を見事に言いあてていると言っていいだろう。パリほど「まなざし」の快楽が生きている都市はない。自分の姿を他人《ひと》に見せ、他人の姿を見ては鑑賞する。そうして、「あのひとはエレガントだ」という評判をたてられること。これこそパリに生きる者が享受する特権である。この舞台都市では、誰もが幾分かは《女優》なのだ……。

そして、このような「女優的」感覚を育んだ特権的な空間、それがサロンである。十七世紀から十八世紀にかけ、貴婦人たちが、時の哲学者や政治家、芸術家たちを私邸に招き、華やかな知の饗宴をくりひろげた。その饗宴にあずかる者は、才知と話術にたけていなければならない。ヴォルテールしかり、ダランベールしかり、誰もが打てば響くようなエスプリによってサロンに華をそえた面々である。そして、華というなら、才知に勝るとも劣らないのが美貌と身嗜みだった。レカミエ夫人のように、サロンの女主人の美しさが華の中の華であるのはもちろんだが、そこに集う才子たちもまたお洒落でファッショナブルでなければならない。話術の才能もさることながら、服を着こなし、姿を「見せる」才能も磨かれるところ、それがフランスのサロンなのである。

見事な着こなしで人目をひきつけること——要するにサロンでは《エレガンス》が勝負なのだ。ネクタイの結びかた一つ、チョッキの選びかた一つが命とりになりかねない。このサロンの精神を指してバルザックは語ったものだ。「服のほころびは一つの不祥事であり、染みは一つの悪徳である」と。それほどまでに装いのエレガンスが問われるというのは、サロンという場所が優れてフェミナンな空間であるからだ。ここでは権力や政治力といった「見えない」力は評価されず、「見せかけ」が一大事になるのである。サロンとは《鏡》のある空間であって、他者のまなざしにどう映るかが何より大事なのだ。そこでは誰もが誘惑的な姿を競いあう。あたかも《女》のように——。

サロンというこの社交空間の女性性は、フランス文化のギャラントリー（粋）とひとつのものである。このギャラントリーについて、モーパッサンは雄弁に語っている。

われわれは女が好きだ。熱烈に、また気楽に、才気縦横に、またあるいは慇懃に、どんな風にでも女を愛する。

われわれのギャラントリーというのは、どこの国と比べても比類がない。

過去数世紀にわたって粋な炎を心に伝えられている男たちは、深く、甘く、激しく機敏な愛情で女たちをつつみ、女のことなら、女のものなら、女らしいことなら、そして女のすることなら、何だろうと好きになる。化粧道具でも、小間物でも、装身具でも、女にかかわりのあるものなら何でも好きになる（…）

こうして「女にかかわりのあるものなら何でも好きになる」ということは、男もまた「女にかかわりのある」さまざまなものを身につけて「女のように」なるということであり、女のような誘惑術を知っているということだ。そう、サロンというこのフェミナンな空間では、男もまた「化粧道具」や「小間物」に身をやつし、容姿をめぐって女のように火花を散らしあう。

《優雅》の決闘

バルザックの小説『ペール・ゴリオ』の一節をひらいてみよう。見てくれ一つのことで、どれほど男たちが一喜一憂することか――。地方から出てきたばかりの青年ラスティニャックが、とある貴夫人のサロンを訪問するシーン。そこで彼は、先客マキシムのダンディな装いに圧倒され、我身の身なりのみすぼらしさを痛く思い知らされる。

ラスティニャックはその青年に激しい怒りのわき起こるのを感じた。まず第一に、マキシムの見事にカールさせた美しい金髪が、自分の髪はどんなに醜いかを教えてくれた。それからまたマキシムは上等な、汚れひとつない靴をはいていたのにたいして、自分の靴には、どんなに歩くときに注意したとはいえ、かすかな泥がこびりついている。最後にマキシムは、優雅に胸を締めつけ、美しい女のような身体つきを与えるフロックコートを着ていたのにたいして、ウージェーヌのほうは、昼の二時半というのに黒の燕尾服を着ている。シャラント県出身の才気ある青年は、ほっそりとして背が高く、目が澄み、顔色青白く、親のない娘たちを破産させかねない男のひとりであるこの伊達男を見て、服装の与えている優越性を痛感した。

こうして、「髪のカール」一つがものを言い、優雅な着こなしが力となるところ、それがパリのサロンなのである。どんなに機知あふれる頭脳だろうと「見栄え」が良くなければサロンの寵児になるわけにはゆかないのだ。サロンとはあくまで《鏡》の空間なのである。

モーパッサンの小説『ベラミ』にも、こうした鏡の効果を鮮やかに語りだす場面がある。主人公デュロワはまさに天性の美貌に恵まれたベラミ（美貌の男）だが、社交界を知らない彼は自分の美貌を自覚していない。初めて夜会服を着て、ある裕福な館のサロンを訪れることになった彼は、安物の服で何とか身なりを整えたものの、気後れしながら館の階段を上ってゆく。「と、彼は、突然、真正面に、正装を凝らした一人の紳士を見た。その紳士はじっと彼を見つめていた。しかも、それが眼と鼻の先だったので、デュロワは思わず一歩後へ下がった。そして、呆然とあっけにとられた。彼自身の姿が足まで映る大きな鏡に映っていたのだ。二階の踊り場に、長い廊下を描きだすための鏡だった。彼はつきあげるように喜びに身をふるわせた。自分が、思いもよらず、さっそうとした美男に見えたからだ」。

鏡に映る自分の美貌に「身をふるわせる」喜び――この快楽は実に《女》のようなそれではなかろうか。事実、鏡に映った自分の姿に自信をもったベラミは、鏡の前で「俳優のように」さまざまな仕草をやってみる。ほほ笑んでみたり、握手をしてみたり、「眼の表情」の研究をしてみたり。そうして「ふてぶてしい自信」をつけた彼はさっそうと夜会に臨む。サロンという世界では《美貌》こそまたとない武器なのだ。

バルザックが『人間喜劇』のなかで最高のダンディに語らせる「美貌の哲学」は有名である。「昔日の画家たちが、地上の楽園を描くにあたって蛇にあたえたような極めて誘惑的な容姿」をしたド・マルセーは、「化粧品や化粧道具、その他さまざまな小道具」を召使いに運ばせ、何時間もの時間を身繕いに費やす。「こんなものをみないじったりしたら二時間もかかってしまうぜ」という友人に、「いや二時間半さ」とうそぶく彼は、友人にたたみかけて言う。「サロンに着くと、襟飾りの上に首をしゃんとのばしてあたりを見渡し、柄つき眼鏡を片手にして、どんなに優れた人物だろうと流行おくれのチョッキを着た男がいれば、たちまち馬鹿にする権利をもつということ、これが何でもないことだと君は思うのかい？」」。バルザックがド・マルセーに語らせているとおり、サロンとは、「流行おくれ」がわらいものになるファッショナブルな空間であり、その虚栄の舞台では、だれもが着こなしの《優雅》を競う俳優なのである。

仮装パーティ

こうして男もまた女のようにエレガンスを競うのがサロンであってみれば、女たちがどれほど装いに身をやつし、妍を競いあったか、容易に想像がつこうというものである。何事も最上級で形容するバルザックの表現を借りれば、女にとって、化粧や身じたくは、「コケットリーや恋のアウステルリッツの激戦」なのだ。

それというのも、もともとサロンは有閑階級のものであり、もてあますほどに暇のある上流人士が集うところ、およそ労働からもっとも遠い世界だからだ。実際、貴夫人とは身繕いに思うさま時間をかけることのできる女のことである。十七世紀の貴族的サロンにはじまって、プルースト描くベルエポックの成り上がりサロンに至るまで、働くことをしない女たちは、生活のすべてを「見られること」に費やしている。彼女たちにとって、「見られないこと」は文字通り存在しないことにひとしい。

いずれそろって《女優》である社交界の女たちが、どれほど衣裳の優雅を競いあうか、バルザックは語っている。「女たちは、大胆な戦術をつかって、オペラグラスの襲撃をうけることに熱をあげている。ある女は、例の、中心にダイヤをはめこんだリボンの花結びを真っ先に考案して、夜会のあいだじゅう人びとの視線を独占する。またある女は、ヘヤネットを復活させてみたり、彼女の靴下留めのことを思い出させるために、髪に短剣を突きたてたりする。こちらの女が黒ビロードの袖口のドレスを着れば、あちらは垂れのついた頭巾姿を再現するといったありさまだ」。そうして思い思いに計算を凝らした女たちは、それぞれ視線をひきつけるポーズを工夫する。どの女にもそれぞれ「苦心のポーズや自慢のポーズ」というものがあって、「そのポーズによって、女は、どうしても見とれずにはいないように男をしむける」のである。

こうしてバルザックが描くあまたのサロンの名花のなかでも飛び切りの「名女優」カディニアン公妃の優雅の戦術を見てみよう。パリ社交界のなかでも身繕いにかけては、一、二を争う公妃は、お目当ての作家の心を惹こうと念入りに衣裳を選び、えりぬきの青ビロードのドレスに身をつつんでサロンに臨む。その彼女がとってみせる、得意のポーズ。

彼女は人目をひこうと、デスパール夫人のそばの暖炉のすみで、おくゆかしい自然さで手練のほどを隠し、研究に研究を重ね工夫に工夫を凝らした例のポーズをとって二人椅子に腰をかけるため、早くからやって来ていた。足からはじまって優雅に腰のほうにのぼり、美しい丸みをつくって肩まで続き、こうしてからだ全体にひとの注意をひきつけるあのなだらかな美しい線をひときわ目立たせるのだった。

こうして女たちがポーズを凝らし、科をつくるサロンは、さながら名女優たちが演技を競いあう舞台そのものだが、その競いあいは、サロンとサロンのあいだでも繰り広げられていた。プルーストの『失われた時を求めて』にはこうしたサロン間の確執が克明に綴られているが、ゲルマント公爵夫人を華と仰ぐサロンがフォーブール・サンジェルマンの貴族的サロンなら、芸術家を擁するヴェルデュラン夫人のそれはブルジョワの成り上がりサロンであり、高級娼婦あがりのオデットのサロンはまた別種の人種が集うところ、それぞれのサロンはそれぞれの花を咲かせながら独自の世界をつくりだし、勢力を競いあっている。こうした勢力争いの果て、時の流れと共にゲルマント公爵家のサロンが凋落してゆくさまをプルーストは冷徹な眼で描いているが、圧巻は小説の最終巻『見いだされた時を求めて』のなか、「仮装パーティ」と呼びならわされている場面だろう。

各々のサロンで名望を競いあった登場人物がゲルマント大公妃の午後のサロンで一堂に会するこのシーンでは、「見る」「見られる」ドラマが劇的な展開を見せている。いまやゲルマント大公妃の座を占めているのは成り上がりのヴェルデュラン夫人であり、時代の流れとともに新興勢力のブルジョワジーが勝ちを占めたのだ。貴族の黄昏であるベルエポック、時の腐食作用は容赦なく勢力の地図をぬりかえているが、それ以上に歳月の力は、サロンに集う社交人士の面立ちを変貌させている。

その人びとの面変わりを、プルーストはまぎれもなく《舞台》のレトリックで語っている。語り手は、老いによる人びとの変貌ぶりを、「名優が本人とまるでちがった役に扮して舞台に現れた」ときの感銘にたとえ、その老いぼれようを「変装」と言い、あるいは「見事なメーキャップ」と言う。ある貴婦人はその「厚化粧」によって、また別の紳士はその素顔によって、それぞれが舞台の俳優であることをゆくりなく明かしている。その仮装パーティのなか、昔日の美貌を保っているのは娼婦オデットただひとり、さながら彼女は「防腐処置をほどこされた薔薇のように」枯れることのない「造花」の美を咲かせている。

こうして語り手がひとりひとりの「仮装」ぶりを見てゆくこのパーティの光景は、実にサロンというものの本質を描きだしている。老いという仮面をとおして見えてくるもの、それは、これらの紳士淑女たちのこれまでの《名優》ぶりであり、サロンという空間がすみからすみまで舞台空間であるということだ。誰もがそこでは演技を問われ、ポーズを問われ、着こなしの妙が問われる演劇空間。そこでは、誰もがそれぞれに「見る」「見られる」ドラマを生きる……。

プルーストの小説が見事に明かしているように、有閑階級が黄昏を迎えた二十世紀、このようなサロンはもはやセピアの記憶のなかにしか存在しない。けれども、俳優のように「見られる」快楽を享受する文化の記憶は、パリという都市空間に今も濃密に生き続けている。ここでは行きかう誰もが他人のまなざしに映る《女優》なのだ。だからこそパリという都市は永遠にモードの都なのだろう。

＊ 引用文の邦訳は基本的に次によった。モーパッサン『水の上』青柳瑞穂訳、同『ベラミ』田辺貞之助訳、バルザック『ゴリオ爺さん』平岡篤頼訳、同『金色の眼の娘』高山鉄男訳、同『従妹ベット』佐藤朔訳、同『カディニアン公妃の秘密』朝倉季雄訳。〔編注 『ゴリオ爺さん』は『バルザック「人間喜劇」セレクション』に合わせ、文中では『ペール・ゴリオ』と表記した。〕

（一九九五・一〇）

モーパッサンの描く女たち

風俗小説の時代

モーパッサンはたいへんな流行作家だった。十年あまりの短い作家生活の間に書いた小説は数えきれないほど。恋愛小説から心理的サスペンスまで、短編小説の名手だったモーパッサンは週刊誌などの大衆メディアに次々と作品を発表した。

そうしてモーパッサンが活躍した十九世紀末は、人びとの日常生活を生き生きと描いた「風俗小説」の全盛期でもあった。何度も映画化されて有名なゾラの『ナナ』などその典型だろう。貧しく生まれたナナは美貌を売りものにして女優になり、次々と男たちを征服してパリ社交界の女王になりあがる。いわば『ナナ』は娼婦をヒロインにした「女の一生」だと言ってもいいだろう。

実際、世紀末パリは世界一の「歓楽の都市」であり、高級娼婦が栄えた時代でもあった。モーパッサンのデビュー作『脂肪の塊』も娼婦を描いた中編である。「脂肪の塊」とは人の善い娼婦につけられたあだ名なのだ。生涯独身でとおし、流行作家として幾多の女性と浮名を流したモーパッサンは名うての「遊び人」であり、粋すじの女たちの生態をよく知っていた。セーヌ河畔の遊び場にたむろする娼婦を描いた『蠅』や、地方の娼婦をテーマにした『テリエ館』など、数多くの娼婦を描いている。

「不倫」のヒロインたち

もちろん、小説のヒロインは娼婦ばかりではない。娼婦とならんで世紀末文学をにぎわしたテーマは「不倫」だった。禁断の恋に身を焦がし、終には毒をあおいで命を断つ人妻をヒロインにしたフローベールの『ボヴァリー夫人』も映画化されて名高いが、モーパッサンはそのフローベールの愛弟子にあたっている。

『ボヴァリー夫人』もまた実際に起こった事件をもとにした、風俗小説の古典である。ロマネスクな恋愛にあこがれていたのに、いざ結婚してみると平凡で退屈な日常が繰り返されるだけ――そんな結婚生活に満たされず、「何も起こらない日々」に幻滅して道ならぬ恋に堕ちてゆく女たちは、確実にその数をふやしていた。ヒロインについて、フローベールは言ったものだ。「今もまた、フランスの田舎町で、幾多のボヴァリー夫人が泣いている」と。いまだ離婚が合法化されていなかった当時、満たされぬ日常のなかで「どこにもない恋」を夢見る「不倫シンドローム」は中産階級の人妻を襲った一種の流行病であり、彼女たちは貪るように小説というメディアを読み耽った。

フローベールの弟子であるモーパッサンの人気を支えたのもこうした女たちである。事実、モーパッサンは夢見る女ごころを描く天才だった。数々の短編に、愚かしくもせつない女の心があざやかに描かれている。

たとえば『ピクニック』と題された短編。ある日曜日、一家でセーヌ河畔のピクニックに出かけた娘は、むせかえる草の匂いや小鳥のさえずりに我を忘れ、濡れた草の上でゆきずりの恋に身をまかせる。夢かと思う甘い時……。それっきり、日常生活にもどり、親の決めた平凡な結婚をした女は、夜毎あのセーヌの水辺の蜜の時を思い出す——。

女ごころ

モーパッサンはこうして、どんな女の胸にもある甘い夢を描き、はかなく愚かしい欲望を描く名手だった。それというのも、娼婦から人妻まで、モーパッサンは心底女が好きだったからである。紀行文『水の上』ではフランス男のギャラントリー（色好み）をこう語っている。「われわれは女が好きだ。われわれは熱烈に、また気ままに、どんな風にでも女を愛する。（…）過去半世紀にわたる伊達《だて》な炎を心に伝えられている男は、深刻で優雅な、激烈で機敏な感情で女たちをつつみ、女のことなら、女のものなら、女らしいことなら、そして、女のすることなら、どんなことでも好む」。

こうして終生女を愛した作家なればこそ、女の心を女以上に深く描き出せるのだろう。長編『女の一生』は、そんなモーパッサンの力量がいかんなく発揮された傑作である。わたしたちは、読みながら、そこに女の「弱さ」をありありと感じとる。

そう、弱さ。『女の一生』のヒロインのジャンヌは弱い女なのだ。その弱さが痛いほど胸にしみる。ヒロインのその弱さを何かにたとえれば、まちがいなくそれは「水の弱さ」にちがいない。ボヴァリー夫人が激しく燃える炎を求めてやまない「火の女」だとすれば、対照的にジャンヌは「水の女」なのである。何があってもあらがうことを知らず、水のように運命に流されてゆく彼女は、水の哀しみのすべてをたたえている。

哀しみの水

実際、『女の一生』は隅から隅まで水の物語だ。まず作品の舞台がそう。ノルマンディーは、モーパッサンの生地。フランス北部にあって、霧と雨の多い地方である。小説は冒頭から叩きつける豪雨の描写で始まる。天が裂けて泣くかのようなその雨はヒロインの運命の象徴なのだ。

こうしてモーパッサンは、太陽のうるみがちな土地の季節の移ろいを描きながら、その風景にヒロインの哀感を重ねてゆく。「するともう何もすることはないのだ。今日も、明日も、また永久に。彼女はそうしたすべてを漫然と感じて、何かしら幻滅を、自分の夢のくずれるのをおぼえた」――

深窓の「夢見る少女」のままに妻となったジャンヌは、次々と自分の夢に裏切られ、不幸な運命のままに流されてゆく。

けれども、この「水の女」は火のような怒りや憎しみを決して知らない。彼女にできるのはただ涙を流すこと、そして大きな水の流れに身をゆだねることだけだ。この水の弱さと優しさこそ、『女の一生』の最大の魅力なのである。

闘うことに倦み疲れた世紀末の魂は、癒しの水に渇く。ひたひたとやわらかく心を濡らすこの名作は、今こそ再読される時をむかえたのだと思う。


（二〇〇〇・一〇）

水のメランコリー――モーパッサン『女の一生』

ジャン・ルノワール監督の映画『ピクニック』（一九三六年、フランス映画）のラストシーン、なみなみと水をたたえて流れゆくセーヌ河に雨が降りしきる。はや人影もなく、画面はただ「水」一色。すべてを運んでゆく水の流れが圧倒的な量感で見る者に迫ってくる。『ピクニック』の原作はモーパッサン（一八八一年発表）。ただしこのラストシーンは原作にはない。画面いっぱいに水が横溢《おういつ》するシーンをあえてもってきたルノワールは、この作家の世界を見事に表現してみせたのである。幾多のフランス作家のなかでも、モーパッサンほど「水の想像力」に恵まれた作家はいない。

水の娘

そう、モーパッサンの世界は水の世界である。数多くの短編のなかでも、『水の上』（一八八八年）をはじめ、ひたひたと水をたたえた作品がどれほどあることだろう。それらのなかでも最も水の想像力が際立った作品はといえば、何といっても代表作『女の一生』である。この小説は全編が「水」

の文体をもって書かれている。水という「もっとも女性的な物質」をもってしてモーパッサンは「女」を描きだしたのだ。物語の舞台はノルマンディー。フランス北部、曇りがちな空が広がるノルマンディー地方は湿潤でひときわ驟雨《しゅうう》が多い土地だが、小説は、冒頭からいきなり叩《たた》きつけるような雨で始まる。

荷づくりをおえると、ジャンヌは窓辺に寄った。だが雨はまだやんでいなかった。
大雨は、夜通し、窓ガラスと屋根に物凄《すご》い音を立てて降っていた。低くたれこめて水気を一杯に含んだ空が、まるで裂けでもして、地面にすっかり水をあけ、土を牛乳粥《がゆ》のようにどろどろにし、砂糖のように溶かすのではないかと思われた。突風が重苦しい熱気を含んで時々吹きすぎていった。
（『女の一生』新庄嘉章訳、新潮文庫）

天が裂けでもしたかのように激しく降りしきる雨――冒頭のこの雨はヒロインの人生に落ちかかる非情な「水」を告知する予言の雨だ。主人公ジャンヌはきのう修道院をでたばかり、幸福に胸をはずませて恋を夢見ている。その娘の上に、いきなり豪雨が叩きつけるのだ。あたかも、涙の重さにたえかねた空が泣くかのように。

メランコリー

実際、ジャンヌの人生は悲しみの水に溺れんばかりである。両親にしたがって結婚した相手は好色な男だった。新婚早々から女中に手をだし、そればかりか、友人の妻を愛人にして幾度も裏切りを重ねてゆく。うら若いジャンヌが抱いていた甘い夢は、一つまた一つと褪《あ》せてゆく。「するともう何もすることはないのだ。今日も、明日も、また永久に。彼女はそうしたすべてを漠然と感じて、何かしら幻滅を、自分の夢のくずれるのをおぼえた」――ジャンヌの心の悲しみは、雨もよいの秋のノルマンディー風景と一つに重なりあう。「今はもうどれも大きな金貨のようにすっかり黄色くなったこれら最後の葉は、一日中、絶えまなく、枝から離れては、くるくる舞いそして、地に落ちていた。ちょうど、こやみなく降っては、泣きだしたくなるほどにうら悲しい雨のように」

ジャンヌの心を湿らせ、風景に滲んでいるもの、それは「メランコリー（憂鬱）」である。水はメランコリーの物質。ひたすら弱く、受け身的で、落ちかかる運命に抗《あらが》うことを知らない……。ジャンヌは、ただひたすら運命に流されてゆく。何が起きても「事を打開する」という発想をもてない彼女は、見事なまでに「水の娘」そのものだ。水の娘は、悲しみの水に溺れながら、ただ泣くことだけしか知らない。

アンチ・ボヴァリー

水は弱い。モーパッサンはまさにこの水の「弱さ」をとおして師フローベールの傑作『ボヴァリー夫人』(一八五七年)に対抗し、ひとりのアンチ・ボヴァリーを描きあげた。

実際、ジャンヌと、『ボヴァリー夫人』の主人公エンマは両極に位置している。同じように世間知らずの甘い夢に酔いながら、いざ現実に直面した時の二人の態度は鮮やかなコントラスト(対比)をなしている。エンマの方はしゃにむに自分の夢を追ってやまない。彼女を動かしているのは「怒り」の力だ。エンマは現実の生ぬるさを決して我慢しようとしない。エンマの怒りは「火」のように熱く、強い。終には彼女自身を焼き滅ぼすほどに……。

ところが、ジャンヌは「怒り」を知らない。メランコリーは徹底的に受動的なのである。それは、ひたすら弱く、力なく、悲しみの河を漂うばかり。ジャンヌのその無力さは、エンマの無謀さと同じほどのリアリティー(現実感)をもって読者のこころにしみいってくる。

しかも、ジャンヌのその弱さは貴族の「弱さ」でもある。象徴的な水の文体をあやつるモーパッサンは、だからといってリアリストであることを決してやめはしないのだ。ジャンヌが無力な「生活無能力者」であるのは生粋《きっすい》の貴族の娘だからであって、彼女の両親が根っから善良で打算を知らないのも理由は同じである。

かたやジャンヌの夫は育ちの悪いブルジョワだ。暖炉のまきを倹約したり、従僕の仕着せを倹約したり、けちくさい金の計算に明け暮れている。そのコントラストを見事に描きだしたこの小説は、世紀末の貴族の落日を描く「斜陽」小説でもある。ジャンヌの両親もまた、時代の流れに抗うすべを知らず、無能のまま波に流されて没落してゆく――。

哀しみの水

こうして水のメランコリーにうるんだ小説の中、ただ一度だけ、モーパッサンがヒロインを走らせるシーンがある。夫の裏切りを初めて知った夜の場面だ。あまりのショックに我を失い、断崖にむかって走ってゆく白い姿は、一度読むと脳裏に焼きついて離れない。

……彼女は走りに走った。大地と同じように真っ白な姿で。

彼女は大きな道を走りつづけ、灌木林を突っきり、溝を飛び越え、荒野を横切った。月はなかった。星が黒い夜空に、火の粉をまきちらしたようにきらめいていた。だが、野原は明るかった。おぼろげなほの白さがただよい、野面は不動の姿に凍り、あたりはしんとしずまりかえっていた。

ジャンヌは息もつかず、何も分からず、何も考えず、ただひた走りに走った。と突然、断崖のふちに出た。ジャンヌは本能的に、はっと立ちどまった。そしてそこにうずくまった。あらゆる思考、あらゆる意志は彼女のからだからぬけでていた。
眼の前の暗い穴の中で、眼に見えぬ海が、波の息をひそめて、潮のひいた浜にうちあげられた磯くさい匂いを発散していた。

そこ、眼前の暗い水に身を投げて海の藻屑と化すこと——水の娘にこれほどふさわしい死はないだろう。復讐することを知らない無力な魂に唯一可能な行動は我とわが身を水に投げることだから。けれども、断崖まで一気に走ったジャンヌは、暗い海を見ながら気を失ってゆく。エンマがみずから毒をあおぐのと対照的に、ジャンヌは死ぬにはあまりに弱いのである。この意味でも彼女はアンチ・ボヴァリーなのだ。めらめらと我が身を焼く「火」の強さをもたない、「水」のめめしさ。その弱さと哀しさ。

『女の一生』は、哀しみの水を描いて比類ない傑作である。

（二〇〇〇・九）

ブージヴァル――癒しと性のファンタスム

オペラ『椿姫』はとにかく人気が高い。同じくらいポピュラーなものに印象派の絵画があるが、さてその二つに共通する場所は？――と聞くと、すぐに答えが浮かぶ人は意外に少ないのではないだろうか。

答えは、セーヌの水辺。

というと、印象派の方はすぐに納得していただけるだろう。印象派は水の絵画としてつとに名高いからだ。ところが椿姫とセーヌ河畔が直ちに結びつく人はまずいない。

けれども『椿姫』はまちがいなく水辺の物語でもある。この作品を当時の文化史的コンテキストの中に位置づけてみると、一つの特権的な場所が浮かびあがってくる。その場所はブージヴァル。水と緑あふれる夢の「癒し」のトポスである。

と、ここまで説明すれば、オペラの第二幕、ヴィオレッタとアルフレッドが歓楽のパリの喧噪を逃れて二人きりの蜜月を過ごすシーンが思い浮かんでくるのではないだろうか。そう、あの第二幕の舞台は、当時のパリに流行した水辺のリゾート地ブージヴァルなのだ。

デュマ・フィスの原作を見てみよう。陽光に恵まれた初夏のある日、マルグリットは「今日は田舎に連れて行って」とアルマンにせがむ。女友達プリュダンスにたずねると、「ほんとの田舎へ行きたいの？　だったら、ブージヴァルに行きましょうよ」と、三人で訪れるのがこの田舎。その河辺の光景をアルマンはこう回顧している。

普通の家の二階ほどの高さがある庭からは、素晴らしい景色が見渡されました。左手はマルリーの水路橋が地平線をさえぎり、右手には丘陵地帯がどこまでもつづいていました。このあたりではほとんど流れのない河は、カビヨン平野とクロワシー島とのあいだを、波模様のある白い幅広リボンのように流れ、島は背の高いポプラのそよぎと柳のざわめきによって、絶えず揺すぶられていました。

（新庄嘉章訳）

心洗う河畔に魅せられた恋人たちは、やがてパリを逃れてここに家を借り、しばしの蜜月を過ごすことになるのだが、デュマが描きだした風景は正確に印象派のそれと重なりあう。セーヌは、パリを出て郊外までくると、ゆったりと幅を広げた美しい河となり、なだらかな丘のあいだを「白い幅広リボンのように」流れてゆく。モネやルノワールの風景画はまさにこの郊外風景を描いたのである。

こうしたセーヌ沿いのパリ郊外の中でも最も名高いのはモネが住んだアルジャントゥイユだろう。『椿姫』が書かれた十九世紀は「鉄道の世紀」、アルジャントゥイユはパリのサン・ラザール駅から鉄道で二〇分ほどの距離。そこからさらに幾駅か行くと、シャトゥがあり、さらにブージヴァルがある。そういえば駅もまた印象派の好んで描いたスポットだった。駅といい、セーヌの船遊びといい、かれらは当時のパリの恋人たちのデート・コースを描いたのである。

そういえばルノワールの「シャトゥの船遊び」や「ラ・グルヌイエール」を思い浮かべてもわかるとおり、絵の中の「行楽するパリジャン」は、男も女も最新流行のファッショナブルな装いに身を凝らしている。十九世紀半ば、レジャーの世紀の到来とともに、着飾って水辺の散策を楽しむ都会人のアウトドア志向が広まったのだ。デュマの小説はこうした時代のトレンドを先取りした風俗小説なのである。そういえばオペラ第二幕でヴィオレッタの着る白いドレスはいかにも野にふさわしいリゾート・ウェア。ブージヴァルは都市の歓楽に疲れて胸を病んだ女の「癒し」の場所なのだ。

けれども、その憩いの水辺は、都会の男女が群れ集うトレンディ・スポットが常にそうであるように、素性あやしき女たちが集まる場所でもあった。対岸に中洲のクロワシー島を臨むラ・グルヌイエールはブージヴァル随一の盛り場、水着姿の女たちが集うので有名な水浴場は、夜ともなればフレンチ・カンカンの熱気でむせかえるよう。

つまりこのセーヌ河畔は性を売る女たちの特権的空間であり、娼婦たちの「流す」場所でもあったのだ。印象派の「水の風景」は同時に「性の風景」なのである。

いや、印象派以上に、椿姫こそは、浮名高いパリの高級娼婦。水の系譜は娼婦の系譜とクロスしながら、十九世紀パリの性と癒しのトポロジーを描きだしてゆく。ちょうど日本の湘南海岸を思いうかべれば、二つの系譜がクロスするさまがうかがわれようか。

緑であれ水辺であれ、風景が消費される場所は同時に性の消費されるところ、癒しが生まれる場所は性のファンタスムがまつわりつく場所なのである。『椿姫』は時代に先駆けてこの二つのファンタスムを描きだしたのだ。その物語が今も心に響くのは、わたしたちがまだその夢の名残りを生きているからなのだろう。

（二〇〇三・八）

勝ち誇る娼婦たち

フランス語で「彼女」のことをナナ（Nana）と言う。ゾラの小説『ナナ』（一八八〇年）からきた言葉である。

娼婦ナナは、次から次へと男を虜《とりこ》にしては財産を食いつぶしてゆく妖婦だ。そのナナには、現実にモデルがいた。といっても特殊な例ではなく、当時、フランスにはナナのような娼婦がたくさん存在していた。社会派作家ゾラは、妖婦を描くというより、そんな娼婦をうみだしたパリという都市を描いたのである。

娼婦小説の系譜

こうした娼婦小説の系譜の始まりは、オペラなどでよく知られた『椿姫』（一八四八年）だ。作者はアレクサンドル・デュマ（フィス）。椿をこよなく愛し、いつも身に飾って「椿姫」と呼ばれた美女マルグリットは、憂いをたたえた美貌で崇拝者が後をたたなかったが、肺結核に冒されていたこともあって、いっかな淪落《りんらく》の生活を改めようとしなかった。そこへ現れた純真な青年アルマンは、この浮かれ女《め》にひたむきな愛を捧げる。

やがて二人は愛しあうが、アルマンの両親に別れを迫られたマルグリットは、青年を愛しながらあえて他の男の囲い者になる。こうして可憐な娼婦は純愛を胸に秘めながら、花の若さで死におもむく――。美しい娼婦のせつない愛は読者を泣かせ、デュマはこの一作でフランス文学史上に名を残した。

その椿姫にも、実在のモデルがいた。デュマといい、ゾラといい、パリにはそれほど綺羅《きら》を飾った娼婦がいたということである。

一八五〇年から七〇年にかけ、第二帝政と呼ばれた十九世紀後半のパリは、豊かな消費都市にむかいつつあった。ナポレオン三世の奢侈《しゃし》奨励政策にのってパリは浮かれ騒ぎ、ヨーロッパの歓楽の首都となってゆく。「いざや、楽しめ！」。それが、時代の合言葉であった。オフェンバックのオペレッタとともに、モンマルトルに歓楽の灯がともり、フレンチ・カンカンが誕生したのがこの時代である。

ナナたちはこうした歓楽の都に欠かせない遊び女《め》であったが、彼女たちは、ドゥミ＝モンデーヌという特殊な名で呼ばれていた。この呼び名も、実はデュマの戯曲『半社交界（ドゥミ＝モンド）』（一八五五年）からきている。

ドゥミ＝モンドは直訳すれば「半社交界」だが、むしろ花柳界《かりゅうかい》といった方がわかりやすいだろうか。いわゆる「くろうと」の女ドゥミ＝モンデーヌとそのパトロンがつくる裏社交界のことである。

裏社交界の勲章

裏社交界は表の社交界よりいっそう派手で華やかだった。きらびやかなドレスがドゥミ＝モンデーヌの身を飾り、高価なダイヤモンドや大粒の真珠が惜しげなく白い胸を飾る。オートクチュールの創始者ワースがオペラ座近くにメゾン（店）を開いたのがちょうどこの時代だ。ワースの一番の顧客は皇后ウージェニーだったが、皇后とならんでワースの顧客になったのがドゥミ＝モンデーヌだった。娼婦たちは表社交界に対抗しながら、これみよがしな奢侈を見せつけたのである。

そういえば『椿姫』にも、マルグリットが「私は金のかかる女よ」と言う場面がある。いったいどれくらいかかったのだろうか——バルザックの『娼婦の栄光と悲惨』（一八三八～四七年）のヒロインの高級娼婦エステルは、パリ随一の銀行家の囲われ者だが、その豪奢《ごうしゃ》のほどは半端ではない。化粧代だけで一万フラン（現在の日本円で約一千万円）、真珠の首飾りが三万フラン（同三千万円）、屋敷も劣らず贅を凝らし、階段に飾るバラの代金だけでも月に三千フラン（同三百万円）にのぼったと描かれている。椿姫の椿とて東洋から運ばれてきた花であり、安くはなかったはずだ。そうして男を食いつぶすのが、いわば彼女らドゥミ＝モンデーヌの「女の勲章」でもあったのである。

豊満な肉体で観客を酔わせる

ゾラの『ナナ』は、そんな高級娼婦の奢りを生々しく描いている。作品の時代設定はまさに第二帝政。貧しく生まれたナナはふとしたきっかけでヴァリエテ座の役をもらう。その舞台が、世間へのデビューとなった。演技力によってではなく、その豊満な肉体によって、ナナは観客を酔わせたのである。

戦慄が観客席をゆすぶった。ナナは裸だったのだ。自分の肉体の全能を確信し、不敵な落着きをたたえて、ナナは裸だったのだ。身を包むものとては、一枚の薄絹ばかり。丸みのある肩、槍のようにピンととがったバラ色の突起のある豊かな乳房、肉感的にゆれ動く大きな腰、脂ののったブロンドの太腿など、ナナの全身は、水泡のように白い薄布から、透けて見えたり、あらわに現れていたりした。身を覆うものとてはただ髪の毛しかもたぬ、波間から生まれ出るヴィーナスであった。

（『ナナ』川口篤・古賀照一訳、新潮文庫）

一躍ヴァリエテ座の花形女優となったナナは伯爵に囲われて豪華な屋敷に住み、贅沢三昧の暮らしを送る。つまりドゥミ＝モンデーヌになったのである。

こうしてナナはあっという間に売り出して裏社交界に名をはせ、金のあるままに湯水のように浪費し、美貌を鼻にかけて人もなげにふるまった。そして、またたく間に最高級の女たちのあいだに君臨した。彼女の写真はショー・ウィンドーに飾られ、その名は新聞に書きたてられた。ブールヴァールを馬車で通ると、群衆はふりかえって、女王様に敬意を表するような感動をこめて彼女の名を口にした。　（前掲書）

ドゥミ＝モンデーヌがどれほど世間の人気を集めたか、ありありと伝わってくる。いってみれば彼女たちは裏パリのファースト・レディーだったのだ。

実際、ナナのような高級娼婦たちは、表社交界の貴婦人たちと妍《けん》を競いあった。ベルエポックのパリの社交場は、娼婦と貴婦人がきらびやかな衣装の綺羅を競うモードの舞台でもある。ブールヴァールのオペラ座もそうだったが、特に名高かったのは、ブーローニュの森の散歩道だった。

娼婦と貴婦人

「森《ボワ》にゆく」というのは、「見る」「見られる」モードのドラマを繰り広げることであり、美々しいドレスがよく見えるよう無蓋《むがい》の馬車に乗った女たちは、「ほら、誰それ夫人が通る」と自分の名が人びとの口の端にのぼるのを得意に思いながら、それとなくライバルの婦人たちの観察も怠らない。

『ナナ』にもこのブーローニュの森が登場する。森《ボワ》のなかでもいちばん華やかなロンシャン競馬場で、娼婦と貴婦人がどんなに火花を散らしあい、美貌と奢侈と浮名の力で娼婦がどれほど勝ち誇っていたことか。

　それは、パリの人びとの鷹揚《おうよう》な微笑と華やかな奢侈のさなかで繰り広げられる名だたる娼婦たちのおおっぴらな客引きであった。（…）公爵夫人たちはたがいに目顔でナナを示しあい、成金の婦人たちは競ってナナの帽子を真似た。（前掲書）

まさにそこはトレンディーな性とモードの舞台。そのスキャンダラスな噂は、モード雑誌や新聞、さらに小説というメディアにのって地方にまで及び、幾多のエンマ・ボヴァリーたちの憧れをそそりたてた。文豪プルーストは、このブーローニュの森を「女の庭園」と呼んで愛し、そこに通う女たちを「美しい獣」と形容したものだ。

世紀末ヨーロッパの歓楽の首都パリは、数々の「美しい獣」の群れであやしいエロスの火花を散らしたのである。

（二〇〇〇・二）

少女伝説のゆくえ

少女崇拝の起こりは絵画である。十九世紀半ば、イギリスに興ったラファエル前派は、女性の美をキャンヴァスに描いた。中世風の衣装をまとい、つややかな布の光沢からドレープまで細密なタッチを使ったかれらの作品は、いずれも麗しの「ヒロイン」を描いている。ラファエル前派は好んで文学を主題にとりあげたのである。ジョン・エヴァレット・ミレーやアーサー・ヒューズの『オフェーリア』から、グリムショーの『シャーロットの乙女』、バーン゠ジョーンズの『眠り姫』まで、幾多の名作のヒロインがならんでいる。ラファエル前派はジャンルの混交をめざし、現代風に言えばメディア・ミックスの新風をまきおこしたのである。おかげで文学のヒロインはヴィジュアルな姿をとって読者のあいだに広まった。

オフェーリア

そうして絵になった女性像のなかでも、ひときわ鮮やかに世紀末の美意識をあらわしているのは、ハムレットの恋人オフェーリアだろう。かよわい身を横たえて水にただよう乙女の姿は見る者をメランコリックな想いに誘う。可憐なオフェーリアは蕾《つぼみ》のまま、はかなく散ってゆく……。ラファエル前派は「はかない」乙女に愛をそそいだのである。オフェーリアとともに「少女伝説」が始まる。

それにしてもオフェーリアは純白の乙女というにはあまりにも青ざめている。それというのも、薄命の乙女のイメージは、実は肺結核に由来しているからだ。ラファエル前派のモデルであり女神《ミューズ》であったエリザベス・シッダルは胸を病み、花の若さで死んだ。胸を病む女は、力なく、微熱に瞳をうるませて死の床に横たわる。はかなく憂《うれ》わしげなその姿は神話化され、熱い憧憬の対象となった。

こうして薄命の乙女が人気を集めたのは、ヴィクトリア朝の性道徳がきわめて厳格で、性をタブー視したからでもある。肺結核は、「肉体を霊化する」と言われ、生々しい肉体を感じさせずに、スピリチュアルな美をたたえて理想化された。

アーサー・ヒューズの『オフェーリア』は、こうした天使的エロスをよく伝えている。野の花を手に、蒼ざめた少女は、とてもこの世のものとは思えない。背後の夢幻的な光もミステリアスな異界の雰囲気をいっそう際だたせている。想いに沈む少女の眼はうつろ、現実の何をも見ていない。要するにオフェーリアとは「夢見る少女」の祖型なのである。

月姫たち

そう、少女たちのつぶらな瞳は決して現実を見ようとしない。その眼はいつもあらぬ虚空をあおいでいる。オフェーリアを運ぶ水は彼女を理性の外へと運んでゆくのだ。スピリチュアルな乙女は現実の岸辺を離れ、ゆらゆらと夢の世界を浮遊する。こうして夢世界を漂う少女には、太陽でなく、月がよく似あう。青ざめた乙女たちは月の種族なのだ——そう語るのはフランスの作家、モーパッサンの『水の上』(一八八八年)である。モーパッサンとともに少女伝説は海峡をわたってゆく。

水の上、夜の海に浮かぶ月は、狂おしくひとの心をかき乱す。「こうして下界のわれわれの心をかくも狂おしくかき乱すこの月は、いったいどんな魅惑を秘めているのだろう? 黄色い顔をして、悲しい死者の光を放ちながら天をさまよう、この老いた死せる遊星は?」

白い光を放ちながら天をただよう月は、いわばもうひとりのオフェーリア、さびしい処女なのだ。その白い光は、いわれなくひとの理性をかき乱す。「日光の下では心正しく愛する人も、月の夜は我を忘れて恋い狂う」——身をなげるほどに恋い狂うオフェーリアは、いかにも月の乙女らしい。

けれども、はかないオフェーリアの狂気はどこまでも「穏やか」である。月の光はあくまで穏やかに、知らぬまに理性の淵を越えさせる。『水の上』はこう続く。「いつだったか、若くきれいな女から聞いたことがある。月の光を浴びるのは太陽の光を浴びるより千倍も危険だ、と。美しい夜に散歩したりすると、知らぬまに感染してもう二度となおらない。狂ってしまう。(…)だけどそれは、穏やかで、一生続く独特の狂気。もう何も考えなくなってしまうの」。

はかない乙女は、この「穏やかな狂気」にそまった「月姫」なのである。月姫たちは、しめやかに現実をぬけだして、おぼろな天に昇ってゆく。

夢見る瞳

月姫の伝説は、遠い海を越えて、日本でも語り継がれてゆく。

メランコリックな憂い顔の乙女と言えば、誰しも思いうかべるのは竹久夢二の絵だろう。みずから結核患者であった夢二は、恋人も胸の病で亡くした。その恋人の面影を彼は美しい絵にしてゆく。やるせなく瞳をうるませた「はかない乙女」は日本でも一世を風靡した。

その大正ロマンの系譜を継いだのは中原淳一。昭和十年代に雑誌『少女の友』の表紙を飾った中原淳一の絵はまちがいなくオフェーリアの系譜に連なっている。現実からはるか遠く、長いまつげに星を浮かべた、ロマンティックな瞳の少女――この「夢見る瞳」のゆきつくところ、言うまでもなくそれは少女漫画の世界だろう。漫画のなかの少女たちは、キララな瞳に星を浮かべ、まさに「霞を食べて」生きているかのよう。少女漫画の永遠の定番ともいうべきキララな瞳はオフェーリアの系譜を継いでいるのである。

たとえば川原由美子の『観用少女《プランツ・ドール》』（一九九五〜九七年）もその典型だろう。観用の対象になって愛される少女たちは、うつろな瞳といいメランコリックな色調といい、オフェーリアに生き写しではないだろうか。しかも似ているのはそればかりではない。観用少女の「人形性」も、ヴィクトリア朝の女性像とぴったり一致している。運命にあらがわず流されてゆく乙女はまさに人形のような温室育ちだからだ。絹のシーツにくるまれて、「いちばんの栄養は愛情」という観用少女は、男性の庇護がなければ生きていけない「かよわい女」の理想を絵にしているのである。

甘い眠り

よく言われているように、吉本ばななの小説も少女漫画の感性に培われている。ということはつまり、ばななの小説もまたオフェーリアの系譜を継いでいるということだ。事実、ばななの小説のヒロインたちはいかにも「うるんだ」瞳をして、あらぬ風景に見とれている。誰ひとり、現実を直視する少女などいはしない。彼女の小説世界は、タイトルだけ並べてみても、見事なまでに「水」をふくんでうるんでいる。『うたかた』（一九八八年）、『ムーンライト・シャドウ』（同）、『満月』（同）、『白河夜船』（八九年）――ご覧の通り、水にうるむマインドは月を呼びよせ、その白い光にそまっている。要するに、ばななも月姫たちのひとりなのだ。

たとえば『メランコリー』（一九九四年）を開いてみよう。ヒロインは、夕暮れの空にかかる「黄色い半月に気を取られて」足を踏み外し、以来、正常な記憶を失ってしまう。この黄色い半月は、『水の上』が語っていたあの月、ひとの心をかき乱す魔の月だ。

その月に感応するマインドは、現実界を外にして、「穏やかな狂気」の世界をただよってゆく。キラキラとかわいい、つぶらな瞳をして……。

かわいい少女たちは、ただゆらゆらと流れをただようばかり――オフェーリアは永遠に「幼い」乙女なのだ。ただようものは、いつも同じ波動をくりかえして成熟をしらない。水に浮遊するマインドはいつまでも「甘い」のである。甘い水にまどろむ少女たちはいっかな夢遊から覚める気配もない。

――この少女伝説を、新世紀はどんなメディアが語り継いでゆくのだろう。それとも、夢見る少女たちの物語は、時の流れのなか、なつかしいセピアの色に染まってゆくのだろうか。

（二〇〇〇・二）

世紀末夢遊

世紀末にはいつも不思議な植物《プランツ》が咲く。《少女》という名の植物が。

この花の命は束の間。エフェメラの時に咲いて、はかなく死んでゆく。そう、少女は「育って」はならないのだ。美しいものはいつも薄命。エフェメラの命だからこそ少女は愛をさそう。壊れそうにもろいから、おしみなく絹のシーツにくるんであげなければ――。

はかない少女たちを描く川原由美子『観用少女《プランツ・ドール》』の頁をめくると、わたしの想いはタイムトリップして、百年前の世紀末に運ばれてゆく。「少女愛」の世紀末、ヴィクトリア朝のはるかな昔に。

虚弱な少女が人形のように愛された《少女崇拝》の時代があったのだ。たとえば、あのオフェーリア。ハムレットに恋を拒まれたオフェーリアは、無垢な処女のままに死んでゆく。蒼ざめて白より白く、憂いをたたえた少女は、花を手にして水にただよう。みずからも水に咲く一輪の花と化して。このオフェーリアを詩人マラルメはうたったものだ、「哀しみのオフェーリア」「永遠に無疵の宝石」と。

そのオフェーリアの死に涙を流すのは、白銀の月。水にかかる月は泣いて、しずくの星を撒く。エフェメラの少女が咲くのは《夜》、メランコリーに染まる空の下だ。太陽の光がうすれ、黄昏が空をつつむとき、この世ならぬ時のなかで無疵の宝石が輝く。そう、オフェーリアは現実《うつつ》を離れて「天」に咲く花。その天使性ゆえに可憐な少女は愛をさそったのだ。少女愛と天使愛がひとつになった世紀末はメランコリーがトレンドの時代だった。

こうして少女が愛されるのは、少女が受動的な生きものだからである。水に溺れるオフェーリアは受動性の象徴、火のように迫ることを知らず、おだやかな狂気に我を失って息絶える。傷をうけた少女にできるのは、ただ涙を流すことだけ、そして、涙の流れのなかに溶けて消えてしまうことだけ。その無力な受動性ゆえにオフェーリアはかくも愛をさそったのだ。

こうして世紀末に《少女崇拝》が起こったのは、性がタブーだったからである。ヴィクトリア朝は名高い偽善的モラルの時代、人びとは生身の女を感じさせないスピリチュアルな身体を好み、まさに絹のシーツにくるまれた人形のような少女を愛好した。そして、かれらはその少女を「家」の中に閉じこめた。外の風にあてないように、ガラス・ケースで庇護して。

そう、世紀末イギリスで少女と同じくらいブームになったのは「温室」である。裕福な貴族たちは豪華な温室を建て、ブルジョワ階級は室内にケース入りの《観葉植物》を置いた。ヴィクトリア朝の風俗画には、あどけない少女がおうちの観葉植物を眺めているものもある。まるで、少女が自分自身の姿を眺めているような……。

その世紀末から百年たった二度目の世紀末、少女と人形があわせ鏡のようにひとつになった『観用少女』が立ちあらわれる――デジャ＝ヴュの少女愛。

けれど、ちがっているのは「性」の表情である。二度目の世紀末、性はすっかり様変わりして、もはやタブーでも何でもない。タブーをなくした性は秘密の香りを失い、魅力的な宝石であることをやめてしまった。「育ちすぎ」てはただの「女」、女の流す涙はリアルすぎて「天使の涙」の夢の価値にあたいしないのである。

だから、少女たちは眼をとじてまどろむ。つぶらな瞳は決して現実を見ることのない瞳。彼女たちはみな眠り姫、ゆらゆらと甘い夢のなかを浮遊する……。

ただよう者は《水》が好きだ。甘い水、受動的な水が。水はメランコリーの物質、ただよう者を流れに運びながら夢世界に運んでゆく。覚めることのない夢、流れゆく夢、浮かびただよう夢世界に。

ゆらゆら、はかない命を生きる少女たちは、やわらかい水の流れにまどろむ。エフェメラの命こそ美しい花。育ってはだめ、現実という名の火に焼かれてしまうから。眼を覚ましてはだめ、現実が見えてしまうから。温室の外に出てはだめ、現実の風にさらされるから。

覚めるのがいやだから、少女たちはいつまでも眠る。甘い眠り、受動の眠りを。夢遊のまどろみの心地良さ。甘やかな水の眠り。
裁く父のいなくなった世紀末の空の下、少女たちは眠る。ゆらゆら、ゆらゆら、醒めるともない夢遊の眠り、甘い水の眠りを。いつまで？　永遠に――。

（一九九六・三）

恋愛は小説を模倣する

文学は鏡のように時代の風俗を映しだす。全九十編にも及ぶバルザックの『人間喜劇』は、サブタイトルが「十九世紀風俗研究」。パリから地方から田園での生活や、私生活情景から政治情景にいたるまで、十九世紀のフランスの生活情景が生き生きと描かれている。社交界の貴婦人はいったいどんな装いで恋をささやいたのか、ブルジョワの娘たちはどのような部屋で想いに耽り、どんな男に憧れたのか。あるいは男たちの方も、どんなせりふで恋人を口説いたのか——こうした「細部の真実」に彩られた『人間喜劇』はさながら巨大な風俗の鏡だが、ことはバルザックに限らない。近代の小説はみな同時代の生活情景を鮮やかに描きだしている。

小説というメディア

恋愛小説は純粋な心理劇ではありえないのだ。男と女が出会って恋におち、愛しあい、やがて別れの運命をたどる——こうした恋する男と女のドラマは、時代の風俗《トレンド》に左右されずにはいない。恋愛小説の古典として名高いスタンダールの『赤と黒』（一八三〇年）もサブタイトルは「一八三〇年年代記」である。主人公の若き野心家ジュリアン・ソレルの恋はそのまま当時の貴族政治の状況を描きだし、時代精神を映しだす。

けれども、ここで強調しなければならないのは、むしろ逆の真実だろう。

そう、恋愛小説は時代を映しだすだけではなく、恋愛のモデルを提供するのである。現実の鏡であるはずの虚構《フィクション》はいつしか現実のモデルとなり、人びとはその鏡にあわせて恋をしたがる——小説が恋愛を模倣するのではなく、恋愛が小説を模倣するのである。実際、『赤と黒』にはたいへん印象深い一節がある。裕福なブルジョワジーの家庭に家庭教師として入りこみ、出世の足がかりをつかんだジュリアンは、美しい夫人に思いをよせるが、攻略のすべがわからぬまま焦燥の日々を送る。その恋を、スタンダールは『赤と黒』で次のように描いている。

これがパリなら、ジュリアンとレナール夫人の関係は簡単に片づいただろう。実際パリでは、恋愛は小説の申し子なのである。年若い家庭教師と内気な奥さんは、小説を三、四冊も読めば、いやジムナーズ座のせりふを聞いていてさえ、そのなかに二人の位置がちゃんと説明されているのがわかるのだ。小説はかれらに、演ずべき役割を教え、まねるべき手本を示したはずだ。

（『赤と黒』桑原武夫・生島遼一訳、岩波文庫、全二冊）

まったく、「恋愛は小説の申し子」なのである。十九世紀は識字率があがり、小説が大衆向けに大量生産されはじめた時代であり、さしずめ現代なら女性雑誌や若者雑誌がそうであるような、生活スタイルのあれこれを教えるメディアの役割を果たしていた。マスメディアとして、ようやく大部数の新聞が誕生したこの世紀、モード雑誌のような流行通信的なメディアはいまだ数が少なかった。それらの雑誌が恋愛マニュアルの役割を果たしたことは言うまでもないが、そうした少部数のメディアにもましてよく読まれた小説は、十九世紀最大の「恋愛メディア」であった。人びとは現実に恋愛をする前に、小説に描かれた恋に恋をしたのである。

こうして小説が恋愛メディアになったのは、この時代に文学の形式とその読まれ方が大きく変化したからである。いわば読者を「そめてしまう」ような小説は、ごく近代の産物なのだ。このような「文学の近代」の始まりを告げたのは、ルソーの『新エロイーズ』（一七六一年）である。若きサン＝プルーと人妻ジュリの悲恋を綴ったこの小説は、ゲーテの『若きウェルテルの悩み』（七四年）とならんで巷の紅涙《こうるい》をそそり、ロマンティックな熱狂をかきたてた。二つのベストセラーとともにヨーロッパはにわかに恋愛病の嵐にみまわれたのだ。ウェルテル愛用の「黄色いチョッキ」は情熱恋愛のシンボルとして大流行したといわれる。

情熱恋愛のスタイル

その『ウェルテル』もルソーの小説も書簡体で書かれているのは偶然ではない。書簡体というスタイルは、著者と読者のあいだにかつてなく親密な新しいコミュニケーションの回路をきりひらいた。読者は作中人物の心の動きを我がことのように感じて感情移入するようになったのである。書簡体というジャンルは、二つの魂が直接にふれあうかのようなイリュージョン（錯覚）をうみだし、ヴァーチャルなリアリティーを獲得した。

こうした孤独な二つの魂が触れあうルソー式の小説スタイルは、そのままロマンティックな恋愛感情のスタイルでもある。ヴェルサイユに花咲いた宮廷文学の恋愛が社交的な「雅《みやび》」であったのにくらべ、近代の恋愛小説は、私的で孤独な心の内奥に生起する命がけのドラマとなり、二つの魂の冒険となった。運命の糸に操られる男と女は、一つに結ばれて、燃えあがる。転《まろ》びあう二つのこころとからだ……。

いわゆる情熱恋愛の感性とスタイルがここに花開く。近代の文学が「ロマン主義文学」と呼ばれるのは、この情熱恋愛に負うところが大きい。ロマンティックな文学とともに、ロマンティック・ラヴが誕生したのである。

（二〇〇〇・二）

読書する女、恋する女

恋は孤独な心に忍びよる。

十九世紀は、「室内の世紀」と言われたように、個室空間が誕生した時代だった。シークレットな部屋の中で、女たちはまだ見ぬ恋を夢見てやまない。フローベール『ボヴァリー夫人』(一八五七年)の一節を開いてみよう。「エンマはおめず臆せずピアノのキーを叩いた。(…)エンマがこうして力いっぱい叩くと、窓があいていれば村のはずれまで聞こえた」[1]。フランスの片田舎に嫁いだもののの、「やってくるはずの幸福」がいっこうに来ないので、つのりゆく失望感をエンマはピアノで紛らわす。十九世紀は中産階級の間にピアノが普及した時代でもあった。

読書に恋する

けれども、ピアノ以上に女たちの虚ろな心を満たすのは文《ふみ》である。「エンマは手紙を書くあてもないのに、吸取紙や便箋やペン軸や封筒を買い込んだ。本棚の塵をはらい、姿見に姿をうつし、一冊の本を取り出し、さて行間に白日の夢を追ってはらりと本を膝に取り落とした」(1)。ピアノ、手紙、そして本。フローベールは、この室内の世紀に女たちがシークレットな「白日の夢」に耽《ふけ》った小道具を一つ残らずあげているが、なかでも彼女たちの夢を熱くしたのは読書だった。十九世紀は、「いわば女性の『読書シンドローム』が蔓延した時代(2)」だったのである。

ボヴァリー夫人は「読書する女」である。娘時代から数々のロマンスに身を焦がし、修道院でさえ、規則を破って夜な夜なひそかな読書に耽る。読む本はもちろん小説に決まっていた。小説こそ夢見る恋愛を描く「恋愛メディア」であったからだ。小説の描く「絵のような」恋は、読書する女たちの憧れを煽りたてた。読書シンドロームはそのまま恋愛シンドロームでもあったのである。

それにしても、そのような恋愛メディアは一体どんな小説だったのだろう。エンマが幼い頃に読んだのは、ベルナルダン・ド・サン゠ピエールの『ポールとヴィルジニー』(一七八八年)。はるかな海を舞台にしたこの純愛小説は絶大な人気を呼び、美しい挿絵本は格好の贈答本《キープセイク》となった。恋に殉じて死ぬヒロインの可憐な姿はロマネスクな恋への憧れを煽りたてたのである。エンマはまた、貸本屋にそろっている数々の小説本を読み漁っていた。貸本はちょうど現在のレンタル・ビデオのような役割を果たしていて、その定番が恋愛小説だったのである。その一冊を開いてみよう。

なかにでてくるのは、恋、恋人、恋女、薄命の佳人はさびしい離れ屋に気を失い、御者は宿屋へつけば必ず殺され、馬は一ページごとに乗りつぶされる。小暗い森や胸の乱れ、誓い、すすり泣き、涙、口づけ、さては月下の小舟に藪鶯《やぶうぐいす》、獅子のようにたけく子羊のように優しく、美徳は衆にすぐれ、いつもりゅうとしたいでたちで、泣けばさめざめと泣く「殿方」であった(1)。

乙女チックな感傷性をきわめた光景のオンパレードだが、小説はこうした型通りの恋を描いて紋切り型の恋愛イメージを流通させた。実際エンマは「なにごとも型どおりに現れてこないものは信じられない」ようになっている。そんな彼女が夫との生活に不満しか見いだせないのは、夫がそんな「型」に無頓着だからなのだ。つまりエンマの感性は、小説という恋愛マニュアルに毒されているのである。

幻惑の都パリ

このとき、女たちの恋愛病をいやがうえにも煽ったもの、それは「パリ」だ。恋愛マニュアルのなかのパリは特権的な場であり、パリという名はいわば極上の恋のためのブランドだった。エンマはその夢の土地をこんな風に想像する。「あの人たちは都会に住んで、ブールヴァールの響き、劇場のざわめき、舞踏会の輝かしい光の中で、心の浮き浮きするような、官能のうきだすような生活を送っているのだわ(1)」。こうしてエンマはパリという晴れがましい恋の舞台に憧れてやまない。

作家のスター化

パリを神格化したのは小説だけではなかった。エンマは、この頃から急速に普及しはじめたモード雑誌の愛読者であり、「最新のモードから一流洋装店の所番地、ブーローニュの森やオペラ座の社交日まで」知りつくしている。パリの社交生活はモード雑誌や小説などのメディアにのって地方に及び、まぶしく女心を幻惑した。

こうしてパリがふりまいた幻想のなかでも特筆しなければならないのは、「作家」という人種だった。たとえばエンマの夢想の続き——「パリは大海原よりなお広く、朱の雰囲気に包まれて彼女の目にきらめいた……そこで文士たちは王様のように金をはたき、夢のような大望とあやしい興奮に満たされている。それは他のものの上にぬきんでて、天地のあいだ暴風雨のなかに浮遊する生活、ある崇高な何かであった(1)」。恋愛メディアは恋愛病ばかりでなく、「作家のスター化」をも生みだしたのだ。小説家は「崇高」な姿をおびて、パリの空にキラキラと虚名をきらめかせた。

バルザックの『モデスト・ミニョン』(一八四四年)はまさにこのようなスター化をテーマにした小説である。エンマと同じく地方に生まれ、裕福な公証人の一人娘として育ったモデストは、バイロン、ゲーテ、ラマルチーヌと、ロマン派の巨匠の作品に親しんで育ったとびきりの「読書する女」だが、同時に乙女心を音楽に託す「ピアノをひく娘」でもある。

けれども、それ以上にモデストは「手紙を書く女」である。想いつめた彼女は、パリで今をときめく詩人カナリスに手紙を綴る。つまりこの小説はファンレター小説なのである。カナリスはロマン派の巨星ラマルチーヌをモデルにしたといわれているが、モデストが書店でその詩人の肖像画を目にする場面がある。バイロン風に髪をなびかせたカナリスの崇高な風貌がモデストの恋心に火をつけたのだ。この肖像画を指して、作者バルザックいわく、「営業用の崇高な風貌」。作家のスター化現象がありありとしのばれるではないか。流行作家という言葉どおり、文学は作家まで流行させたのである。

女たちの「よろめき」

こうして、メディアにのるものがすべて「有名性」の威光をおびる現象は洋の東西を問わない。日本の作家で逸早くそれを自覚し、率先して流行作家を演じた作家といえば、何といっても太宰治だろう。太宰は独特のサーヴィス精神をもってファンに応え、多くの心酔者をうみだした。その太宰の情死（一九四八年）は文字どおり世間を震撼させた。バルザックから太宰まで、文学は作家に恋する女たちをつくりだしてゆく。

そう、恋愛は文学の後を追う。こうした恋愛メディアの系譜の中でエポックメイキングな小説が三島由紀夫の『美徳のよろめき』（一九五七年）である。三島由紀夫もまた太宰に劣らず流行作家という仮面をよく演じ、時代のトレンドにたいへん聡《さと》かった。その三島が、昭和元禄の繁栄を先取りして書いた優雅な不倫小説は、「有閑マダム」という語をはやらせ、「よろめき」という言葉を爆発的に流行させた。

『美徳のよろめき』とともに人妻の不倫は一種優雅な「遊び」となって今日に至っている。まことに虚構は現実をつくりだす装置にほかならない——そう、読書する女はメディアに恋をして、虚構に溺れたいのだ。流行に聡い女たちは、みなどこかしらあのエンマ・ボヴァリーの末裔なのである。

（二〇〇〇・二）

注

（1）『ボヴァリー夫人』（伊吹武彦訳、岩波文庫）
（2）『読書の首都パリ』（宮下志朗著、みすず書房、一九九八）

タンタンの宝石箱

聖なる宝箱

タンタンの世界は宝石でいっぱいだ。ダイヤモンド、真珠、エメラルド、ルビー……。

けれども、「宝石箱」という言葉ほどタンタンワールドに似合わないものはない。冒険と探求と謎解きのスリルに満ちたエルジェの世界に似つかわしいもの、それは、宝石箱ではなく、「宝箱」なのである。

その昔、遠い海の底に沈んだ謎の難破船ユニコーン号。その船底に眠る宝を狙って群がる悪者どもを蹴散らして、はるかな島に漕ぎだしてゆくタンタンとハドック船長たち。苦難の末に遂に見出した島影に、船長が叫ぶ。「あれがわしらの宝島だ！」

こうして『なぞのユニコーン号』と続刊『レッド・ラッカムの宝』が織りなす宝探しの物語が、スチーブンソンの『宝島』のリメイクであることはいうまでもないだろう。この海洋冒険小説の古典はエルジェの愛読書の一つである。宝探しの冒険は、少年たちの魂を魅了してやまないのだ。タンタンファンのスピルバーグ監督がこの二作の映画化に賭けたのは、きっと彼もまた「永遠の少年」だからだろう。

とにかく少年たちは宝探しが大好きである。そうして彼らが波乱万丈の冒険の末に手にする宝物をおさめるのは「宝箱」であって、「宝石箱」では決してない。

宝箱と宝石箱と。いったい何が二つをへだてているのだろうか。

第一に、持ち主のジェンダーがちがう。宝石箱を持つのは少年でも紳士でもなく、「女」なのである。タンタンシリーズのなかでも異彩を放つ『カスタフィオーレ夫人の宝石』は、全篇これ宝石箱の話だが、持ち主は世に名高い歌姫だ。ヒロインが物語の前景を占めている。いや、占領しているといってもいいだろう。それというのも、宝箱の持ち主のハドック船長はカスタフィオーレ夫人が大の苦手、逃げたいのに逃げられず、無理やりつきあいをさせられて辟易してしまう。その苦りきった困惑顔が、この号の愉しい読みどころになっている。

宝箱と宝石箱、あるいは、男と女――この二つがぶつかると、ハレーションが起きてしまうのだ。二つは共存できないのである。そこにおさめられている宝石が、もともと別の世界に属しているからだ。

そう語っているのは、実はロラン・バルトである。バルトがタンタンファンであったかどうかはさだかではないが、彼の宝石論はまるでタンタンの宝石譚の分析のように読める。タイトルからして雄弁だ。すなわち、「宝飾品からアクセサリーへ*」。

初めに在ったのは宝飾品であった。もっとタンタンワールドに近しい言葉で言えば、世の初めに在ったのは「財宝」なのである。地底深くに眠っていて、掘りだすのに多大な労苦を要し、しばしば血を流す苦役とひきかえにようやく人間のものになる神秘の財宝。重たく、冷たいそれらの財宝は、恐れを抱かせるオーラを放つ。その重々しい財宝は、男のものであって、女のものではない。バルトを引こう。

明らかに、長きにわたって、宝飾品は超権力の記号、すなわち男らしさの記号であった。男たちが宝飾品をつけなくなったのはごく最近のことにすぎない。

まさしく、カスタフィオーレ夫人のような女の身を飾る宝石の登場は、ここに言われる「最近のこと」、すなわち近現代の現象にほかならない。これにたいして、タンタンたちの愛する宝箱は、時をさかのぼり、歴史の始原へとむかってゆく。その昔、財宝が「男らしさの記号」であり、「超権力の記号」であった、男権社会へと。

起源の物語

こうして物語は現代を離れて、歴史をさかのぼり、いつしか時はルイ王朝の御代、王立海軍軍艦のユニコーン号の来歴が語られる……現代のざわめきを遠くに聞きながら、はるかな歴史の時の流れに浸るこのレトロな味わいこそ、タンタンの物語がもつヨーロッパ的な魅力の一つであろう。読者もまた現在の街のざわめきを忘れ、過去にうずもれた財宝のゆくえに心を奪われてゆく。

そう、ユニコーン号の物語は、過去帳をさかのぼり、財宝の起源をたどる探究の物語でもある。権力の記号である宝飾品は、「正統」な所有者に帰属すべきものなのだ。その正統性を証するのは、世を越えた力、すなわち神にほかならない。はたせるかな、謎めいた羊皮紙に刻まれた暗号には、「鷲の十字架」が。聖ヨハネはハドックの所有する財宝の守護神として、所有の正統性を保証しているのである。

そうして正統性を授けられるのは、財宝だけではない。ユニコーン号の冒険譚は、一種の貴種流離譚でもある。ハドック船長は海に眠っていた宝の正統な所有者になるだけでなく、その「血」そのものの正統性にお墨付きをいただくのだから。彼の祖先は、王立海軍軍艦ユニコーン号の総司令官フランソワ・ド・アドック卿、歴とした貴族にして、ムーランサール城の城主である。かくして、もとはといえばあやしげな貨物船の船長にすぎなかったハドックは貴族の末裔となり、みごとムーランサール城の城主におさまって、めでたく話は幕を閉じることになる。まさしくこれは「超権力の記号」の物語なのだ。

もちろん、タンタンワールドの愉快さは、この聖なる血統にまるで似合わない船長の酔いどれぶりであり、その愛すべきミスマッチこそエルジェの魅惑であるのはいうまでもないだろう。

女の宝石箱

こうして歴史をさかのぼり、ルイ王朝の昔、貴族の時代まで時計のネジを巻きもどすタンタンの世界にとてつもない不協和音を響かせるもの、それがカスタフィオーレ夫人とその宝石箱である。夫人は世に名高い歌姫、数々のメディアがゴシップを書きたて、テレビカメラも彼女の行くところを追ってくる。カスタフィオーレ夫人の登場とともに、タンタンワールドは宝探しの冒険のレトロな味わいを失い、一挙に街のざわめきを耳にせざるをえなくなる。

それとともに、あの聖なる財宝は影をひそめ、舞台にしゃしゃりでてくるのは、女の宝石箱だ。夫人の宝石箱におさめられた宝石は、同じエメラルドやダイヤモンドでも、もはや神秘の力を失って、キラキラ、チャラチャラと女の身を飾りたてる。もはやそれは「宝」ではなく、「アクセサリー」になってしまったのだ。ふたたびバルトの言葉を借りるなら、時の流れとともに、「古代社会からやってきた宝石は、一言でいえば、世俗化した」のである。

もはや神秘のオーラの重みをなくした宝石は、タンタンワールドをかきまわす厄介なしろものとなって、ムーランサール城を騒がせる。男権の居城にほかならないこの城に、そもそも派手な女の存在そのものがミスマッチなのだ。歌姫のお気に入りの「宝石の歌」は、女の歌そのものである。「なんてェ、きれいなのォ、かがみのわあたしーッ」。まったく、世俗化した宝石が自画自賛しているようなこの歌を聞かせられるたび、タンタンもハドック船長もそろって耳をふさぎたくなるのは、この歌があの聖なる「宝箱」の世界の終焉をうたっているからである。

宝飾品からアクセサリーへ——この時代の変遷を、バルトは「宝石の民主化」とも語っている。いまや女たちは、貴金属だけでなく、堂々とイミテーションをつけ、宝とは無縁な素材でできた軽やかなアクセサリーを身につけている。その軽やかな宝石は、スカーフや造花と同じ、おしゃれの小道具にすぎない……。

宝飾品とアクセサリーのあいだ

だが、カスタフィオーレ夫人にかんするかぎり、話はもう少し複雑かもしれない。というのも、とんでもなく高価な夫人の宝石は、現代のストリートファッションのもう少し手前、宝箱が宝石箱にようやく移行した時代の名残をとどめているからである。実際、カスタフィオーレ夫人の宝石箱におさめられた宝石は、保険がかけられるほど高価な逸品ぞろいだ。盗難騒ぎをひきおこすエメラルドは何千万円もするしろもの。そのエメラルドはインドのマハラジャからの贈り物であり、ほかの宝石も名だたるセレブたちの贈りものにちがいない。それかあらぬか、歌姫は、メディアが捏造したハドック船長との結婚というゴシップ記事にまんざらでもなげな笑みを浮かべて、うわさの愛人たちの名を挙げてみせる。「ゴパールのマハラジャ、ハルマーズ男爵、シルダビアの宮廷長……」。要するに、夫人の宝石は世界に冠たる億万長者の財力の証なのである。

宝飾品がストリートへおりてゆき、ただのアクセサリーになるまえに、こうして女の宝石が愛人や夫の財力の象徴になった時代があったのだ。バルトはこう語っている。「つまりそれは、男が自己の権力の顕示をさっさと女にゆずったということなのだ。(…)女は夫の富と権力を詩的に証すのである」。

愛人の財力に支えられたカスタフィオーレ夫人の宝石箱は、したがって、アクセサリーと呼ぶにはあまりに重い、世俗化した富の化身であり、いまだ男たちの財産のにおいをふんぷんとさせている。宝石の民主化の少し前というか、宝箱の記憶の名残というか……。

そんな宝石を後生大事にする夫人の衣装のブランドがトリスタン・ビオールことクリスチャン・ディオールなのは当然のことだろう。服飾史をひもとくまでもなく、ディオールこそは、シャネルのユニセックス・スタイルを過去のものにして、コンサバな「女らしさ」を前面にうちだした立役者である。「女」を歌いあげる「宝石の歌」にはディオールがふさわしい。

そう、カスタフィオーレ夫人の宝石に、シャネルは決して似合わない。あえてイミテーションの宝石を流行らせて、「本物」の宝石を愚弄したシャネルは、何千万円もするような金目の宝石の敵である。シャネルの言葉をひこう。

わたしが好きじゃないのは、宝石のための宝石ね。ダイヤモンド・ナヴェットとかブション・ド・カラフとかいった、それをつける女性の、夫とか愛人とかの富裕さを示す保証となるようなもの。(…) 金持ちのための宝石。そんなもの、わたしは好きじゃない。

シャネルはこう言い放って、財力を見せびらかす宝飾品を流行遅れにした。シャネルこそ「宝石の民主化」の立役者なのである。

ところが、エルジェは、ムーランサール城の庭園を散歩中に首飾りを落とすエピソードのなかで、これは「イミテーションの石」だけど、「トリスタン・ビオールなの」と夫人に言わせている。身につけた洋服も、スカート丈といいジャケットといい、ディオールよりむしろシャネルを思わせる装いで……。シャネルの名高いイミテーション・ジュエリーをエルジェが知らなかったはずはないと思うのだが、もしかして彼はディオールとシャネルをあえて混ぜこぜにして、同じ「宝石箱」におさめてしまったのかもしれない。ディオールであれシャネルであれ、そんなデザイナーブランドなど、タンタンもハドック船長もあずかりしらぬところなのだから。

かれらの夢はただ一つ、冒険と波乱に満ち満ちたあの「宝箱」なのだ。窃盗一つなく、ただの鳥の悪戯で幕を閉じる『カスタフィオーレ夫人の宝石』は、異彩を放つ不協和音の驚きで読ませるものの、頁を閉じた読者は、冒険も闘争もない物語にあきたらず、またしても歴史の海に潜むあの宝探しに出かけたくなる。

そう、なぞめいた神秘の財宝は、少年の胸をわくわくさせる。いざ、あの冒険の波間、人食いサメが襲いかかり、海賊どもが跋扈するあのワンダーな海へ。タンタンの宝箱は、永遠の少年たちの魂を底に秘めた、見果てぬ夢の箱なのである。

（二〇〇一・一一）

＊ バルトからの引用は次による。『ロラン・バルト　モード論集』山田登世子訳、ちくま学芸文庫、二〇一一年。

《女》のゆくえ

「官能」というものが幸福な輝きをたたえていた時代があった。肉体が秘密めいた肌ざわりでわたしたちの想像力にうったえていた、あれらの日々――。

遠くなったその記憶のなかで、鮮やかにうかびあがってくる一つの小説がある。三島由紀夫の『美徳のよろめき』である。「よろめき」という流行語をはやらせたこの小説がアクチュアルな風俗小説であったことは改めて言うまでもないだろう。時代風潮に聡かったこの流行作家は、性風俗の変化を予感しつつ、逸速くそれを作品化したのである。

それから四〇年あまり、現実は小説を模倣し、「女の不倫」は平凡な日常を織りなす種々の出来事のひとつになったかにみえる。

けれども、『美徳のよろめき』というこの小説は、今もなお読むにたえる何かを描いている。移りゆく風俗の時々の表情をこえて現在につながる何か。というより、現在がそこから始まったと言ってもいいような何か――すなわち《女》という存在を。

事実、この小説の方法の際立った特徴は、すべてが女の視点から描かれているということである。作品冒頭部、三島は書いている。「男の野心や、仕事の情熱や、精神的知的優越や、そういうものには節子は何らの関心がなかった。（…）女の目から見た世界を厳格に信じている節子は、そこらのありふれた知的な女のように、男の側の判断で迷わされたりすることが決してなかった」。

確かに、ヒロインの節子は外界にたいして実に「無関心」である。彼女の関心は、もっぱら服装や身嗜みといった身辺的な事柄に注がれ、「探究心や理論や洒脱な会話や文学」にむけられることは決してない。彼女はただひたすら自分の存在に自足して生きている。だから三島はこう語るのだ。「現代においては、何の野心も持たぬということだけで、すでに優雅と呼んでもよかろうから、節子は優雅であった」。

三島由紀夫は、冒頭から《女》を定義してかかっていると言うべきであろう。世界にたいして何らの関心ももたずに存在しうるような存在――しかもそれが「優雅」であるような存在――は、まさに《女》でしかありえない。明らかに三島は意識的にヒロインをそのようなものとして造形している。

したがって、この小説は不倫小説でなければならない必要もないのであって、必要なことはただひとつ、それが恋愛小説であるということだけである。みずからに自足した女がその存在のありかを確かに感じとるには、そのような自分の「肌」をなぞってくれる他者がいればこと足りるのだから。

事実、三島はまさにそのようなものとして節子の恋を描いている。節子が欲しいと思うもの、それは、自分の肌をなぞってくれるもうひとつの肌だ。「どんな深夜の夢想のあいだにも、節子は土屋を、自分におそいかかり、自分に突き刺さって来るものとして思い描かなかった。ただ彼女のなめらかな自足した白い肌と、彼の引き締った毛深い肌とが、触れ合うことだけを夢みていた」。

節子の恋は、どこまでいってもここに書かれた「夢」の延長にほかならない。相手がどのような反応をしめし、恋のなりゆきがどうなろうと、彼女はこの夢の外に出て自分を分析したりすることは決してない。彼女の恋は、どこまでいっても「彼女自身の目」から逸脱することなく、始まりの地点から変わることがないのである。

その始まりを、三島は次のように書いている。

ふつうの女だったら、あんな存在感の稀薄さを、子供への愛で濃くしようとは思わぬだろうか？　節子はそうではなかった。彼女が十分存在していると感じるには、何か詩のようなものが必要だった。詩の中でももっともエロティックな詩。観念の中でももっとも肉感に近いもの。

男のように観念が肉感に移りゆくのではなくて、肉感がまさに観念に化して、肉の宝石のように耀やきだしたもの……。

肉感から始まって、肉感に終わる恋。実際、《女》が世界にたいして「何らの野心」ももたずに自足した存在であるなら、始まりも終わりもこの「肉感」以外の何でありえようか。肌のように表面的にそこに在る肉体以外に？　こうして最初から最後まで、この「肉の夢」の視点に徹して描かれたこの恋愛小説は、さまざまな出来事性にもかかわらず、読者をこの夢のなかに漂わせるだけで終わっている。いろいろな経緯があるけれど、結局そこでは何事も起こらないのだ。

すでに小説冒頭で三島は書いていた。節子は「ただ素直にきまじめに、官能の海に漂うように宿命づけられていた」と。そのとおり、『美徳のよろめき』を読みながら、読者は節子という肉体とともにただ官能の海を漂う。《女》という「なめらかな自足した白い肌」が宝石のように耀やきだして、いずこともなく漂うさまを描きだすこと。この小説のたくらみは、結局のところただそれにつきると言ってもいい。

すでに述べたように、作者のこのたくらみが見事に成功しているのは、すべてを節子という女の視点から描いているからである。この描きかたについて、三島自身の言葉が役に立つので引用しよう。『美徳のよろめき』執筆と同年、『現代小説は古典たり得るか』と題して三島は堀辰雄の『菜穂子』を論じている。『菜穂子』が描く三人の登場人物のうち、二人の男はいずれも生きていないが、菜穂子という人物だけは「古びることなく」生きていると三島は言う。興味深いのは、この菜穂子の「古典性」の理由である。三島があげる二つの理由のうち、一つは、菜穂子だけが堀辰雄の「真に創造した人物」であり、作者の「文体と共に呼吸している人物」だからというものだが、わたしたちの興味をひくのはもうひとつの理由である。「もう一つの理由は、菜穂子が他《ほか》ならぬ女であって、外界に対する男性的関心を周到に排除されているから、外界の変化と共に古びることもなく、また、外界に対する無関心によって不具視されることもないからである」。

外界にたいする男性的関心を周到に排除すること——ここに書かれている方法は、そっくりそのまま三島が節子を描いた方法そのものであろう。節子という女の「外界にたいする無関心」については何度となくみたとおりである。「菜穂子」を語りながら、ここで三島はまさに自身が書き終えた「節子」のことを語っていると言ってもいい。

そして、三島が語るとおり、「外界にたいする男性的関心」をもつことなく、それでいて「不具視」されることのない存在とは、「他ならぬ女」そのものである。男であれば滑稽で不自然でもあろう存在様式が、女にあっては、まさに女を女たらしめる存在様式となってリアリティをもち、そればかりか、「どんなに周囲の物語が変貌しても」古びることのない古典性を獲得しさえする……。まさしく三島の『美徳のよろめき』は、きわめてアクチュアルな風俗小説でありながら、「他ならぬ女」

を造形することによって、風俗が変容しても古びない古典性を獲得しているのである。

そう、『美徳のよろめき』という小説が今日も読むにたえるのは、それが《女》の存在様式を見事にうきあがらせているからだ。みずからの肉体ひとつに自足してはばかることなく、かえってそれが「優雅」として肯定されるような存在様式――小説を読み終えたわたしたちの脳裏に残るのはただひとつ、この《女》という性の存在様式の無責任な幸福さではないだろうか。

それからほぼ半世紀、性風俗は大きく様相を変えた。女の不倫はもはや事あらためて語るような現象でも何でもなく、見慣れた日常の風景のひとつであるにすぎない。そして、それ以上に、女の存在様式もまたさまざまな色変わりを遂げた。三島の表現を借りて言うなら、いまや女たちは、男たちと互角に世界とわたりあい、男たちと同様に世界にたいして「関心」をもち、望むなら、男たちと同じような「野心」を抱くこともできる。女の存在様式は多様化したのである。

といって、そのことは、女の存在様式がラディカルな変貌を遂げたということを意味してはいない。現在でも女は、節子のように世界にたいして何の男性的関心ももたず、自己の肉体ひとつに自足して生きることもまた自由である。この意味で言うなら、むしろ男の存在様式の方がはるかに選択肢が少ないままにとどまっていると言うべきだろう。男にとって、節子のように肉体ひとつに自足する在りかたは、「不具視」とは言わないまでも、スキャンダラスな何かをひきよせざるをえない。

要するに、男にとってそのような存在様式は「古典的」様式であるにはなおはるかに遠いのである。
そうだとすれば、いったい何がどのように変わったのか？

女の存在様式は変わらない。けれども、その様式は、いまや特権的な《魅力》の輝きを失ったのである。「なめらかな自足した白い肌」はかつてのような官能の晴れがましさに輝くことをやめてしまった。もはやそれは「宝石」にたとえられるようなフェティッシュな魅惑をどこにもたたえていない。女の肉体の、なしくずし的な価値低下……。

こうした肉体の価値喪失のほどは、谷崎潤一郎の小説を考えてみるといっそう鮮やかであろう。周知のとおり、『痴人の愛』から『瘋癲老人日記』まで、谷崎が描いたのは官能の器としての女の肉体だった。そこに描かれる肉体は、男の欲望の特権的な対象となって官能の美に輝いていた。

その谷崎の文学世界を、三島の『谷崎潤一郎論』は次のように語っている。「女の背中に燦爛《さんらん》と花をひらいた刺青（『刺青《しせい》』——一九一〇）から、女の蹠が数十枚の色紙に朱墨でおし散らした仏足石（『瘋癲《ふうてん》老人日記』——一九六二）にいたるまで、（…）半世紀の谷崎文学は、人々を右往左往させた時代の変化と一人の女の蹠と、どちらが人間にとって本質的に重要かと問いかけて来るだけの重みを持っている」。こう問いつつ、三島は谷崎の文学世界の「対象」を肯定して言う。「輝くような女の背中がある。花びらのような女の蹠がある。こんな明晰な対象の存在する世界で、自意識が分裂を重ねている暇があるだろうか？」と。

けれども、現在、谷崎をはなれてこの問いをたてるとき、わたしたちは三島と同じような肯定をとうていなしえないのではないだろうか。

むろんそれは、「二人の女の蹠」より「時代の変化」の方が描くに値するという意味ではさらさらない。そうではなくて、蹠であれ、背中であれ、ひとりの女であれ、その《肉体》が世界の重さに匹敵しうるような晴れがましい官能性を失いつくしているということである。

そう、いまや肉体は、優雅な無関心のなかに折り畳まれて自足するには、あまりにも散漫な「関心」へとひらかれすぎている。

散漫な、あまりに散漫な、関心の群れ——ポルノから各種メディアの言説にいたるまで、この散漫な関心のざわめきはどのようにも名ざすことが可能だろうが、たとえば「情報」という言葉もそれにふさわしい名のひとつであろう。誰が発するともなく、誰のためでもなく、目的もさだかでないままに行き交う、肉体についてのおびただしい言説とイメージの群れは、《肉》の存在感を散漫に風化させながら、その物質的な輪郭や肌触りをひたすら希薄化してゆく。

こうして官能の海ならぬ情報の海に漂う肉体の、いいしれぬ手触りの薄さ。女の背中も蹠も、わたしたちを驚かせるような《力》を失いつくしたのである。「輝くような背中」の淫らさも、「花びらのような蹠」の美も、もはや退屈な日常風景をつくりなすもろもろの風景の陳腐なひとつであるにすぎない。

しかも、こうした肉体の価値喪失は、語る者の「性別」に左右されているのでもない。いかにも谷崎は男の視点から女の肉体を描いた。といって、この主体と客体を転倒し、女が男の肉体を語ったり、あるいは山田詠美の初期作品のように女が女自身を語ったりしたところで、そこで焦点化される肉体が新たな力をおびて輝きだすことはもはやないといっていいだろう。間断なく繰り出される散漫な物語とイメージのざわめきのなか、肉体はしずかに主役の座を降り、もろもろのミニマルな主題群のひとつの位置についたのである。

性のこの白々とした退屈さ。

平板な、あまりにも平板な性のこの風景はしかし、来るべきもうひとつの小説世界の始まりの地平でもあるのではなかろうか。もうひとつのと言うのは、官能に依拠することなく《女》を描く小説ということである。こう言いながらありありと想起されるのはモーパッサンの長編小説『女の一生』である。「つつましい真実」と副題にあるとおり、平凡な女の平凡な一生を描くこの小説は、驚くべきことに、いささかも恋愛小説ではないのだ。それでいてこの長編は最初の一行から最後の一行まで《女》以外の何をも描いていないのである。

ヒロインのジャンヌは世間知らずの田舎貴族の娘。節子と同じく、芸術や知的関心といった「官能の代わりになるもの」に何ひとつ興味を抱かず、「外界にたいする男性的関心」を一切もたない彼女は、その魂の幼さゆえに不幸の数々を味わう。好色な夫のたび重なる不実と死、死産、そして、溺愛する一人息子の裏切り……。そうして不幸をなめながら、この善良な魂は、なすすべもなく、ただ「泣く」ことしかしない。あまりにも世界を知らない彼女は、ただ運命の波に流されて日々を生きてゆく。明日もまた今日と同じような日々、めぐり来る季節の変化よりほかに変化らしい変化もない長い歳月を。その長い年月のなか、官能の歓びがよぎるのは新婚の一時のみ、あとはただ空転する日々の継起と無力な哀しみがあるだけだ。

モーパッサンの小説は、およそ劇的なものからほど遠いこの「女の人生」の長い時の経過を一行の無駄もない筆で描いてゆく。読む者は、ジャンヌとともに人生という運命の海をあてどなく漂う。官能のうねりも高潮もない海、それでいて逃れようなく呑まれるほかない深い海を。そう、女のうちにある《肉の奢り》と《肉の渇き》を周到に排除したこの小説は、反ボヴァリーであり、反ナナなのである。人生の凡庸さを甘受するジャンヌは官能の炎に渇くボヴァリーの対極にあるとともに、女の《肉の奢り》を極める娼婦ナナの対極にも位置している。フローベールとゾラの後に来たモーパッサンは、肉体によらずに女を描くという困難な力業を成し遂げたのである。同じく《女》を描きながら、谷崎の世界からもっとも遠い世界がここに屹立している。

事実、モーパッサンの小説は、およそ一世紀の時をへながら、今なおみずみずしい古典性をたたえて読む者を圧倒せずにはいない。読み終えた読者は、「他でもない女」の姿をまざまざと感じずにはいないのである。「無垢」という名の世界への徹底した無関心、そして、その無垢の徹底した無力と無能……。ここにあるのは、まぎれもない《女の存在様式》そのものなのだ。

「肉体の黄昏」の後に、ようやく書かれるべき《女》が姿を現す――そうではないだろうか？

それというのも、日本文学はいまだに一人のモーパッサンをも生みだしてはいないからである。モーパッサンに傾倒した作家は永井荷風であったが、「色」の世界をトポスにした荷風は、色を排除しながら女を描くという困難な試みに挑むことなど決してなかった。モーパッサンの「魔筆」を讃えながら、皮肉にも荷風はその最高傑作に学ぶことがなかったのだ。それもそのはず、谷崎の文学世界を逸速く肯定したのが他ならぬ荷風であり、荷風、谷崎、三島のあいだには「肉の美」の系譜が在ると言っても間違いではないだろう。

そして、すでにみたとおり、この「肉の美」の世界はしずかに色褪せて息絶えた。性が過剰な関心をあおった二十世紀は、性をめぐる言説の過飽和の果て、肉体の陳腐化をまねきよせたのである。けれども、そのことは、《女》という主題の陳腐化を何ひとつ意味してはいない。陳腐化どころか、官能性に依拠せずに女を語る小説はいまだ書かれてさえいないのである。

恋愛小説でも感傷小説でもなく、それでいて「他でもない女」を描く小説――それが、二十一世紀の「来るべき文学」の一つだと思うのは私ひとりだろうか。

（一九九六・四）

Ⅱ　フランス美女伝説

サラ・ベルナールの舞台『椿姫』のポスター（A・ミュシャ、一八九六年）

マリー・アントワネット――ラグジュアリーの女王

ラグジュアリーと革命

歴史に翻弄された悲劇の王妃マリー・アントワネット。いったい彼女はなぜ断頭台に送られたのだろうか？

答えを先に言ってしまえば、彼女が「ラグジュアリー」に溺れたからである。マリー・アントワネットの生涯は、現代のラグジュアリーについて多くを教えてくれる。

実際、彼女の贅沢については名高い伝説ができているほどだ。一七八九年、飢えに苦しむ民衆がヴェルサイユに押しかけたとき、王妃は無邪気に答えたという。「パンがないの？　じゃあブリオッシュにしたら」。それでなくてもオーストリアから来たこの小娘の散財ぶりは民衆の怒りをかっていた。天文学的価格のダイヤモンドを愛人に買わせたという「首飾り事件」も、王妃の浪費が派手だったからこその事件。「赤字夫人」の名はやはり彼女にふさわしい。

ところで彼女、首飾りのほかにいったいどんな贅沢をしていたのだろうか。ヴェルサイユのロココな暮らしをのぞいてみよう。

王妃の一日はまずお召替えに始まる。マリー・アントワネットはとびきりおしゃれだった。シーズンごとに新調するならわしの礼装にくわえ、毎年モードの先端をゆくドレスが百着を超える。それらのなかから今朝の一着を選びだすのは侍女も衣装係も総出の宮廷行事。肌着、胴着、コルセットにドレス、レースのハンカチに扇に帽子……。ようやく衣装が決まると、今度は装身具である。衣装代をはるかに上まわる国家財政がこれに費やされる。

そして、身づくろいの最後を飾るのが整髪。これこそ朝のヴェルサイユの一大イベントだった。宮廷御用達整髪師として絶大な権威をふるうカリスマ美容師レオナールが伺候《しこう》して、王妃の髪をいじる。ポマードと香油で塗り固めて結いあげられた髪は、一メートルになろうかという高さ。その上に花やら羽根やら、時には船まで飾りつけた髪型は、髪というよりむしろ建築の名がふさわしい。高さと派手さを競うモニュメンタルな髪型がロココの貴婦人たちの流行だったのである。

もちろんこうした浪費は王妃だけのものではなかった。国王夫妻の贅沢さは、パリ脱出に使われた馬車を見ればわかる。バスチーユ襲撃から三年後、身の危険を感じた国王一家は国外逃亡を企てる。一刻を争う存亡の危機にあって、なんと彼らは旅行用の四輪馬車を新調させたのだ。内にダマスク織を張りめぐらせて、銀器から衣装簞笥《だんす》から尿瓶まで、「快適」な旅の道具をすべて収めた馬車の壮麗さは道中目立たない方が不思議というもの。馬車の準備にあたったのは、かの王妃の愛人フェルゼン伯爵。この期におよんでも愛するひとの「ラグジュアリー」を忘れないこの貴公子もやはりおぼっちゃまというべきか。この馬車一つ見ても、革命が避けえなかった情勢がうかがえる。

ヒールと権力

といっても、マリー・アントワネットがこんな贅沢を慎んで、もう少し地味な暮らしをしていたら革命はなかったかといえば、そうではないのが歴史のドラマの複雑さ。というのも百年前の十七世紀、太陽王ルイ十四世は彼女をはるかにしのぐ贅沢を世に見せつけたからだ。しかも、まさにその贅沢によって、王は世界に君臨したのである。

そう、マリー・アントワネットの贅沢は、ルイ十四世のそれとは質がちがっていたのだ。その変容にこそ、ヴェルサイユの落日の秘密がひそんでいる。

歴史の頁をめくりかえして、ヴェルサイユの栄華の日々をふりかえってみよう。壮麗な鏡の間にはじまって、王の寝室、謁見の座、そしてあの広大な庭園にいたるまで、築城にかかった国費はまさにはかりしれない。マリー・アントワネット以前に、ルイ十四世こそ「贅をきわめた」王侯だった。しかも太陽王はこの浪費を政務としておこなった。「王がすべて、国民は無」――この権力を知らしめるべく、王は浪費をスペクタクル化したのである。そうして見世物になった最大のもの、それは王の身体だった。ヴェルサイユでは起床の儀から就寝の儀まで王の一挙手一投足が政治的意味をもつ。「国家、それは私だ」という名高い言葉は、「私」がそのまま「公的な身体」だという宣言なのである。

この権力は、とうぜん衣装にもおよぶ。マリー・アントワネットのファッションはルイ十四世のそれに比べるとつつましやかでさえある。王妃は流行に従ったが、ルイ十四世は流行を自分に従わせたからだ。鬘《かつら》の着用からヒールの着用にいたるまで、王の趣味は宮廷を支配した絶対の掟であった。赤い革を張ったヒールはその名もルイ・ヒールと呼ばれ、ヴェルサイユの宮廷貴族の仕着せの一部となる。そして、この劇場国家の舞台の上で、ルイ十四世より高いヒールを履くことは御法度だった。王の衣装は権力の表徴だったのである。

こうしてみると、マリー・アントワネット時代の贅沢の変容がよくわかる。彼女にいたって贅沢は政治性を失い、マリーというひとりの女の趣味に堕したのだ。わずかに「形式」は残っている。王妃の朝のお召替えは依然として公務である。ただそこには、君臨するという精神がもはや無い。要するに、マリー・アントワネットとともにファッションは非政治化し、ただの「おしゃれ」になったのである。マリーが装身具に凝ったのはもっと美しくなりたかったから、派手な髪型を好んだのはただ目立ちたかったからだけのこと。こうして彼女とともにおしゃれと権力は分離してしまったのだ。

王妃であるより女でいたい

そう、マリー・アントワネットが欲しかったのは、ただの贅沢暮らし。その贅沢は、現代のわたしたちの「ラグジュアリー」にとても近しい。政治的権威から遠く離れて、自分の身を飾るドレス、それを着て恋をしたくなるような。

わたしたちは、ルイ十四世の美々しき王の正装など想像することしかできないが、マリー・アントワネットのおしゃれや贅沢なら、理屈ぬきにわかる。個人的で、プライベートな贅沢――ここからモダン・ラグジュアリーまでは一直線だ。この意味でヴェルサイユの落日は近代の女たちの消費の始まりといえるかもしれない。「リュクスな旅」だの「リュクスな装い」といった言葉がおどる女性誌を読むわたしたちは、マリー・アントワネットの末裔なのだ。

かつてルイ十四世が赤いヒールを履いたのは得意なバレエを踊り、「権力の舞踏」を披露して君臨するためだった。けれど、マリー・アントワネットがヒールを履いたのは、恋をするため。華麗なドレスの下にかわいい足を隠して愛しいあのひとに靴を脱がせてもらうため……。ハプスブルグ家とブルボン家の政略結婚で王妃の座につかされた乙女は、ヴェルサイユを離れたトリアノンの中庭で、さぞかし恋を夢見たにちがいない。その夢の貴公子フェルゼンがはたして彼女の靴を脱がせたのかどうか、諸説あってさだかでないが、確かなことは一つ、マリーの足を飾ったのが優雅を極めたロココの靴だったということだ。ヴェルサイユの貴婦人たちに愛されたこの華奢な履物は、その名も《Venez-y voir》（見にきて）という艶っぽい名で呼ばれていた。マリー・アントワネットもまた同じ言葉を心に秘めて恋人の訪れを待ちわびたにちがいない。

この春、ソフィア・コッポラ監督の『マリー・アントワネット』が上映されて話題をよんだ。革命の足音をよそに華やいで遊びあかすマリーの人生の「美しい時」の数々が、絵のように広がって観る者を魅了する。宝石かと見まがうきらびやかな靴やミュールが画面に散らばるシーンは、ラグジュアリーの花びらが撒き散らされたかのよう。そのロココな靴たちは、スペインの巨匠、マノロ・ブラニックのデザインになるもの。さすがはソフィア・コッポラ、恋の小道具を忘れないセンスが小憎らしい。政治を忘れて恋とファッションにうつつをぬかす「ラグジュアリーの女王」の姿があざやかに眼に残る。

（二〇〇七・四）

ウージェニー皇后——ブランドは后妃から

雪白の誘惑

フランスでいちばん有名なものは？　と聞かれたら、あなたはいったいどう答えるだろうか。ワイン、エッフェル塔、ルーヴル美術館……どれも正解だろう。だが、もしかして若いマドモアゼルならこう答えるかもしれない。「フランス？　ああ、ルイ・ヴィトンかな」

いまや日本人の三人に一人が持っているといわれるルイ・ヴィトンは確かにフランス名物の一つだといっても過言ではないだろう。ところでこのルイ・ヴィトンに美貌の「生みの母」がいたことはあまり知られていない。

母の名は、ウージェニー皇后。時は第二帝政。ナポレオン三世の后としてチュイルリー宮殿の華となり、「おしゃれの女王」となったファッション・リーダーである。ルイ・ヴィトンはこの后妃《こうひ》ウージェニーのお眼鏡にかない、みごと皇室御用商人のお墨付きをもらった。それがヴィトンのブランドへの道の第一歩だったのだ。

いや、ことはヴィトンにかぎらない。一八五二年から七〇年まで、バブル景気に湧いた第二帝政は、近代ブランドへの道を歩み始めたメゾンが輩出した時代だった。たとえば「ミツコ」で有名な香水商ゲラン。ゲランはそれまでイギリスにとられていた香水のトップ・ブランドの座を奪いとり、「フランス香水」の伝統の礎を築いた。ゲランの躍進を支えたのは后妃ウージェニーに捧げた「オー・ド・コロン・アンペリアル」。皇后御用達の栄誉は、ゲランの香水にオーラを授けたのである。

ゲランの香りをただよわせながら、雪のように白い肩をあらわに見せて並みいる貴紳を魅了したウージェニーはスペイン生まれ。アンダルシア娘特有の激情と憂愁、光と影の二面をあわせもつ娘に育った。その娘が女に眼のないナポレオン三世のハートを射止めたのは、男の目をひきつけずにはいない滑らかな白い肩のおかげだったといわれている。

確かに后妃はきれいな肩がご自慢で、大胆に胸と肩をはだけたドレスを宮廷に流行らせた。現代にいたるまで「デコルテ」と呼ばれてパーティ・ドレスの定番となっているロングドレスは、ウージェニー皇后に多くを負っているのである。実際、彼女のあらわな肩は強烈な性的魅力を放ち、ナポレオン三世は一目でこの「雪白」の魅力に負けてしまったという。スペイン娘はちゃんとそれを計算して、みごと后妃の地位を射止めたのである。

いや、計算したのは、むしろ娘より母親のマヌエラ伯爵夫人だったかもしれない。マリー・アントワネットの時代からおよそ一世紀、同じように外国からフランス宮廷に嫁いだ身の上は同じでも、マリー・アントワネットの母が「女帝」マリア・テレジアであったのにくらべ、ウージェニーの母はむしろ「ステージ・ママ」と呼ぶにふさわしい器だった。若くして夫の伯爵をかえりみなくなった夫人は、末娘のウージェニーを玉の輿《こし》にのせようと、夫のいる故国スペインを後にして、華やかなイギリス、パリの社交界に出入りしながら娘の売り込みに熱心だった。スペイン娘は、政略結婚というにはあまりに現代的な「玉の輿」結婚によって后妃の座についたのだ。

ブランド時代

現代的になったのは結婚ばかりではなかった。ゲランがそうであるように、商人たちもまた、皇室御用達のオーラを利用して自分のメゾンを大ブランドにしようと熱心だった。

第二帝政は、産業革命の飛躍的展開とともにパリがモダンな消費社会のにぎわいをみせはじめた時代である。「パリ大改造」は、シャンゼリゼのように広い街路を出現させ、メインストリートにはデパートが軒をならべて、ウィンドー・ディスプレイが人びとの眼を奪う。バブルな時代だったのだ。

そのバブル景気を象徴する一大イベントが万国博覧会である。香水のゲラン、クリスタルのバカラ、銀器のクリストフルのような奢侈《しゃし》品産業はこの万博で金メダルを競いあった。金メダルといえばオリンピックの話ではないかと思われるかもしれないが、金・銀・銅のメダル授与という発案はもともと万博が先で、オリンピックの方が後からそれを踏襲したのである。皇室御用達が「ブランドへの道」の第一条件だとすれば、万博の金メダルは第二条件であったのだ。

そして、奢侈品産業がにぎわいを見せたのは、万博会場だけではなかった。チュイルリー宮で毎週のように催される晩餐会は、華麗なラグジュアリー気分にみちていた。それもそのはず、居並ぶ紳士淑女は礼服着用を義務づけられていたからである。「産業王」ナポレオン三世は礼服に必要な金モールや肩章などの奢侈品産業を奨励しようともくろんだのだ。まさに彼はバブル時代にふさわしい皇帝であった。

いきおい、皇后にとってもおしゃれは「政務」である。果たして、ウージェニー皇后とともにオートクチュールが誕生をみる。クチュリエの名はワース。先にふれた広い胸あきのデコルテはワースのデザインになるものである。ワースは肩を強調するだけでなく、大きなパニエを使って花のようにスカートをふくらませた。クリノリン・スタイルと呼びならわされているこのスタイル、実は妊娠で膨らんだ皇后のおなかを隠すためだったという説もあるが、巻き毛と白い肌をひきたたせた人形のようなスタイルは、いたくウージェニーのお気に召し、宮廷中に、街中に、クリノリンの群れがあふれた。

ドレスはヴィトンの箱に

そしてこのクリノリン・スタイルこそ、ルイ・ヴィトンの繁栄のルーツにあるファッションなのである。というのもヴィトンのスタートはこのドレスの収納をあずかる荷箱造り兼梱包商人(martier)だったからだ。

若きルイは大きなドレスが流行ることを友人ワースから伝え聞いていた。だから大きな木箱をあつらえていた。その大きさは、現代のわたしたちの想像をはるかに超える。その大きさを誇張して、ときどき私は学生にこんな言い方をしたりする。

「ねえ、ルイ・ヴィトンって、そもそも自分で持つものじゃないんですよ。そう、召使いに持たせるトランクなのよ、ヴィトンって」

しかも、大きさだけでなく、数がまたすごい。現代のブランド・フリークでもヴィトン数十個、エルメス数十個といった話をきくが、ウージェニー皇后が所持した木箱の数は、数十個から百個を下らなかった。とうてい自分でもてるようなスケールではないのである。

ファッション・リーダーのウージェニーは、数知れぬドレスを収納できる箱と、その扱いにたけた「手」を求めていた。その黄金の手の持ち主が、ルイだったのである。ヴィトンの創業は一八五四年。一五〇年あまりの伝統を誇るこの老舗《しにせ》ブランドにとってメモリアルなその「起源の日」を、社史は誇らかに書きとどめている。少し長いが引用してみよう。

ある日のこと、荷箱梱包商人マレシャルのところで働いていた若きルイは師とともに宮廷に伺候《しこう》して、ドレスの収納をはじめる……「見習い職人のヴィトンは、細心の注意を払って巨大な衣装簞笥《だんす》の梱包をした。手が震えそうになるのをこらえた。（…）若き后妃の見守るなか、ルイはウージェニー皇后がいちばんお気に入りの、薔薇色とパール・グレイと薄紫色のドレスをうやうやしく折りたたんだ。ルイ・ヴィトンの細心さ、器用さ、手早さはいたく后妃のお気にめした。（…）以来、后妃はこれ以後自分の衣装の梱包にたずさわるのはルイ・ヴィトンただ一人にしたいと仰せられたのである」。

見習い職人だったルイが独立して自分のメゾンを構えるのは翌年のこと。世界に冠たるルイ・ヴィトンの礎を築いたのは、ウージェニー皇后だったのである。歴史によくある「幸福な出会い」というべきだろう。

いや、そうではないかもしれない。ルイ・ヴィトンにとっては幸運だったその出会いは、ウージェニーにとっては不幸なのかも……一五〇年の時の流れとともに、人びとの記憶に残ったのはウージェニーの美貌でもその白い肩の魅力でもなく、ブランドの名の方なのだから。

（二〇〇七・五）

印象派の美女たち――セーヌのカエル娘

トレンディな風俗画

五月。初夏の陽を映してゆらゆら揺れる水辺が恋しい。印象派の絵を見るならこれからの季節だろう。ところで、モネといいルノワールといい、印象派は「女」と結びつきが薄いように思われてはいないだろうか。何といっても水と光の風景が印象派のモチーフだから。

ところが、実際に絵を見てみると、その水の風景を際立たせているのは女たちの姿である。たとえばルノワールの「シャトウのボート乗り」（図1）。印象派の巨匠たちのなかでもルノワールは女性の肖像画が多く、晩年は肖像画家だったともいえるが、セーヌ河畔を描いたこの絵は、いまだ若き日の風景画。晴れた初夏の空を映す水面はキラキラ輝いて休日気分をかもしだし、セーヌのピクニックとしゃれた若いカップルがファッショナブルな装いに身をつつんでいる。あきらかにこれはデートの風景を描いた風俗画なのである。

図1　ルノワール「シャトウのボート乗り」

図2　モネ「ラ・グルヌイエール」

同じことが、モネの「ラ・グルヌイエール」（図2）についてもいえる。画面中央の丸いスポットは、その形から「カマンベール」と呼びならわされていた場所だが、一八六〇年代当時、ここはしゃれた外出着をきた行楽客たちが集まるトレンディ・スポットだった。画面右手に描かれているのは、水浴場兼カフェで、そのカフェの名が「ラ・グルヌイエール」なのである。モネの絵もまたバブルな第二帝政の民衆の快楽の光景を描いているのだ。

かれらが青春を過ごした第二帝政期は鉄道が飛躍的発展を遂げた時代だった。モネの「サン・ラザール駅」の絵は有名だが、サン・ラザール駅はパリからセーヌ河畔へと行楽にくりだす人びとが頻繁に使った駅である。サン・ラザールからアルジャントゥイユまでは当時も今も列車で三〇分足らず。現代にたとえていうなら、セーヌ河畔はさしずめ臨海副都心、ラ・グルヌイエールはお台場だともいえようか。

若きモネやルノワールは絵筆とキャンバスを携えてみずからもまた行楽客たちに混じって汽車に乗り、セーヌ河畔に降り立って最新流行の風俗を描いたのである。その絵のなかに描かれた女たちがファッショナブルな装いに身をつつんでいるのは決して偶然ではないのだ。

お針娘とピクニック

ところで、その女たちは、いったいどんな女だったのだろうか。印象派は誰をモデルに絵を描いたのか？

自分の恋人――これがいちばんの正解だろう。貧乏画家のかれらはプロのモデルをやとうような金もなかったし、かれらの周囲にはまさしく「伝説」の恋人たちがあふれていたからだ。

ここで「伝説の恋人」というのは、お針娘 grisette のことである。地方からパリへと人口が流入し続けたこの時代、手に職のない娘たちがパリですぐにありつける仕事といえば、洋服や帽子や花飾りなどを手作りして店に渡す内職だった。家賃の安い学生街カルチエ・ラタンや、新興地モンマルトルに住むことが多かった彼女たちは、学生や貧乏画家たちのかわいい恋人となって、日曜日には連れ立ってセーヌにピクニックに出かける――ミュッセの小説『ミミ・パンソン』やミュルジェールの小説『ボエーム生活情景』に描かれ、やがてプッチーニのオペラ『ラ・ボエーム』のヒロインとなるに及んで不朽の伝説となった可憐なお針娘は、若き日のルノワールの恋人であり、モネの恋人でもあったにちがいない。印象派の画家たちは、その技法においてだけではなく、仲間のしろうと娘をモデルにしたことによっても従来にない斬新な前衛だったのである。

カエル娘は水が好き

とはいえ、彼らの絵に描かれた若い女たちは、お針娘ではあっても、別のはやり名で呼ばれていた。「カエル娘」である。カエル娘とは、まさにモネの絵のタイトルにある grenouillère。カエル (grenouille)

をもじってできたニックネームである。彼女たちはカエルよろしく水辺が大好きで、毎日のようにセーヌに出没したからだ。モネの描いた「ラ・グルヌイエール」は彼女たちのたまり場でもあった。

そのことがよくわかる当時のポスターがある。パリとサン・ラザールを結ぶ西部鉄道の宣伝ポスターである（図3）。セーヌの橋に水着を着た娘が愉しげな顔をして立っている。画面に踊る文字は「グルヌイエールのダンスパーティー」。右上に毎木曜日とある。ダンスというのは、この水浴場兼カフェは、昼の水浴とならんで、夜はフレンチ・カンカンを売りものにしていたのだ。

ということは？

そう、十九世紀後半のバブルな都市のデート・スポットに集ったお針娘たちは、「からだ」が売りものだったのである。ぴちぴちした水着スタイルといい、すらりとした脚をみせつけるカンカン踊りといい、水辺に集まる女たちは、水商売と背中あわせ。カエル娘と娼婦の境界線はかぎりなく曖昧なものになってゆく。

「絵解き美女伝説」の真相は……

モネやルノワールはそれを承知のうえで、当時の最新風俗を描いたのである。「水と光のたわむれ」や「外光派」という紋切り型の印象派理解では、当時の文化史的事実がすっぽり抜けおちてしまう。初夏の陽を映すセーヌの水は、その意味で性愛の水でもあったのだ。

図３　西部鉄道のポスター

図４　クールベ「セーヌ河畔の娘たち」

嘘だと思われるなら、証拠にもう一枚の絵をあげてみよう。印象派の先達、クールベの作品。一八五六年に描かれた「セーヌ河畔の娘たち」（図4）。

着飾った娘がふたり、しどけないかっこうでセーヌ河畔の草むらに寝そべっている。どうみても育ちの良い娘ではない。客を待っている女、あるいは、客をとった後の疲れた姿かもしれない。いずれにしろ「あやしい」女たちであるのは一目瞭然ではないだろうか。

かくして印象派の美女たちは、水の「歓楽」の女たちなのだ……。

こんな「絵解き美女伝説」はちょっとと首をかしげる読者がいたら、モーパッサンの小説をお読みになることをお勧めしたい。モーパッサンは「セーヌの恋人」と呼ばれたボートマン。セーヌにたむろする娘たちの恋愛沙汰をさまざまな短編に書いている。ずばりカエル娘の生態を書いているのが『蠅』と『ポールの恋人』。

その短編の内容紹介はやめておくことに致しましょう。カエル娘の生態の真偽のほどはご自分の眼で確かめた方が。モーパッサンの小説は短くて、がんばれば初級フランス語でも読めることですし──。

（二〇〇七・六）

椿姫——はかなき美女のアイコンは……

「ブージヴァルのダンス」

『椿姫』の舞台といえば、いったいあなたはどこを考えるだろうか——なんて言うと、「え、パリじゃないの?」と首をかしげそうな読者の顔がうかんでくる。もちろん椿姫はパリに咲いた名花。デュマ・フィスの小説でもヴェルディのオペラでも、ヒロインはまさにパリ伝説中の美女である。

ところがへそ曲がりなわたしなどは、椿姫というとブージヴァルを思い浮かべてしまう。たとえばプルーストの長編小説『失われた時を求めて』でも、ゲルマント公爵夫人が好きな読者はパリ社交界を思い浮かべるだろうが、もうひとりのヒロイン、アルベルチーヌが好きな読者はノルマンディーの海辺に想いをはせるにちがいない。同じようにわたしは『椿姫』というとすぐにブージヴァルを思い出すのである。

実際、デュマの小説はかなりの頁をこの場所に割いている。ブージヴァルはパリの西郊、セーヌ河沿いに広がるのどかな田園地帯。都会の喧騒を遠く離れたこの水辺の地が虚飾の都市に背を向けたマルグリットとアルマンの愛の隠れ家になるのだ。きっかけは、マルグリットの気まぐれだった。

小説をひもとこう。

「ある朝のこと、まぶしく差しこむ陽光に目をさましたマルグリットは、ベッドから飛び降りると、今日は田舎へ連れていって、と言うのでした」。

やがて二人は馬車にゆられてセーヌ河畔の野へ。ゆるやかに流れるセーヌは陽光を映してキラキ

ルノワール「ブージヴァルのダンス」

ラと白いリボンのように光り、ポプラの梢を風が渡ってゆく。さわやかな水辺の風景は、騒々しい歓楽に疲れた恋人たちの心をやさしく癒やす。おまけにその日二人はそこに一軒の瀟洒《しょうしゃ》な家を見出したのだ。小さな森を背後にした静かな家は、まるで二人の愛の巣として建てられているかのようだった。

デュマが『椿姫』を書いたのは一八四八年。西部鉄道が開通する前だから、その頃はまだ印象派の画家たちもセーヌ河畔のスケッチに出かけていない。やがて鉄道開通とともに、ブージヴァル一帯がおしゃれなデートスポットになり、その人気スポットをモネやルノワールが好んで描いたことは先回述べたとおりだが、そのルノワールに、「ブージヴァルのダンス」という作品がある。

田舎風に麦わら帽をかぶった男が、若い女と踊っている。背後には、アウトドアを楽しむ行楽客の群れ。この絵は三枚のダンス連作になっていて、もう一枚は、「都会のダンス」。こちらの方は、男は燕尾服、娘は夜会服に身をつつみ、いかにもシックである。三作目の「田舎のダンス」は、田舎くさくめかしこんだ娘が素朴な喜びに頬を上気させている。連作が描かれたのは一八八二年から八三年にかけて。『椿姫』からおよそ三〇年後である。マルグリットとアルマンのブージヴァルは、やがてアウトドアがはやりになる直前の古き良き田園だったのだ。

「都会のダンス」

実際パリではこの頃からしだいに「田舎」が流行しはじめた。「ロハス」とまではいわないけれど、都市文化に疲弊した社交人士が田舎の緑と水を求めてパリ西郊のセーヌ河畔に屋敷や別荘を建て始めてゆく。今も残るゾラやツルゲーネフの館は観光名所ともなっている。

けれど、椿姫の田舎暮らしには流行以上の理由があった。肺結核である。当時、この病いには転地ぐらいしか療法がなかった。それまでも彼女はバーデン＝バーデンなどの温泉保養地に滞在を重ねている。とはいえ、刹那的な快楽に明け暮れるこの浮き名たかい娼婦は真面目に療養するでもなく、贅《ぜい》を凝らした装いで保養地の夜の舞踏会に足を運び、熱にうるんだメランコリックな美貌で紳士たちを誘惑する方が多かった。

その彼女がブージヴァルでは健康的な生活に目覚め、不治の病いと本気で闘おうとする。真の愛に目覚めた娘は命を惜しむようになったのだ。とはいえ、その努力もむなしく、椿姫は二十三歳の若さではかなく散る……。だからこそ椿姫は永遠の伝説となって、今も愛され続けているのである。胸を病む乙女のうるんだ瞳、けだるい風情、いまにもくずおれそうな脆さ、と思えば、突然熱に浮かされたかのような空はしゃぎ――こうした椿姫の姿こそ、「はかなき美女」の原型であり、デュマは「胸病む乙女」の美を永遠の伝説にしたのである。

そういえば、二〇〇二年初めにＮＨＫテレビで放送されたイタリア放送協会による『トラヴィアータ』は、フランスの全面的協力のもと、舞台をすべてパリにとって、現地パリからの生放送という豪華版だったが、ブージヴァルの場面には、ヴェルサイユのトリアノンが使われていたのがとても印象的だった。実際マリー・アントワネットのトリアノンは椿姫のブージヴァルと通じあう。どちらも豪奢な遊蕩に明け暮れた「ラグジュアリーの女王」の田舎趣味だからだ。もっとも椿姫には病の治癒という切実な理由もあるにはあったのだけれど。

逆にいえば、それほどパリの都の歓楽は不健康で、退廃をきわめていたということだ。いつも劇場の初演に麗姿《れいし》を見せ、言いよる男たちをいいようにあしらいながら、贅沢三昧で彼らの財産を食いつぶす椿姫は、まちがいなくマリー・アントワネットの系譜につながっている。そういえば二人とも名前はマリー。『椿姫』のモデルになったといわれている娘の名は、マリー・デュプレシーである。どちらのマリーもラグジュアリーに溺れて身を滅ぼしてゆく。

いや、マリーに流れている血はむしろあの「ブランドの女王」ウージェニー后妃の方かもしれない。マリー・デュプレシーの生涯を詳細に綴《つづ》ったＭ・ブーデの伝記『よみがえる椿姫』は、彼女の贅沢ぶりを次のように伝えている。

「家具類は主として紫檀《したん》材。そうでなくては高級住宅とは言えない。つづれ織りの壁掛けは房飾り付き。カーテンレースはモスリンで、ベッドカバーは絹である。マホガニー材のダイニングは脇役だ」。贅沢はもちろん邸宅だけではない。行きつけの店は、パリ社交界のおしゃれ人士が顔をならべるカフェ・アングレ。ワインはダンタン通り一九番地の有名店、ケーキはオペラ座近くのロレ菓子店。グルメがこうなのだから、おしゃれ道具は言わずもがな。「肌着はラ・ペ通り二番地の有名なブリュレ＝ルノー夫人の店」でしか買わないし、自慢の黒髪をいじらせる理容師は当代人気のドズテール。

要するに、椿姫ほどのセレブな娼婦ともなれば、何から何まで有名ブランドでなければならないのである。このようなブランド志向の遊蕩生活をおくっていては、胸を病んでいなくても疲れてしまう。椿姫は、ブランド時代をむかえつつある消費都市パリが生んだ「病める花」なのである。「都会のダンス」はバブルなダンス、おしゃれでセレブな快楽は、身も心も休まるときがない……。

だからこそ、田園の「癒やし」が必要だったのである。バブルなブランド熱がヒートアップする一方で、むやみに「癒やし」がはやる――なんだか、どこかの国で見た風景のような気がするけれど。

もうひとつのカメリア

ところで、椿姫といえば何といっても椿、カメリア（camélia）である。芝居の初演に姿を見せるのはパリの娼婦に欠かせない職務。舞台の女優よりも観客席の美女たちの方が見ものだったのだ。

その日、マルグリットの桟敷席《さじき》にはきまって「オペラグラスと、ボンボンの袋と、椿の花束」がそろっている。事実、当時の高級娼婦は花にもずいぶんな散財をした。客を迎える屋敷にはいつも珍らかな花を飾っていたからである。「椿姫」という名は、デュマによれば、そもそもマルグリットご用達の花屋がつけたあだ名だという。いずれにしても、この椿なくして彼女の美女伝説はありえなかったことだろう。社交界という舞台に生きる一種の芸能人である高級娼婦は、目立つための「旗印《アイコン》」、トレードマークが必要だからだ。椿のおかげで、一人の娼婦が永遠に名を残すことになった。デュマの小説は何といっても《Dame aux Camélias》というタイトルが千両役者なのである。

そして、そのデュマの時代から歳月は流れ、やがて二十世紀があけそめて、高級娼婦という存在は遠い記憶のなかに消えてゆく。「主婦」の時代が幕をあけ、キャリアウーマンの時代が後に続く。

ところが、その新しい時代にまたしても「椿」が返り咲くのだから歴史は面白い。椿をみずからのアイコンの一つにした美女――そう、あのココ・シャネルである。シャネルもまた椿を愛し、そのアイコンを商品にした。椿姫とシャネル――一見、とんでもない組み合わせである。娼婦好みの美々しいドレスをばっさりと一掃したのがシャネルなのだから。

ところが、二人の生涯をみると、あるところまでそっくり同じなのに驚かされる。二人そろって、父親は町から町へと流れ歩く行商人。二人とも、幼い頃に母親を亡くしている。だから彼女たちはひとりで自活する道を歩まざるをえなかったのだ。似ているのは椿だけではないのである。二人は意外に近しい道をたどっている。それもそのはず、実はシャネルもまた——あ、先走りは禁物。続きは、ずっと後の美女伝説の楽しみにいたしましょう。

（二〇〇七・七）

エステル――フランスの真珠夫人

世界でいちばん美しい乙女

美女はその名も美しい。名を聞いただけで、麗しい姿が立ち匂う、それが美女なのである。椿姫、カルメン、楊貴妃――思いつくままにあげてみても、洋の東西を問わず、一度その名を聞くと忘れがたく心に残る。こういうオーラのある名はまちがいなく美女の条件なのだ。

いまあげた三人ほど有名ではないが、ヨーロッパには、必ず美女を思い浮かべる名前がある。「エステル」である。出典は旧約聖書の『エステル記』。聖書起源の美女といえば、いちばん有名なのはたぶんサロメだが、サロメが悪女であるのにたいし、エステルは献身的な美徳によって心を打つ乙女である。

聖書をひもといてみよう。

紀元前のはるかな昔。ペルシャ一帯にならびなき権勢を誇る王アハシュエロスは、ある日の宴で、王妃ワシュティに伺候《しこう》を命じた。ところが王妃は王の命を軽んじて姿を見せようともしない。怒った王はワシュティから王妃の座を奪い取り、別の娘にあたえようと思う。そこで国中におふれをだし、未来の后《きさき》となるべき「美しい未婚の乙女」を募ることになった。選り抜きの乙女たちが王宮に召され、高価な化粧品の数々をあたえられて身を飾り、王の寵愛を競いあう。そのなかでみごと王の心を射止めた乙女がエステルである。王はこの可憐な乙女にいたく心をひかれ、ついに王妃の位をあたえることになった。

エステルはユダヤの出である。幼い頃に父母を亡くし、親戚のモルデカイの養女となって育てられた。ユダヤの民はこの時代からすでに自分の国土を持たず、地に散らばる離散の民。モルデカイはエステルにユダヤ人という出自を秘密にして決して明かさぬよう言いきかせて宮廷におくりだす。はたして幾歳月の後、土地のユダヤ人全滅を計る陰謀がもちあがり、迫害の手はモルデカイの身にも及んだ。王の寵愛あついエステルは、たっての望みとして、ユダヤ迫害の首謀者とその一族の殺害を王に申し出る。かくてエステルはユダヤ救国の美女として、永遠にその名を残すことになったのだった……。

海底の真珠

このエステルに想を得た小説が十九世紀の文豪バルザックの『娼婦の栄光と悲惨』である。作品数百篇に及ぶバルザックの『人間喜劇』のなかでも、この悲恋の物語は格別ファンが多い。この小説が悪の巨人ヴォートランの暗躍する活劇だという理由も大きいが、何といってもユダヤ娘エステルのこの世のものとも思われぬ美しさゆえである。しかもこの娼婦は、魂が美しい。美青年リュシアンに宿命の恋をして、汚れた身を悔いあらためた可憐な乙女は、愛しいリュシアンの出世のためわが身を犠牲にしたあげく、その哀しみにたえかねて、自ら毒をあおる。死にゆくエステルの崇高な姿は読者の魂をゆさぶらずにはいない。

エステルの死は、ユダヤ人の叔父の遺した遺産のドラマとからみあい、物語はドラマチックな急展開をみせるのだが、紙幅がないのでストーリーの紹介は割愛するとして、わたしたちの興味の中心は娼婦エステルの悲恋である。

哀しい別れを迎えるその日まで、二人の恋人たちは数年のあいだ、パリ社交界の噂をおそれて人目を避けた隠れ家で睦まじい時を過ごす。ひっそりと世に隠れた場所で愛を交わす恋人たちの描写は深い印象をあたえずにいない。

かつてはその美貌ゆえにパリ中の金満家の愛をほしいままにし、湯水のようにかれらの財産を食いつぶした娼婦は、一転して地味な隠れ家に身をひそめ、愛するリュシアンただ一人のためにだけ化粧をする。そのエステルの暮らしぶりをバルザックは実に印象的な言葉で語っている。「愛を捧げ忠実に尽くす女というものは、隠棲と身を隠すことと、海底の真珠にも似た暮らしを考えだすものである」。

華やかな社交界の貴婦人たちのさんざめきや、高級娼婦の歓楽の嬌声を遠くに聞くエステルのひたむきな愛は、まことに「海底の真珠」と呼ばれるにふさわしい。

貞操ドラマ

ところで、「真珠」といえば、もう数年前になるが、主婦の人気を集めて話題になったテレビドラマを思い出す。ヨン様が登場する以前、昼の連ドラのなかでは異例の視聴率をとり、DVDもできたドラマ「真珠夫人」である。

実はこの「真珠夫人」、もとをたどればバルザックの小説に由来するドラマなのだ。

まず、何といってもタイトルがそうである。「真珠夫人」の原作は菊池寛。名がものをいうのは美女だけでなく小説も同じだが、『真珠夫人』はタイトルが素晴らしい。さすがはジャーナリスト菊池寛だが、どうもこのタイトル、バルザックの『娼婦の栄光と悲惨』からいただいたのではないかと思う。

というのも実は筆者、ドラマがヒットしていた頃、何となく気になって『真珠夫人』を読んだのである。「真珠」が気になったせいかもしれない。読み進むうち、あっと思った。「海底の真珠」という言葉にゆきあたったからだ。

金満家の荘田勝平がヒロイン瑠璃子を見て一目ぼれするシーンで、瑠璃子の美しさを菊池寛はこう描いている——それまで勝平が金で買っていた芸妓たちの美は、「造花の美しさ」、「偽真珠の美しさ」であった。だが、いま初めて見る瑠璃子の美は本物の真珠の輝きを放っている。菊池寛の言葉をひこう。

「この少女は、夜ごとに下る白露に育まれた自然の花のような生きた新鮮な美しさを持っていた。人間の手の及ばない海底に、自然と造り上げられる、天然真珠の如き輝きを持っていた」。言葉使いはいかにも大正時代の小説だが、ヒロインはまぎれもなく「海底の真珠」ではないか……

だが、それだけの符合なら、バルザックの影響だと断言できないかもしれない。ところが二つの小説は見所もぴたりと一致するのだ。見所というのは、ヒロインの「貞操」である。貞操などすっかり死語になってしまった現代だが、テレビドラマ「真珠夫人」がヒットしたのは、このアナクロな古めかしさが逆に新鮮に映ったのである。

眉目秀麗の青年と恋仲にある瑠璃子は、運命にもてあそばれて泣く泣く勝平の妻となるが、貞操だけは決してゆるそうとしない。「きれいなからだのままで」恋人と再会する日を夢見つつ、負債の返済のために形だけは勝平の妻となる。男と女のこうした「ありそうにない」設定がかえって視聴者にうけたのだ。テレビの前で、毎回視聴者が手に汗握るのは、ただ一点、からだを求めて迫ってくる勝平から今夜も瑠璃子が無事逃げおおせるかどうかというスリルである。このスリルでドラマは次週に興味をつないでゆく。

美の代償

一方バルザックの小説も、まさにこのスリリングな場面が読みどころになっている。エステルはヴォートランに命じられて、リュシアンの出世に必要な資金捻出のためにパリ一の銀行家ニュシンゲンの囲い者となる。

心はリュシアンに焦がれつつ、銀行家のものになるエステルの哀しみは胸に迫るが、ストーリーは『真珠夫人』とまったく同じく、身も心もリュシアン一人のものでありたいと願うエステルが、あるときは心情あふれる涙によって、またあるときはかつてパリ一と謳われた娼婦の手練手管によって、ニュシンゲンの欲望をかわし、数カ月にわたって身をまもりぬいてゆく。そのハラハラドキドキが読者に頁をめくらせるのである。『娼婦の栄光と悲惨』はフランスの『真珠夫人』なのだ。いや、話は逆である。菊池寛の『真珠夫人』こそ日本の『娼婦の栄光と悲惨』なのだ。ただ不思議なのは、菊池寛がこの新聞小説を書いた大正九年、バルザックの小説がいまだ翻訳されていなかったことである。菊池寛がフランス語の原書を読んだという痕跡もない。ありうるのはおそらく英訳で読んだのではないかという憶測である。じっさい『金色夜叉』以来新聞連載小説が大ヒットしていた当時、横のものを縦にして翻案するのはよくあることだったらしい。

真偽のほどは比較文学の専門の方にゆずるとして、大切なのはわれらが美女伝説、彼女ら美女の「名」の力である。瑠璃子というヒロインの名も宝石のように美しいが、うがった見方をすれば、これまた菊池寛がその鋭い勘でエステルという美女の名のオーラをキャッチして、それに匹敵する名を考え出したのではなかろうか。ヒロインの名はその運命を決定する。平凡な名のヒロインは平凡な生涯をおくるし、地味な名は人生の脇役にあまんじるものだ。菊池寛がそれを知らなかったはずがない。

エステルはこの世でいちばん美しい乙女。けれども絶世の美は、その代償に、並みの女があじわうような平凡な幸せを奪い取ってしまう。その意味では、美しすぎる名は時に不幸な運命の約束でもある。旧約聖書のエステルは永らえるが、バルザックのエステルも、「真珠夫人」瑠璃子もそろってはかなく散って天に咲く。美人薄命。椿姫といいエステルといい、美というものは残酷にできているのかもしれない。

（二〇〇七・八）

花咲く乙女たち——ヴィーナスの誕生

海に咲く

マンガ人気とともにカワイイ文化がフランスにも上陸したといううわさをよく耳にする。そのたびにわたしは、「またしても……」という既視感におそわれる。「大人の女」に代わって「少女」がフランス文化の表舞台に踊りでたのは何も今が初めてではないからだ。

そう、世紀が変わると、美女もまた新しくなるもの。その新旧交代劇を描いたともいうべき傑作がプルーストの小説『失われた時を求めて』である。大長編だが、第二篇『花咲く乙女たちのかげに』は何度読みかえしてもみずみずしく、二十世紀の空に咲く「乙女」の姿が匂いたつ。十九世紀末の暮れゆく歳月を描いてきた作家の筆は、ここへきて突然、失われた時の向こう、やって来る新しい時代の波動を目撃する……。

舞台はノルマンディーの海辺。夏のシーズンを避暑地で過ごすことにした語り手は、浜辺に面したホテルの遊歩道に、「光を発する一個の彗星のように」前進してくる少女たちの一団に出会う。

少女たちは、ぴちぴちと「若さに満ちあふれた」しなやかな身体で、ほかの避暑客には目もくれずに進んでくる。まるで自分たちは特別な人種だと言わんばかりに。事実、彼女たちは裕福な避暑客たちとはまったく別の階層から生まれた人種で、まばゆい若さのオーラを放っている。「美しい彼女らのみが選ばれて友だちとしてグループをなしている」のである。プルーストはノルマンディーの海辺で「新しいヴィーナス」の誕生を目の当たりにしたのだ。光る彗星のように現れた少女たちは、やがて街にあふれて「大人の女」にとって代わる二十世紀のヒロインたちなのである。テキストを広げてみよう。

彼女らの属している階級、それがどういうものかを明確にしようとしても私にはできなかったであろうが、(…)社会のある階層が自然かつ大量に美しい肉体を生み出しており、その肉体は美しい脚、美しい腰、健康で落ち着いた顔を備え、きびきびしていてどこか抜け目ない様子をたたえているのかもしれない。こうして私がいま海を背景にして見ているものは、ギリシャの岸辺で太陽に照らされている彫刻のように、気高くまた穏やかな人間美の典型ではなかったであろうか。

(プルースト『失われた時を求めて』鈴木道彦訳、集英社。以下、プルーストの訳はすべてこれによる)

みられるとおり、この少女たちは新しい「人間美の典型」なのである。青い夏の海の波間から、未聞の、新世紀のヴィーナスが浮かびあがる——「花咲く乙女たち」とはこうして生まれてきた新しい人種の美しい名前にほかならない。

彼女たちはいつもグループをなしている。少女たちの際立った特色は、いつも「群れている」ことだ。プルーストが「集団の魅力」と言うとおり、少女は一人では存在しない。少女は必ず群れていて、群れていてこそ、その魅力を存分に発揮する。こうした少女たちの特性をプルーストほど鋭くとらえた作家はいないだろう。

実際、海辺の少女たちは常にグループで行動し、このうえもない「傍若無人さ」であたりを圧倒する。若さの特権を十二分に意識している彼女たちは、その身勝手なふるまいによって、若さの魅力をふりまいているのである。老いた避暑客が多いリゾート地にあって、この少女たちは、自分以外の人々などてんから無視して、思うまま好き勝手をやってのけている。

好き勝手をやりたい放題の、若さの特権。きゃっきゃっと黄色い嬌声をあげてはしゃぐ少女たち。その若さがふりまく幸福感……。そんな少女たちをプルーストは「鳥」と呼ぶ。軽やかに、あたりを無視してさえずり、飛翔する小鳥たち。あるいは、もっとよく比喩にのぼるのは「植物」である。世紀末のあの化粧した美女——一輪だけ摘み取られて室内に飾られて脂粉《しふん》の香をただよわせる貴婦人や娼婦たち——とはまったく異なる野の花々。
その花々は、一面に群れ咲いて自分たちの美しさを際立たせる。「太陽に焼かれ潮風に吹かれて金色とバラ色に同時に染め上げられた処女たちの、美しく展開される隊列」。隊列をなして群咲く海の薔薇たちは、いのちの美に輝きわたり、見る者を幸福のオーラで満たす。『花咲く乙女たちのかげに』は、病身の語り手がこのいのちのオーラを浴びて健康を回復する「癒やし」の物語でもあるのである。

お庭でトゥール・ド・フランスを

それにしても、やんちゃな少女たちは、人も無げにあたりを無視して進んでゆく。このヴィーナスたちは「スポーツ娘」なのだ。一人は自転車を乗り回し、もう一人はゴルフが好き。金色に日焼けした少女たちは、みなそろって「スポーティブな身体」の持ち主である。

実際、二十世紀はスポーツが最新流行になり、スポーツとモードが幸福な結婚をした初の時代である。やがて語り手の恋人となる少女のアルベルチーヌはこんなふうに言う。「あたしたちよくお庭でトゥール・ド・フランスをして、毎日ちがった発泡性のミネラルウォーターを飲んだものよ」。第一回トゥール・ド・フランスが国中を熱狂に巻きこんだのは一九〇三年。プルーストの小説刊行はその一〇年後。失われた時を見つめた作家は来るべき時をも見事に予見している。花咲く少女たちはスポーツの世紀のアイドルなのだ。

スポーツのアイドルといえば、テニス選手のマリア・シャラポワが思い浮かぶが、ここでもまたわたしは既視感におそわれる。プルーストの時代に、すでに美貌のスポーツ少女が存在していたからだ。

少女の名はシュザンヌ・レングラン。十一歳でラケットを握り、十六歳の若さで世界チャンピオンの栄冠を勝ち得た天才少女である。白一色のテニスウェアにヘアバンドをした美少女はたちまち全フランスのアイドルになり、流行児になった。スポーティブな身体がモードな身体になったのである。コルセットに身をかためた社交界ファッションは失われた衣装となって、モードの舞台から消えてゆく――このモード革命の大きさは、スポーツとならんでパリを席巻したロシア・バレエの演目をみてもわかる。

一九二四年、ディアギレフ率いるバレエ団がオペレッタ・バレエ『青列車』(le train bleu)を上演した。そのスタッフがすごい。脚本は、時の寵児、詩人ジャン・コクトー。舞台の緞帳《どんちょう》の絵を受け持つのはピカソ。そして舞台衣装はココ・シャネル。シャネルはその舞台衣装に水着とスポーツウェアを選んだ。スポーツウェアは二〇年代の「前衛」だったのである。舞台のテニス選手は、誰が見てもシュザンヌ・レングランとわかる白のテニスウェアを身につけていた。シュザンヌ役をつとめたのは、天才バレリーナ、ニジンスキーの妹のニジンスカヤ。現在ふりかえるとため息の出るような豪華スタッフのコラボレーションだが、それほどテニス娘は新時代のモードだったのである。ちなみにタイトルの「青列車」は、リビエラ海岸とパリをつなぐ豪華リゾート列車の名前。ノルマンディーの海辺に現れたヴィーナスたちは、やがて舞台をリビエラ海岸に移したのだ。

二十一世紀のヴィーナスは?

『失われた時を求めて』第五篇『囚われの女』は、語り手の恋人となってパリのアパルトマンに暮らす「少女のその後」の物語である。語り手の家の中にとじこめられて、「囚われ」の身となった後もなお彼女はあのノルマンディーの海と切り離しては存在しない。彼女の青い眼はそのまま海を想わせる。「その切れ長の青い眼は、(…)溶けて液体に変わったように見えた。だから彼女が眼を閉じると、まるでカーテンをひいて海が見えなくなるような感じだった」。

その青い眼を閉じて、アルベルチーヌは眠りこむ。この眠る少女の姿がまたしても「海の風景」をくりひろげてゆく。「ながながと私のベッドに横たわっている彼女は、花をつけた細長い茎をそこにおいた」かのよう。まさしく眠るアルベルチーヌは人格を脱ぎ捨てて、海に咲くあの花に返ってゆく……彼女の呼吸は、寄せては返す潮の満ち引きと一つになって見る者を永遠の命の神秘で満たす。

二十世紀のヴィーナスは、いのちの息づく海の波間から誕生し、その魅惑は、いつも海の青をたたえて人を癒やす。それから早や一〇〇年。カワイイ文化がはやる二十一世紀、大人の女にとって代わった少女はいまなお癒やしのオーラを放っているのだろうか。それとも二十一世紀のヴィーナスはすっかり面変《おも》わりをして、また新しい少女たちが誕生しているのだろうか。

（二〇〇七・九）

マルグリット・デュラス――書かれた海

水の昏さ

夏の名残りのなか、海を愛した作家デュラスのことを書こうと思っていた。
亜熱帯の昼下がり、ウビガンのおしろいをつけ、濃い口紅をさして河を渡る『愛人』のヒロイン、少女デュラスの姿はただならぬ魅力を放ってこころに残る。もう二〇年以上も前の小説なのに鮮烈な印象は今もあせない。

久しぶりに本をひらくと、いきなり海が広がっていた。少女がメコン支流を渡る冒頭部、赤く濁ったアジアの河は、はるか太平洋へとむかってゆく。「わたしはバスを降りる。渡し船の手すりに倚る。河を眺める。(…)生涯をとおして、これほど美しい河、これほど原始のままの河を二度と見ることはないだろう、――大海原へと下ってゆくメコン河とその支流たち、大海原という空洞へと、下り下ってやがて消えてゆくこの水の領域[1]」。

水はマルグリット・デュラスの故郷である。彼女の作品はどれもみな水の響きに満ちている。それにしても、何という重い水だろう。デュラスを読むと、「青い海」なんていうステレオタイプは潰《つい》え去って、水の昏《くら》さに圧倒される。デュラスの水は闇色。泥、夜、雨、それら濁ったもの、おぞましいものすべてをはらんで、メコン河は重く熱く、めくるめく泥の奔流を潜めて海へ向かう。

　この河はカンボジアの森のなかのトンレサップ湖から始まり、出会うものすべてを拾い集めてここまで来た。それは訪れてくるものすべてを連れてゆく、藁小屋、森、消えた火災の残り、死んだ鳥、死んだ犬、溺れた虎、水牛、溺れた人間、罠、水生ヒヤシンスの集落、すべてが太平洋へと向かう、どれひとつとしてふつうの調子で流れてはいない。どれもこれも、内部の水流の深く、めくるめくような嵐に運ばれてゆく[1](…)

暗く濁った、汚濁の水。渡りきれない海。なんという重い水。デュラスの描く水は、亜熱帯の夜そのままに、うなされるようにのしかかって、苦しく肌にまとわりつく。実際、「うなされる」という言葉ほどデュラスに似つかわしいものもないだろう。デュラスが語るのは、恋愛であれ何であれ、意識下に眠る深みの世界だからだ。たとえばそれは、「叫び」。理性の堰《せき》をはみこえて、ほとばしり出る、野生のもの。内からあふれ出て、とどめようのないもの。デュラスを読みながら、ひとは理性の世界の外に押しだされ、無意識の奔流に流されて、深みに呑まれてゆく。

水はフェミナン

だが、デュラスを語ると、ともすれば難解になりがちだ。『愛人』がベストセラーになるまで、デュラスには「孤高」の伝説がつきまとっていて、高級難解な言葉に包囲されていた。「絶対的シニフィアン」とか、「エクリチュール・フェミナン」だとか。たしかにデュラスの言葉は「天啓」のように落ちかかってきて、有無をいわせない。難解といえば難解にちがいないが、デュラスという作家は、一つわかれば、あっとわかってしまう作家でもある。ためしに、いま述べた「水の世界」をとってみよう。理性に背いてあふれ出てくるもの、叫び、無意識——こうしたすべてをそっくりそなえたものがある。何だと思います？　そう、それは「女」。

たとえば今ふれた「絶対」にしても、海はその果てしなさで絶対性を直感させるが、女もまたそうなのだ。だって、ほら、女ってよく言うでしょう？「あたし、絶対これ」とか、「あたし、絶対いや」だとか。エクリチュール・フェミナンなんて、そんな女たちの日常感覚を濃密に展開したものにすぎない。

つまりデュラスの「絶対」は女のそれ、子どものそれなのだ。デュラスの言葉は子どものように無垢で、女のように無分別。理性や学識からはるかに遠く、知性などおよそ歯がたたないもの。いったんそれがわかると、デュラスの世界は難なくわかる。まったく、女ほど理不尽なものがあるだろうか。女ほど無分別で、なだめがたく、押しとどめようのないものはない。無責任で、錯乱していて、おそろしいもの……あなたがうなされるもの、それは女ではないだろうか。

デュラスの描く重い「水」は、ほとんど「女」と重なりあう。それは、熱く、とめどなく、流れに抗えないように、堰きとめるすべがない。無意識をふり払えないのと同じように、厄介払いしようがない。それは、理性のとどかぬ遥かなところから湧きいでて、河となり、すべてをひきずりながら海へと運んでゆく。

うなされて、すてられて

そして、こうした「女」ととても近しく、親密なものがある。女のように無分別で、理性から遠く、女のように肌にまとわりついて、重くのしかかってくるもの……それは性愛。「性」と「女」は姉妹どうし、たがいに分身のように近しくて、親しい二つ。どちらも理性の眠る夜に首をもたげて、うねりながら、ひとを流れにさらってゆく。愛するとき、抱きあうとき、そこに無意識の海が広がる。底もなく、理不尽で、圧倒的な海が。

『愛人』が広く読まれたのは、この水の無意識の世界を、恋愛という「わかりやすい」ものを主題に、私小説のように通俗的に語ったからだと思う。出会いと別れという誰にもわかるストーリーにのって、デュラスの水の世界が伝わったのだ。たとえばクライマックスのあの悦楽の描写。
「男は呻く、泣く。男はおぞましい愛のなかにいる[1]」。男は、あの濁った水、無意識の水にひたされている。その水が、しだいに渦巻いて、深まってゆく。悦楽の極みの水、あの「海、かたちのない、単純に比類のない海へ[1]」と。

悦楽を海のメタファーで語るのはわかりやすい。「海」だけだと読みすごしてしまうほど。けれど、「おぞましい愛」という表現には、まぎれもなく、あのメコンの赤い汚濁の河が流れている。

愛の水は、容赦なく、男をさらってゆく。この恋愛小説は、男が女という御しがたい水にさらわれ、流され、うなされて、溺れてしまう物語なのだ。男が女に捨てられる、残酷な水の物語。この作品を伝説の大作家の少女時代の告白という私小説的興味だけで読むと、水の力のおそろしさが忘れられてしまう。デュラスの「水」は「女」の姉妹、おそろしい力をそなえている。まさしく、女がそうであるように。事実、デュラス自身がそう語っている。「女たちは驚くべき量のエネルギーを蓄えたのよ、そのエネルギーは海のエネルギーと同じように、まだ埋もれたままなんだけれども、無傷でそっくりあるの。男が闘うことなんてできないわ[2]」。

書かれた海

「海のエネルギーと同じように」――デュラスの言葉は、彼女のつくりだす「女の世界」の特性を明かしてもいる。それは、いつも「女たち」の世界なのだ。どの海もみな最後は唯一つの海になってしまうように、デュラスの女たちもまた、複数で一つ。アンヌ＝マリー・ストレッテル、エレーヌ・ラゴレヌ、どんな名前がついていても、いつもそれは一人の女。たがいがたがいの分身で、影のように幾重にも重なる……。

――旅人「ここはどこ？」
――女「ここはS・タラ、川まで」
――旅人「川のむこうは？」
――女「川のむこうも、またタラ」(2)

女たちは、繰り返し、繰り返し、重なって、複数で一つの世界をつくりだす。一つの海の世界を。だからこそ、デュラスが女を語ると、そこに果てない海が広がってゆく。
デュラスは終生その海を――女を――語ってやまなかった。数年前、パリに行ったとき、とある書店で、小さな写真集を見つけた。タイトルが目に飛んできた。LA MER ECRITE。『書かれた海』。一九九六年刊。死のすぐ後に編まれた本。セーヌからノルマンディーまで、デュラスの住んだ水辺の風景写真に彼女の言葉が刻まれている。扉をひらくと、まぎれもなく彼女の言葉があった――「毎日、わたしは見ていた。書かれた海を」。

私の目は、デュラスの愛したノルマンディーの暗い海の写真にすいよせられてゆく。彼女の声が耳に響く——「わたしは海の写真を撮って、編集し、その写真と共に本のなかに旅立った。海はそこに在る。まさに海として、さりげなく、完璧に。《不可視のもの》、《永遠のもの》と化して」。

デュラスは、永遠の海、永遠の女を書いたのだと思う。幾頁も幾頁も、果てしなく書かれた海。

その海に勝てる男などいはしない。


（二〇〇七・一〇）

注

（1）マルグリット・デュラス『愛人』清水徹訳、河出書房新社
（2）マルグリット・デュラス／ミシェル・ポルト『マルグリット・デュラスの世界』舛田かおり訳、青土社

サラ・ベルナール——女優のオーラ

ナナの系譜

フランスでいちばんの舞台女優は、と聞かれたら、誰しもサラ・ベルナールの名をあげるのではなかろうか。サラ・ベルナールほど「伝説の」という形容詞がふさわしい女優もない。ベルエポックのパリに輝いたサラの存在は、伝説とは何かを改めて考えさせてくれる。

何よりまずこの女優は「スキャンダル」の香りをふりまいた。美貌のサラはいつも取り巻きに囲まれて、恋人の愛をほしいままにしながら、その恋人を裏切って平然としていた。コメディ・フランセーズの主役をつとめれば、当然のように相手役の男優を恋人にし、その一方で劇作家とも夜を共にする。慕い寄る芸術家は数知れず、ギュスターブ・ドレからクレランまで、幾多の画家たちがサラと愛をかわしたことだろう。

こうしたサラの奔放さは、当時の女優にみな共通していたものだった。そもそも「女優」という職業がたいそう曖昧であったのだ。コメディ・フランセーズのような一流の劇場はともかくとして、メロドラマで大衆に親しまれたブールヴァールの劇場の女優たちは、演技力よりむしろ観客をひきつけるアイドル性で売れたものだ。

ゾラの『ナチ』を思いうかべればすぐにわかる。ナナの職業は女優である。彼女が脚光を浴びるのは、ブールヴァールの劇場でヴィーナスを演じたおかげ。ナナは裸身に近い姿で舞台に上った。その「裸のヴィーナス」が、なみいる観客を悩殺したのである。以来、ナナは舞台の上だけでなく、数々のベッドの上で男たちを悩殺し続ける。「女優ナナ」はすなわち「娼婦ナナ」なのである。

一生を舞台にかけて舞台で稼いだサラ・ベルナールは、ナナのような娼婦とちがって男の財産を食いつぶすことはなかったが、思うがままに男を翻弄する技にかけて明らかにナナの系譜を継いでいる。女優にとって、男を破滅させるスキャンダルは女の勲章なのであった。

死せる美女

サラ・ベルナールはいわゆるスキャンダル・メーカーでもあった。たとえば気球事件もその一つ。一八七八年のパリ万博で熱気球ケーブルが評判になると、サラはほかの観客のように地面に繋がれた気球では満足せず、どうしても空を飛びたいと言う。願いは容れられて、サラは恋人のクレランと共にパリの空を飛んだ。気球の赤い吊り篭には、ユゴーの『エルナニ』で彼女が演じた「ドナ・

ソル」の名が刻まれていた——この大女優に、技師は敬意を表したのである。女優の冒険が巷を騒がせたことはいうまでもない。

さらに、この気球よりもっと有名なスキャンダルが「棺《ひつぎ》」事件であろう。

その秋、サラは体調が思わしくなかった。だがコメディ・フランセーズの支配人は休養願いなど一顧だにせず、主演を命じてくる。やむなくサラは病をおして舞台に立ち、いつものように見事な演技で公演を終えた。病をおして上演した女優をねぎらおうと、ファン連の一人が何かを贈りたいと言う。するとサラは事もあろうに、「棺」が欲しいと答えたのだ。世紀末的な退廃趣味なのか、それとも支配人へのあてつけなのか、真相は今もつまびらかでない。一説には、支配人の目の前で「死んで見せる」つもりだったとも言われるが……。

いずれにしても、サラの希望どおり立派な棺が届けられた。薔薇の木でできた美しい棺を彼女はいたく気に入り、ベッドとして愛用したという。実際、棺のなかに眠っているサラの写真が残されている。白布を敷きつめた棺に静かに横たわり、両手を胸に組んで眠る女優はまるで死にゆくオフェーリアのよう。

スキャンダラスな「死せる美女」の写真は、飛ぶように売れた。世紀末の当時、すでにブロマイドというものが存在していたのである。といってもサラはこの風変わりなベッドを心底愛し、最期もこのベッドで迎えたのだから、初めからブロマイドが念頭にあったとは思えないが、眠る姿を写真に撮らせたのは明らかにスキャンダル効果を狙ってのことにちがいない。この名女優は、メディアが「有名人《セレブ》」をつくることを知っていたのである。

衣装のときめき

「見られる」ことを職業にする女優は、衣装に贅を凝らすものだ。サラ・ベルナールは当代きってのベストドレッサーだった。自身も絵や彫刻を手がけるほどの芸術家肌だった彼女は時に自分で衣装のデザインを手がけ、凝った絹や毛皮など、高価な素材に惜しげもなく大枚をはたいた。使うクチュリエももちろん当代一流、オペラ通りにメゾンをかまえるウォルトに仕立てさせた。当たり役の一つ「フル・フル Froufrou」の舞台衣装が写真に残っているが、ウォルトが流行らせたバッスル・スタイルの波打つ引きすそ《トレーン》は優雅な貴婦人の身ごなしを髣髴とさせ、今にも衣ずれの音が聞こえてくるかのよう。そう、Froufrou とはドレスの衣ずれのことなのだ……。

とはいえサラ・ベルナールの華麗な衣装を今に伝えているのは、何にもましてアルフォンス・ミュシャのポスターだろう。アール・ヌーヴォーが花咲く一九〇〇年パリ万博をひかえ、ベルエポックのパリはきらびやかな才能を呼び集めていた。チェコからやってきた若き画家は、大女優からのポスター依頼を機に、豊かな才能を一気に開花させる。パリ中にサラ・ベルナールのポスターがあふれかえった。ビザンチン様式の縁取りのなか、乱れ広がる髪と衣装の襞を波打たせたサラの姿は、一目でそれとわかるアイコンとなった。わたしたち日本人が初めてサラ・ベルナールの姿に接するのもたいていこのミュシャのポスターを通してではないだろうか。写真といいポスターといい、サラ・ベルナールは複製芸術の力を見抜き、使いこなした女優だった。メディアが伝説を流布させることをよく心得ていたのである。

声の魔術

けれども、サラ・ベルナールの「伝説」は、もちろん舞台の上から生まれるのはいうまでもない。繊細きわまりないサラの声は「金の声」と呼ばれた。その金の声は、恋の悲痛さ、身を裂く狂おしさを語るとき、聴衆の魂をとらえて在らぬところに運んだ。サラの声を聴く者は、恋する女の悶えを聴きつつ、その悶えと一つになって没我の境地に運ばれる。そのとき、舞台の上の女優はもはや地に属することをやめ、非日常の聖なる空間をそこに現出させる――女優サラ・ベルナールの「伝説」は、こうして舞台を一種の超越的空間と化す魔力からきていた。サラに魅了された多くの作家たちが、「オーラ」という言葉を使っているのは偶然ではない。

プルーストもまたこの女優のオーラにふれた作家の一人である。『失われた時を求めて』は、ラ・ベルマと名を変えてサラを登場させ、その舞台の印象を仔細に語っている。「オーラ」にふれた一節だけをとりあげてみよう。オペラ座で観た『フェードル』の印象を反芻しながら語り手は言う。「不思議にも観客の熱狂が堰を切ったようにあふれ出た瞬間こそ、ラ・ベルマが彼女の最も美しいものの一つを見つけ出したときだった。ある種の超越的な現実は自分の周囲に光を発していて、群衆はその光を敏感にとらえるように思われる」（鈴木道彦訳、集英社）。

こうして群衆を興奮させるもの、それこそが「オーラ」だとプルーストは言う。作家の言葉どおり、サラの声は、あるときにはフェードルの、またあるときには椿姫の魂の叫びそのものと化して観衆の魂を燃やした。彼女の声を聞きながら、ひとはこの世を離れ、在らぬ高みへと運ばれてゆく――いちどそのオーラにふれた者は、忘れえぬ興奮をひとに伝え、再びあのオーラにふれたいという熱望を抱く。かくしてサラの伝説が口から口へとつむがれてゆくのである。

サラ・ベルナールは天才的な「伝説」遣いだったというべきだろうか。この女優は、巷にスキャンダルを流し、写真やポスターという複製芸術で自分の姿をひろく大衆に知らせた。現に『失われた時を求めて』のなかにも語り手がこの女優のブロマイドを買うシーンがあるほどだ。そうして複製メディアが流布すればするほど、舞台という「ライブ」の価値が上がることをサラはよく知っていたにちがいない。天性の声に恵まれたこの女優は、自己プロデュースの天才でもあったのである。

（二〇〇七・一一）

美女たちの宝石戦争――ドゥミ＝モンド秘話

パリライフ

フランスの大作曲家オッフェンバックの音楽といえば、オペレッタは観ていなくても、誰でも一度は耳にしたことがあるのではないだろうか。「ラー、ラララ、ランラン・ラララ、ランラン、ラララ……」という『天国と地獄』のあの調子の良いルフランはプロ野球の応援に使われるほどポピュラーである。

そのオッフェンバックの代表作の一つに、《La Vie parisienne》がある。訳せば「パリライフ」だが、パリライフとは何かといえば、要するに「愛人のいる生活」のこと。しかもその愛人は「訳ありの女……」。オペレッタはサン・ラザール駅で幕を開ける。これから流行の避暑地ドーヴィルに向かい、そこで女とお楽しみというわけだ。舞台に立つのは富豪の外国人旅行客。彼が歌う。「パリよ、僕がお前に望むもの／僕が欲しいもの、それはパリの女／ブルジョワの女でもなく、貴婦人でもない／いや、そんな女とは別の女……こう言えば皆さんおわかりさ！」

読者の皆さまはおわかりでしょうか？　そう、答えは「高級娼婦《クルティザーヌ》」です。これぞオッフェンバックの時代の「パリ名物」。クルティザーヌで浮かれる歓楽の都、それが第二帝政のパリだった。あの椿姫も、ゾラのナナも、みな当時のパリ名物だったのである。

クルティザーヌ御三家

彼女たちは浪費が大好き。ドレスはパキャン、帽子はルイス、宝石はブシュロンという具合にまさにブランドづくめ、そうした「美の武器」で身をかため、あでやかな姿を競いあう。そんなクルティザーヌたちが最高に華やいで一つの文化をつくりだしたのがベルエポックである。美貌にくわえて才気があり、サロンをひらくほどの教養もあった彼女たちがつくる世界はドゥミ＝モンド（裏社交界）と呼ばれた。もともと『椿姫』の作者デュマ・フィスの小説のタイトルからきた言葉である。

世紀末から第一次大戦にかけてのベルエポックは、このドゥミ＝モンドが艶なる世界をくりひろげた時代だった。なかでも指折りといわれたのが、クルティザーヌ御三家ともいうべき三美人。ひとりはエミリエンヌ・ダランソン。女優としてデビューした彼女は、なみはずれた美貌でたちまち裏社交界の花となり、あまたの愛人のなかにはベルギー王レオポルド二世もいた。もうひとりはスペイン生まれの黒髪の美女、カロリーヌ・オテロ。舞台では官能的なフラメンコで男たちを悩殺し、獣のような黒い瞳のオテロはその名もベル・オテロ（麗しのオテロ）と呼ばれた。

三人目が、いちばん知的なリアーヌ・ド・プージィ。面白いことに、リアーヌが一躍裏社交界のスターになったのは、まさに《La Vie parisienne》の台本作者アンリ・メイヤックそのひとを愛人にしたのがきっかけだ。当時の劇場関係者は大物パトロンだったのである。フォリー・ベルジェール劇場がこの三美女を共演させた時には大入り満員で、最前席はまるで「王侯貴族専用」だったという。もちろん、彼女たちを囲う男たちを指してのことである。

贅沢大好き

実際、王侯貴族でもなければできないほど、クルティザーヌを囲うには財産が必要だった。彼女たちの生活は信じられないほど贅沢づくめだったからだ。まずは調度に凝った豪邸が要り、小間使いから料理人から御者、運転手にいたるまで、使用人が要る。盛大なパーティにも莫大な費用がかかり、そのうえ冬は避寒地の南仏で過ごす決まりだったから、そこにも別荘が要り、使用人一同をひき連れての旅は莫大な散財だった。だからリアーヌ・ド・プージィの愛人をみても、ベルエポックきっての大銀行家ポトッキ伯爵やロスチャイルド男爵など、大富豪ばかり。そうでなければ愛人などつとまらなかったのである。

そんなクルティザーヌの豪勢な暮らしぶりを、作家のコレットが回想録に綴っている。みずから舞台女優もつとめたコレットは裏社交界通でもあって、こんな風に語っている――「リアーヌやら、リーヌやら、モーやら、ヴォヴォーヌと彼女のシュジーやらの住居は(…)まさに圧倒的な豪華さだった。それはそうだろう。それぞれが、ほかの女を圧倒したいと考えていたのだから」。

コレットのいうとおり、裏社交界の女たちはたがいに強烈なライバル意識を抱いていた。特にリアーヌとオテロの仲の悪さは有名で、リアーヌを嫌っていたコレットはオテロの屋敷に親しく出入りし、その贅沢三昧をつぶさに見ている。

自動車のボディは、有名な帽子デザイナーにうやうやしくご意見をうかがったうえで、婦人帽の高さに合わせて寸法を決めたものだ。マダム・オテロの青いメルセデスは、今でも目にうかぶのだが、孔雀や白鷺のとがった羽や駝鳥のふわふわの羽をしまうためのボール箱のようであり、ほんとにほっそりと背が高いので、カーブのたびにリムジンがゆらりゆらりとゆれるのだった。

当時のメルセデスといえばもちろんオーダーメイドの超高級品、その車体を帽子の高さにあわせるとは、まったくもって優雅なる贅沢である。だがそんな贅沢は序の口で、クルティザーヌの勲章はなんといっても宝石だった。すべて愛人(もちろん複数!)に贈らせたもので、それを大勢の眼に見せつけるのが彼女たちの誇りでもあれば仕事でもあった。コレットはオテロのことをこう語っている。派手な行事や夜会の折など、人目のあるところでは、オテロは「正装用のコルセットに身をかため、胸に巨大な宝石を貼りつけなければならないのだった」。

宝石戦争

オテロがこうなら、ライバルのリアーヌはもっとすごい。ジャン・シャロン『高級娼婦リアーヌ・ド・プージィ』によれば、記者がフォリー・ベルジェールの楽屋を訪ねると、エレガントな美女は誇らしげに戦利品の数々を披露したという。「まずこのダイヤモンドでできた、大きな蛇をご覧あそばせ。(…) 舌はルビーでできていますのよ」――こんなふうにはじまって、ブシュロン製の本真珠の何連もの首飾り、トルコ石の首飾り、ダイヤモンドの首飾り、エメラルドのブローチ、黒真珠のブローチ、そして数十個もある指輪……。

いずれも何万フランという豪華な宝石ばかりだが、ベルエポックに名高い「伝説」は、この二人のライバルの「宝石戦争」である。彼女たちは姿を見せる場所が決まっていたから、どうしても出会ってしまう。パリならブーローニュの森にカフェ・アングレ、そして裏社交界場として名高いレストラン「マキシム」。一説に、二人の宝石戦争の場はマキシムだったといわれているが、諸説が飛び交うほどに有名な伝説だったのである。ジャン・シャロンによれば、真相はモンテカルロのカジノだったという。

春まだき二月、コート・ダジュールの社交シーズンたけなわの候、夜も一〇時をまわった頃、あでやかに着飾ったクルティザーヌたちが次から次へとカジノの中庭に姿を見せる。やおら、あたりをはらうように姿を見せたのは、ベル・オテロ。「アンダルシアの燃える瞳、豊かに波打つ髪からのぞく端正な額、そしてその堂々たる歩きかた。さらに頭の先から爪の先まで、彼女は全身これ、宝石やダイヤモンドの塊りそのもの」。なみいる人びとはその麗姿にどよめきの声をあげる。得意顔のオテロ……。ところが、ややあって、大きな拍手と喝采の声があがった。白のドレスを優雅に着こなしたリアーヌ・ド・プージィが静々と登場したのである。そのドレスにはただ薔薇の花が一輪あるのみ。宝石は何一つ身につけていない……。だが、リアーヌは後ろに小間使いを従えていた。「見れば彼女は女主人のドレスを拝借し、しかもそのドレスには、さすがのオテロもかなわないほど多くの宝石が燦然と輝いていたのである。人びとはこの小間使いに、盛大な拍手を送ったのであった」。

勝負あったり。この夜の宝石合戦はリアーヌの勝ちだった。

二人の宝石は、あわせて何人の男たちの財産を食いつぶしたことだろう。贅沢もいっそここまでゆけば爽快で、現代のチマチマしたブランド自慢にはない「蕩尽」のカタルシスがある。ベルエポックとはそんな蕩尽がまかりとおった美しき時代だったのだ。

＊　文中の引用は次による。コレット『わたしの修業時代』工藤庸子訳、筑摩書房。ジャン・シャロン『高級娼婦リアーヌ・ド・プージィ』小早川捷子訳、作品社。

（二〇〇七・一二）

コレット——自転車に乗る女学生

マルチタレント

コレットというと、どんな女性を想像するだろうか。誰もがまず思うのは「作家」だろう。ブルターニュの海辺を舞台に多感な少年と年上の女のあやうい関係を描いた『青い麦』をはじめ、山田詠美を思わせる官能的な文体はコレットの独壇場、熟れた果実の香にむせぶ思いがする。しかも彼女は偉大な作家であり、女性として初めてゴンクール賞の審査員になったばかりか、亡くなった時には国葬に付されたほどである。

けれども、コレットが面白いのは何といってもそのマルチタレントぶりだ。デビューのあと長く彼女はミュージック・ホールのダンサーをつとめた。それも、裸体に濡れた布をまとった、美しくもきわどい踊りで、コレットはそんな衣装や振付けを自分で考案し、斬新なスタイルの舞台で観客を魅了した。作家というにはあまりに多才なタレントなのである。

その才能はデビューの時から培われたものだった。実際、なみいるフランス作家のなかでも彼女ほどスキャンダラスなデビューをした作家もないだろう。

時はきっちり一九〇〇年。一冊の本があっという間にベストセラーになってフランス全土に広まった。タイトルは『学校のクロディーヌ』。ヒロインはフランス中部の片田舎の女学生で、お下げ髪のクロディーヌは年上の女性教師に淡い恋心を抱く。そんな二人を中心に、恋敵の教師や級友たちとの微妙な交感がみずみずしい青春の日々をくりひろげてゆく。

そう、『学校のクロディーヌ』はフランス初の「学園小説」なのである。その新鮮さが爆発的にうけた。長いお下げ髪に白いブラウス、リボン風のタイ、編み上げ靴といった「女学生ファッション」が一躍ブームになった。ブームは文学の世界をはるかに超えて広がり、服飾から化粧品まで「クロディーヌもの」が大流行した。クロディーヌは現代で言うキャラクター商品をうみだしたのである。

このブームには仕掛け人がいた。コレットの夫ウィリーである。十四歳も年上の通俗作家はお下げ髪の少女に恋して妻にむかえ、持ち前のジャーナリスティックな才能を発揮して、この幼な妻に女学校時代のことを書かせた。妻が書いたその原稿に手を入れてウィリーの名で出版した作品が『学校のクロディーヌ』というわけである。以後ウィリーは、クロディーヌもののプロデューサーとなって三連作をヒットさせる。

しかもウィリーは、モデルである（実は作者でもある）妻のコレットと、夫でありプロデューサーである自分を「セット」にして世に売り出した。こうして「生のクロディーヌ」（？）として一躍注目をあびたコレットは良くその役をこなした。ウィリーは、クロディーヌもののヒット後、コレットの長い髪をばっさりと切らせてショートにさせたが、このちりちりパーマ姿がまたまたうけて、たくさんのブロマイドが残っている。コレットは夫仕込みの名タレントとしてデビューを果たしたのだ。

日仏「女学生」ブーム

ところで、同じ一九〇〇年ごろ、海のこちら側の日本でも女学生が流行ったのが興味深い。それというのも、与謝野晶子の『みだれ髪』が大ヒットしたのが一九〇一年なのである。「その子二十櫛《はたちくし》にながるる黒髪のおごりの春の美しきかな」――少女《おとめ》の恋を高らかにうたいあげた歌の数々はクロディーヌに負けない大ヒットになった。一九〇〇年代といえば、日本では明治三十年代。当時ブームになった「女学生」は、海老茶色の袴が制服だったことから「海老茶式部」と呼ばれた。あちらではクロディーヌ、こちらでは海老茶式部、二十世紀は女学生という新鮮なキャラクターとともに幕を上げたのである。

二つの女学生ブームには、「制服の魅力」だけでなく、もう一つの共通点があった。レズビアン趣味である。『学校のクロディーヌ』のヒロインは姉のような教師にあこがれ以上の甘い感情を抱く。このレズっぽい感情が当時としてはセンセーショナルで、読者の興味をいたくそそったのだ。同じように、海老茶式部たちも級友たちと「友情以上恋愛未満」のような感情で結ばれあって、そのあやうい愛を楽しんだ。「やおい」文学が登場するはるか以前、エスと呼ばれるレズビアン文学がはやったのである。現在、「S」といえば「M」のペアだけれど、当時はもちろんそんなSM以前、「エス」とは「お姉さま《シスター》」の略称で、ほのかなレズ気分を指していた。

こうしたブームの理由はしかし、どうも日仏で逆だったらしい。というのも、フランスでは男と女の「恋愛」が飽きられていた気配があるのだが、こちら日本では飽きるどころか、「恋愛」という語がはじめて訳語として定着して、男女の「恋」がやっと始まろうかという時代のこと、エス文学はそのプレリュードというか代償満足というか、恋愛以前のものだったからだ。日本は恋愛後進国だったのである。だからこそ少女が大胆に恋をうたった『みだれ髪』が衝撃的だったのだ。

自転車少女

コレットに話をもどそう。ショートカットに時にはズボンを履いて「男装」したコレットは、颯爽としたスタイルで新風を巻き起こした。エレガントなお嬢様やマダムではなく、溌剌とした「スポーツ娘」がコレットとともに生誕を告げる。

一九〇〇年のフランスは空前の自転車ブームだった。いちばんポピュラーな型の自転車は「小さな女王」とも呼ばれ、その女王にまたがる少女たちもまた時の「小さな女王」そのものだった。あのプルーストの描くアルベルチーヌはこうして登場した自転車に乗る少女の一人であり、女学生コレットはこのスポーツ娘の系譜上に生誕したのである。ショートカットはきびきびした活動性の象徴で、そのカッコよさに世間はブラボーを送ったのだ。

面白いことに、この自転車ブームがまた日仏同時現象なのである。

一九〇三年、フランスで開催された第一回トゥール・ド・フランスは全フランスを熱狂に巻きこんだ。まったく同じ一九〇三年、海のこちらの日本では、自転車に乗る女学生をヒロインにした新聞小説がベストセラーになる。作者は小杉天外、小説は『魔風恋風』。冒頭部を引用しよう。「鈴《ベル》の音高く、現れたのはすらりとした肩の滑り、デートン色の自転車に海老茶の袴、髪は結流《ゆひなが》しにして、白リボン清く、着物は矢絣の風通、袖長けれど風に靡《なび》いて、色美しく品高き十八九の令嬢である」――まさに絵に描いたような「自転車に乗る女学生」である。毎日毎日、新聞紙上で展開してゆく彼女の恋のゆくえに読者が熱狂したのもうなずける気がする。

同じ年、フランスでは、「小さな女王」をいちばん早く乗りこなす自転車王子はいったい誰かと沿道で人びとが大きな声援をあげていた。このトゥール・ド・フランスは今も昔もメディア仕掛けのスポーツ・イベントで、たくみなラジオ報道が皆の熱狂をあおった。いや、ラジオだけではない。

スポーツ紙はもちろんのこと、日刊紙もスポーツ・イベントの報道には熱を入れた。二十世紀はスピードの時代なのである。

その日刊紙の一つ『ル・マタン』の主幹ジューヴネルが実はコレットの二番目の夫になった人物だった。その力添えもあってコレットは『ル・マタン』の連載コラムに筆をとることになる。クロディーヌ以後一〇年近くミュージック・ホールのダンサーだったコレットはようやく文筆の仕事を始めたのだ。そのコラムの文章を読むと、さすがに未来の大作家の才能あふれ、スポーツ娘の感性が生き生きと伝わってくる。七月のある日のトピックスはずばり「トゥール・ド・フランス」。「レースの歯車とひとつになって」埃まみれの沿道を取材用の自動車に乗って進む実況ルポ風の文章なのだが、着順の報告などおかまいなく、道でお弁当を広げたり、選手でもないのに勝手に自転車をこぐ飛び入りがいたりして、お祭り気分いっぱいの観衆の興奮がありありと伝わってくる。そんな「余白の魅力」に満ちた文章がいかにもコレットらしい。

また九月のある日のトピックスは、気球乗り体験記。あのサラ・ベルナールが乗った気球にコレットもまた乗りこんでパリの空を飛んだのである。「空にのぼる泡がひとつ。丸々と膨らんだ金色の泡は、網のなかに収まっている。これが私たちの気球だ（…）気球はすばやく上昇するが、私たちはそれを遅いと感じる。遅いんだと想像して、ほっとする。いや、ほとんどがっかりする。なぜなら飛行機と自動車のおかげで、スピード感を、顔をうつ風に結びつける癖がついているからだ」。

「顔をうつ風」にスピードを感じるのが癖になっているとは、いかにも自転車少女の感性ではないだろうか。スピードの世紀に誕生した女学生の潑剌とした身体感覚は、まずはダンスに活き、それからゆっくりと小説世界のなかで発酵して、あの熟れた果実のようなエロティックな文章に育ってゆく――コレットといい与謝野晶子といい、二十世紀の女性文学は女学生から始まったのである。

（二〇〇八・一）

＊ コレットの引用は有田英也訳（『ユリイカ』第24巻第12号）による。

ココ・シャネル（前編）――破壊しに、と彼女は言う

「お飾り」にノン

フランス文化を彩る歴代のヒーロー、ヒロインのなかで、最もアメリカン・ヒーローに近い人物といえば、まちがいなくココ・シャネルだろう。まさしくシャネルは無から身を起こしてシャネル帝国を築きあげた希代の起業家だからだ。シャネルはファッション界のビル・ゲイツだといってもおかしくない。

きっとそのせいだろう、たいていのフランス文化人はアメリカ嫌いだが、シャネルはアメリカを嫌わなかった。「わたしはアメリカが好き。わたしはあそこで財を築いた」――作家のポール・モランにむかって彼女はそう公言している。

実際、「シャネル・ナンバー5」がいちばん売れたのもアメリカだった。マリリン・モンローが口にした名セリフ、「眠る時にはシャネルのナンバー5」はあまりにも有名だ。アメリカ人にとっ

てシャネルは「夢の名」だったのである。

ところで、マリリン・モンローは眠るときに香水をつけたけれど、当のシャネルはいったい何を身につけて眠ったのだろう？　答えは……そう、パジャマです。なあんだ、なんて思う読者のために、すぐにつけくわえねばならない。女性向けのパジャマなんていう気のきいたものは、シャネル以前には存在していなかったのだ。衣服の「快適さ」と「機能性」を追求したシャネルは、女を男の「飾りもの」にする発想からきているネグリジェにノンを言い、白い絹のパジャマを創りだしたのである。もちろん、シャネルは自分が真っ先に着た。スーツからバッグまで、すべて「自分が身につけたい」と思うものを商品にするのが彼女の流儀なのだから。

白という清潔な色といい、着心地の良い絹といい、シンプルなデザインといい、白サテンのパジャマは、無駄な「お飾り」を排し、それでいてエレガントなシャネルのファッション・コンセプトを見事に表している。

シャネルの革命

シャネルがクチュリエとしてデビューする以前、彼女が眼にしたのは、「自分が着たい」とはとうてい思えないようなファッションばかりだった。きゅうくつなコルセットでからだを締めつけ、高価なレースや毛皮など華美な装飾を凝らしたドレスに、花や羽根飾りのついた大きな帽子をかぶるのがベルエポックのハイ・ファッションだったのだ。
シャネルはこのような華美なオートクチュールの衣装を一掃したモードの革命児である。そう、彼女のモード革命は「破壊」から始まったのだ。彼女は言う。

いったいわたしはなぜこの職業に自分を賭けたのだろうか。わたしはなぜモードの革命家になったのだろうかと考えることがある。自分の好きなものをつくるためではなかった。何よりもまず、自分が嫌なものを流行遅れにするためだった。わたしは自分の才能を爆弾に使ったのだ。わたしには本質的な批評精神があり、批評眼がある。「わたしには確かな嫌悪感がある」とジュール・ルナールが言っていたあれね。目にするものすべてにうんざりさせられた。記憶を一新して、思い出すものをみな精神から一掃する必要があった。

このシャネルを評してポール・モランは「皆殺しの天使」と言ったが、まさしくシャネルはベルエポックのパリを飾る美々しいドレスを抹殺したテロリストである。シャネルの登場とともに、スカートは短くなり、素材は地味なジャージーが使われ、カラーも黒やベージュといったダーク・トーンになる。二十世紀を生きる女たちには「お飾り」のないアクティブな装いが必要なのだ。「活動的な女には楽な服が必要なのよ。袖をまくれるようでなきゃダメ」。

ファッション哲学を語るシャネルの言葉は、凛として、胸がすく。

「本物」を愚弄する

そんなシャネルのなしとげた数々のモード革命のなかでも、もっとも衝撃的なものの一つがイミテーション・ジュエリーの創造だろう。

シャネルは「金目の宝石」を嫌悪した。ダイヤやエメラルドといった貴金属は、つける女性の――しかもたいていは贈った男性の――財力をあらわす記号である。シャネルはそんな高価な宝石をつけた女たちを毒ある言葉で批評した。「首のまわりに小切手をぶらさげるだなんてシックじゃないわ」。

そうして「本物」の宝石を批評したシャネルは、あえてイミテーション・パールを創りだし、本物と偽物をとりまぜて何連もじゃらじゃらと首にかけた。「わたしがつけるとみな偽物に見えるからよ」。

シャネルに言わせれば、ファッションで大切なのは、カラットでなく「幻惑」なのだ。高いかどうかなど問題ではない。おしゃれであるかどうかがだけが問題なのである。シャネルはそれを造花にたとえて、こう言っている。「造花の素材が紙だろうと絹だろうと問題じゃない、大切なのは、その造花が美しいかどうかということよ」。

今から考えると驚きだが、シャネルが登場するまで、言われてみれば当たり前のおしゃれの基本がわかっていなかったのである。

マスのモード

それというのも、それまでモードといえば、貴婦人や高級娼婦たちからなる一部の富裕階層の独占物だったからだ。貧しい生まれのシャネルにとって、モードはそんな特権階級のものでなく、ストリートから生まれるもの、時代の風や匂いを表現するものだった。シャネルというこの異端児は、新しい世紀の空にのぼる太陽を聡《さと》くキャッチしたのである。

新しい世紀、それはあのスポーツ娘たちが活躍する時代である。溌剌と自転車を乗りこなすのに、裾を引くドレスや高価な宝石は邪魔になるだけだ。

ほかのクチュリエたちの憤慨をよそに、わたしはスカートの丈を短くした。それまでジャージーは下着にしか使われたことがなかったが、わたしはあえて表地に使って栄光を授けた。

シャネルとともに、「チープなもの」、「シンプルなもの」がファッションの表舞台に登場する。たとえば、シャネル・ナンバー5やスーツと並んでシャネル・ブランドの定番として有名な「リトル・ブラック・ドレス」もその典型だ。襟も飾りもなくシンプルをきわめたデザインで、カラーも黒一色のその服は、高価な刺繍やレースを使ったそれまでのオートクチュールのドレスの対極にある。豪華なドレスが場所や時間を選ぶのと対照的に、その黒い服は昼でも夜でも着られるし、着る場所も選ばない。「よくできた服とは誰にでも似合う服である」というシャネルのファッション哲学を見事に表現するドレスである。

そう、シャネルのファッションは貴婦人のための衣装でなく、ストリートを行きかう匿名の大衆《マス》のための服なのだ。それを着こなすには、特別な財力も、ごたいそうな宝石もいらないし、もちろんパトロンもいらない。それ以上に、着付けのためのメイドもいらない。それというのも、シャネル以前のオートクチュールのドレスは「メイドに靴下をはかせてもらうような人たち」が身につけるもので、「自分で着る」服ではなかったからだ。対するにシャネルのファッションは、誰でも自分で着てストリートを闊歩できる服。ただし、そのためには一人ひとりにおしゃれの「センス」が要る。シャネルが言うとおり、「シェヘラザードのようなドレスを着るのはやさしいが、リトル・ブラック・ドレスを着こなすのは難しい」のである。

実際、高価なダイヤモンドをつけるのはやさしいけれど、シンプルな黒を個性的に着こなすのはやさしくない。チープなものをおしゃれに見せるにはセンスが要る。そのセンスの良し悪しが、一人ひとりの個性をあらわす——こうしてシャネルは、それまでの「金目の」ファッションを一掃して、現代モードの基本をすえたのである。シャネルはラディカルな贅沢革命をなしとげたのだ。

ということは、シャネルのファッションは「安い」ということを意味するのだろうか？　シャネル・ブランドは高価ではない、と？

答えは、いうまでもなく「ノン」が正解。ココ・シャネルというクチュリエは一筋縄ではゆかないのだ。そう、シャネルは「安い」のに「高い」のである。なぜ？　どのようにして？――このミステリーの謎解きは最終回に。

＊　引用は、ポール・モラン『シャネル――人生を語る』山田登世子訳、中公文庫による。

（二〇〇八・二）

ココ・シャネル（後編）――「モード、それは私だ」

偽物は本物のシャネル

本物の宝石を愚弄するために、シャネルはわざと偽物のジュエリーを創りだした。ビジュウ・ファンテジーと呼ばれて今もシャネル・ブランドの定番商品になっているそれは、貴金属ではない、れっきとした「偽物」である。ところがこのビジュウ・ファンテジー、偽物らしく安いのかといえば、ぜんぜん安くない。もちろんダイヤやエメラルドほど高くはないけれど、いわゆる偽物に比べたら、とんでもなく高い値段がついている。なぜだろうか？　そう、それは「本物のシャネル」だから、です。

偽物なのだが、本物のシャネル――なんていうと、ややこしいけれど、事実がややこしいのだからしようがない。ネーム・バリューというとおり、シャネルはまさに自分の名《ネーム》を価値《バリュー》の根拠にすえたのである。

シャネルが嫌ったのは金目の宝飾品だった。

「金のかかった宝石というのは、《万一のときには売ることができる》ビジュウなのよね。金持ちのためのビジュウ。そんなもの、私は好きじゃない[1]」。

とはいえ、金のかからない偽物の宝石を安く売るわけにはいかない。安く売ると、ただの「安物」になってしまうからだ。だからシャネルのビジュウ・ファンテジーは原価をはるかに超える高値で売らねばならない。「シャネル」という名は高くつくのである。

うわさの名

自分の名をかけがえのない売りものにすること。ココ・シャネルはそのために一生を賭けた。シャネルは自分の名を「伝説」にまで高めたのだ。

もともと彼女は「伝説の女」になるあらゆる条件をもって生まれている。何よりまず生まれが貧しかった。地方から地方へと渡り歩く行商人を父に、農村出の女を母に持ったココは、母の死とともに、十代で修道院の経営する孤児院にあずけられた。そんな孤児の少女時代を、シャネルは生涯の秘密にして決して口にしようとしなかった。いや、秘密にしただけではない。親戚の叔母のところにあずけられたのだと世間に嘘をつきとおした。

その後、パリに出てきて有名になればなるほど、そんな生まれ育ちはうわさになる。

人間、誰しも伝説があるわ（…）。とにかく、私の伝説には壊せない二本の柱があるのね。一つは、私の出。いったいどこからやって来たのか。ミュージック・ホールで働いていたとか、オペラの踊り子だったとか、あるいはラブホテルで働いたとか。残念ね、もしそうだったら面白かったでしょうに。

けれども、こんな「うわさ」は、かえって人びとの興味をかきたてる。秘められた少女時代は、謎のヴェールにつつまれて、ココの魅力をいっそう高めた。二十世紀はメディアの世紀、「うわさ」はプラス価値になって有名性を高める。そんな時代にいあわせたのも彼女のもって生まれた幸運というべきだろう。

ブランドはメディアと仲良し

ココ・シャネルはその幸運をよく自覚していた。親しいジャーナリストにむかって、こう語っている。

シャネルのお客は、ヴォーグとかハーパーズ・バザーとかいったデラックスなモード雑誌を見ているでしょ。だから、そういった雑誌が私たちの宣伝をしてくれているのよ。発行部数の多い、ポピュラーな雑誌なら、なおのことといいじゃないの。そういった雑誌がわれわれの伝説をつくってくれるのだから、お客がうちの店にやってくるとき、彼女たちは魔法の場所の敷居をまたぐように思いたいのよ。(2)

メディアに自分の伝説を語らせること。そうして流布した伝説をとおして自分のメゾンを「魔法の場所」に変えること――それがブランド価値を高めることを、この稀代の起業家はよく心得ていたのである。

しかも、メディアというのは雑誌ばかりではない。一九二〇年代はファッション写真の全盛期である。高級モード誌『ヴォーグ』がセシル・ビートンやホイニンゲン・ヒューンといった当代一流の写真家を使った時代だった。シャネルはかれらに自分のポートレートを何枚も撮らせている。それも、すべての写真に同じアイコンを使って。手には「モダンガール」のトレードマークのシガレット、服は黒。その黒にあわせて、例のパールを偽物と本物を取り混ぜてじゃらじゃらと……。「カラットじゃないわ、幻惑よ」。そんなせりふが聞こえてきそうなポートレートの数々は、強烈なオーラを放って、ココ・シャネルの魂を写しだしている。

「モード、それは私だ」

たしかにシャネルほど伝説として語られるのにふさわしい女もいないだろう。数あるファッション・ブランドのなかでも、これほどまでに創立者の神話がブランドの核になっているメゾンはほかにない。

実際、二十世紀のパリにきらめいたココ・シャネルは生きた伝説であり、神話だった。実用的でしかもおしゃれなシャネルの服はモダンエイジの最新流行として一世を風靡した。パリ、ニューヨーク、ロンドン、世界中の都市でシャネル・ファッションは憧れをかきたてた。けれども、時代にもてはやされたのは、そんな服や香水やアクセサリー以上に、颯爽と働くシャネルという女のライフスタイルだったのである。

男に依存することなく、働いてひとりで生きる。自分自身の力で人生をきりひらく。貴族のベルエポックがたそがれて明けそめた新しい世紀は、これまでにない自由な女たちを生み出した。ココ・シャネルはそんなキャリアの女たちのトップランナーだった。

キャリアの女たちには、潑剌と動ける服がいる。裾ひく長いドレスは邪魔なだけ。そして、邪魔になるのは、服だけではない。働く女には長い髪もうるさく、手入れに余計な暇がかかる。新しい世紀はショートカットの時代だった。

一九一七年、私はふさふさとした髪を切った。初めは少しずつ切っていたけれど、最後は思い切って短くした。

――なぜ髪をショートになさったの？

――邪魔だからよ。

晩年、シャネルのモード革命を語るテレビ番組のなかで、インタビュアーがこのショートカットをとりあげた。(3)

――あなたは髪を切らせて、最初の革命を起こしましたね。

――ちがうわ。私は自分で髪を切ったのよ。

――他の女性たちはみなあなたの真似をしました。

驚くべきは、切り返したシャネルの言葉である。彼女はこう答えたのだ。

――他の女性たちが私の真似をしたのは、私が素敵に見えたからよ。もしも時代のなかで流行ったものがあったとしたら、それはショートカットじゃないわ。流行したもの、それは私よ。

「流行したもの、それは私よ」――この言葉は、日本語訳よりフランス語の方がさらにすごみが伝わってくる。シャネルはこう言ったのだ、《C'est moi qui étais à la mode》。いったいシャネル以外の誰がこんなせりふをはけるだろう。かつてルイ十四世は言ったものだ、「国家、それは私だ」と。ルイ十四世の後を襲ってシャネルは言う。「モード、それは私だ」と。

しかもシャネルの言葉はまぎれもない真実だったのだからすごい。シャネルはシャネル・ファッションの最高のモデルだった。誰もが彼女を知りたがり、誰もが彼女のようなセンスを身につけて、彼女のような着こなしをしたがった。シャネルは夢のオーラをまとってときめく「伝説のひと」だったのだ。

その美女伝説は、現在もなおきらびやかに、二十一世紀の都市の空に輝いている。シャネルの愛したスーツ、好きだったカメリア、お得意の金のチェーンベルト……シャネル・ブランドのすべてのアイテムに彼女の伝説が息づいている。

そう、ブランドとは伝説なのだ。たち匂うシャネル伝説の香にひかれてシャネルを買いたいと思う女たちは、この「皆殺しの天使」の企みにしてやられているのである。

注

（1）マルセル・ヘードリッヒ『ココ・シャネルの秘密』山中啓子訳、ハヤカワ文庫

（2）同右。

（3）*Chanel, Chanel*, A film by Eila Hershon and Roberto Guerra, DVD, RM Arts, 1986.

他の引用はすべて、ポール・モラン『シャネル——人生を語る』山田登世子訳、中公文庫による。

（二〇〇八・三）

Ⅲ　バルザックとその時代

『従妹ベット』挿絵。マルネフ夫人（左）とベット

ミックスサラダの思想

レトロ「独身」物語

「老嬢」ということばをご存じだろうか？　そう、ついこないだまでオールドミスと呼ばれていた未婚の女たちのことである。いまや非婚の時代と言われてシングルたちが生き生きとしている時代、老嬢などということばは「レトロ用語辞典」でもめくってみなければとうていお目にかかれそうにもない。すっかり死語になってしまっている。ところが今からおよそ百五十年ほど前の昔、この語はりっぱに生きていたどころか、小説のタイトルにさえなっていたのだ。『老嬢』という小説があったのである。作者は文豪バルザック。彼の『人間喜劇』を繰り広げてみると、レトロ用語辞典の見出し語になりそうなことばがずらりと並んでいる。貞女、淑女、貞淑、婦徳、忍従、後家、未亡人、そしていまや「フリン」になってしまった不貞、姦通。バルザックの生きた十九世紀ヨーロッパは、それほど結婚という制度が女たちをがんじがらめにしていた時代だったのだ。いや、女たちばかりではない。男たちもむろんこの制度の内に生きていた。産業社会の形成にむかってひた走ってゆくブルジョワの世紀、生産主義のエコノミーを支える装置として（女は家庭、男は仕事という性分業とともに）「家庭」が定着しつつあったのがこの時代だったのである。

ジャーナリズム感覚抜群のバルザックは、こうした時代の動きに敏感だった。驚くなかれ、彼のデビュー作は、そのものずばり『結婚の生理学』というタイトルの風俗批評である。しかもそのうたい文句がまたふるっている、「若き独身者の筆による」、と。バルザックは、結婚が時代の「問題」であることを察知していたのだ。その彼の手になる『人間喜劇』の世界は、さながら結婚のアルケオロジーの観がある。しばらく時代をタイムスリップして、十九世紀の結婚物語、そしてシングル物語をふりかえってみよう。

さてまず注目すべきことは、今あげた『結婚の生理学』もしめしているように、結婚というトピックはけっして女こどもだけのものでなかったということである。男にとっても結婚は十分に「問題」であったのだ。何のために？　もちろん立身出世のために、である。功なり名とげてガンバルために、男たちもまず「身を固める」必要があったのだ。現に『老嬢』という小説は、訳出したナウームのコメントにもあるように〔編注　ヴェロニク・ナウーム「独り身の女と老嬢――ミシュレとバルザック」

山田登世子訳、『現代思想』一九八八年六月号)、タイトルとはちがって、三人の独身男が金持ちの跡取り娘(というより、田舎の「お嬢さま」といったほうがわかりやすいか?)を狙う嫁取り物語である。この作品にかぎらず、『人間喜劇』のなかで、すべからく結婚は、こうした意味で男たちにとっての「賭金」であると言ってもいい(1)。

それでは女たちは、といえば、ことブルジョワジーにかんするかぎり、これはもう、ひたすら結婚願望である。王子さまを待ちこがれる娘たちの欲望は、文字通りロマンティック・ラヴそのままに狂おしくも激しい。そうして晴れて結婚した彼女たちを待ちうけているのは、幻滅である。『老嬢』もそのひとつだが、バルザックは幾篇ものこうした幻滅物語を描いている。あの『谷間の百合』には、貞淑と忍従という名の涙の河が流れているのだ。こうした女たちの不幸な運命は、まさに結婚が社会のロジックによってしかれた制度《フィクション》でしかないこと、社会がシステムとして閉じるために、人間の欲望に強いた回路であることを明かしている。だからこそこの回路を逃れようとする欲望は、制度の内なる外、「姦通」という場所で燃えあがらざるをえなかったのであり、こうした禁断の愛がロマン主義の一大テーマであったことはいまさら言うまでもない。

だがそれ以上に、この制度の外に排除された者たち、独身者のたどる運命はさらにだだに悲惨である。近代の生産主義のシステムのなかで、かれら独身者たちは、男女を問わず、社会の寄生者(パラジット)の地位に追いやられてゆく。そうしてどこにも場所をもたないかれらの欲望は、不毛な空転を強いられざるをえない。十九世紀のシングル・ライフは、ただひたすら暗いのである。不毛性と非生産性、それがかれらに刻印される徴なのだ。『結婚の生理学』を書いたバルザックは、こうした独身者にも終始深い洞察をよせ、『独身者三部作』を書いた作家でもあった。その三部作ではないが、内容的には「老嬢」の極めつきを描いている『従妹《いとこ》ベット』をあげてみよう。この小説は、結婚の不幸と独身の不幸、制度の内と外での不幸を、入れ子構造にしてみせてくれている。老嬢ベットは従姉アドリーヌの家庭に身を寄せる縁者《パラジット》だが、彼女の欲望はただひとつ、貴族にみそめられて男爵夫人になった従姉の「シンデレラ物語」にたいする嫉妬とルサンチマンにしかない。嫉妬それじたいがすでに不毛な情念だが、ベットのそれは実は二重に不毛なのである。それというのも、それほどまでに彼女が妬んでやまないその従姉アドリーヌは、幸福どころか「貞女の涙」の一生をおくっているからである。ルサンチマンがベットを盲目にしているだけなのだ。ありもしないシンデレラを妬んで復讐に全エネルギーを注ぐという、不毛に不毛な展開を重ねるこの小説は、「結婚するも地獄、しないも地獄」の十九世紀の女たちの運命を描きつくしている。

といって地獄をなめさせられるのは女ばかりではない。『従妹ベット』と対をなす『従兄《いとこ》ポンス』も、これまた親戚の家庭の食客《パラジット》の身の老独身者が、周囲にイジメぬかれて死んでゆくという、涙だらけの話である。ハードボイルドの『人間喜劇』のこと、平穏な幸福の情景など皆無といっていいが、ことに独身者を描く作品群は、悲惨にも悲惨を極め、さながら独身「残酷物語」と言わなければばならない。

　こうして独身の悲惨を描きながら、バルザックはそこでたえず制度のからくりを見ているが、これにたいし制度を問うことなく「老嬢」を見るミシュレは、はるかに素朴なロマン主義者である。ミシュレにとって女は「民衆」と同じ存在、すなわち文化が馴化すべき野生の自然であり、ひたすら保護し教育をほどこすべき対象であった。[2] ナウームが分析しているように、ミシュレの『女』のなかに描きだされる女は、好奇のまなざしによって解剖されるオブジェ、ミシェル・ド・セルトーの言う「死者の美」そのものである。ミシュレにとって女は異文化であり、永遠の他者であったと言ってもいい。その彼の見る「独り身の女」がステレオタイプ化した老嬢のイメージにそのまま重なってゆくのは見やすい道理である。

　そのミシュレと対照的なバルザックの考察を引用して、レトロ独身物語を終えることにしよう。『独身者三部作』中の一節である。バルザックは宗教が力を失い世界が世俗化してゆく近代の不可逆的な動きを見すえつつ語っている。「今日もはや教会は政治力ではなく、教会が独り身の人びとのもてる力を吸い寄せることはない〔引用者注――昔は「神に捧げた身」というブリリアントな独身志願があったのだ〕。そうなると独身生活というものは、人間にそなわるいろいろな資質をエゴイズムというただひとつの情熱に集中させて、独身者を有害な存在にしてしまうか、あるいは無用な存在にしてしまうという、大きな弊害をもたらすことになる。われわれは（…）人間のために社会がつくられたというより、社会にあわせて人間がつくられているような時代に生きているのだ」[3]。バルザックの透徹した眼は、独身者の欲望を不毛なものにしてしまう制度そのものの不毛を見通している。システムのロジックが人間の欲望に「回路」を強いているのである。

この高い視点に立つバルザックの眼は、そのような回路から溢れ出し、結婚の内と外の境界を越えて飛翔する欲望のゆくえをも透視していたことだろう。まさにバルザックはそのような小説『サラジーヌ』を書いた。境界を越えて欲望が横溢する作品を。バルザックの書いたそのもうひとつの世界に誘ってくれるのは、混沌《カオス》の哲学者ミシェル・セールである。セールとともにわたしたちもその世界に入ってゆこう。

排除の排除

境界線をひくこと、分離すること、そしてテリトリーを固めること――フーコーの『監獄の誕生』をうけつつド・セルトーが言うように[4]、それが近代の「知」の根底にある身ぶりである。バルザックの小説は、知がひいたこの境界線をもうひとつの身ぶりで越えようとする。セールはそれを、安定していながら、同時に不安定なポジション、準安定的（メタスターブル）なポジションと言う。事実、『サラジーヌ』は冒頭からこのような身体の身ぶりで始まっている。

パリ社交界の、とある夜会のさなか、語り手は屋敷の「窓」に腰をおろして深い夢想に誘われている。右手に映るのは、まだらな雪に覆われた冷たい庭の冬景色、「死者たちの舞踏の光景」、かたや屋敷の内に目をやれば、きらびやかなシャンデリアの明かりのもと、あでやかなドレスの揺れ動く「生者たちの舞踏」が繰り広げられている。「わたしの右手には、陰気に押し黙った死のイメージ、左手には、典雅な生の酒宴、こちら側は冷たく、陰鬱で、荒涼とした自然、あちらは楽しげな人びと。(…) わたしはこんなにも異なるちぐはぐな二つの光景の境界にいて、なかば陽気で、なかば陰気な気分のミックスサラダになっていた。左足では拍子をとり、右足は棺桶に突っこんでいるような感じだった」(5)。セールは、冒頭に登場するこの語り手=バルザックの身体を問う。「いったい彼は何者か? 半々に混じりあった身体だ」「彼は何をしているのか? ミックスサラダになっている。すなわち彼は二つの世界、二つの芸術の真ん中にいて、それら二つを含合しているということだ」。バルザックは「さまざまな境界の交差するところに位置し、自分の体のなかに両極を混ぜ合わせているのである」(6)。たしかに『サラジーヌ』は、すべてが、境界のゆらぐところ、両極のミックスするところから始まっている。時は「真夜中」、すなわち昨日でもあれば今日でもある時間、「窓」は内と外が交差する空間、そしてその窓に腰をおろした語り手は、左足で拍子をとり、右足を凍てつく冷気にさらしながら、生と死、動と静、熱さと冷たさ、音楽と彫刻、さまざまな両極をひとつに「混ぜ合わせた」ポジションにいる。

大事なことは、このポジションが理性のひく境界を否認する身ぶりであるということだ。セールはそれを次のように語っている。「論理的ディスクールは矛盾物を統一しようとする。生と死、男と女、ウィとノン、を。だがそんなことより、言葉や語の向こう側、あるいはこちら側で、自分自身の身体のなかに結合を生きたほうがどれほど良いことか。そのようにして語り手は、いやバルザックは足で方向をとろうとしているのだ。左と右とに(7)」。方向をとること、理性の区切る境界を横断して、歩きだすこと。それはいつでも思考より先に決断している。こうして思考のシステムの外にバルザックを歩ませるもの、それは制作という実践的な欲求である。「バルザックは芸術家の活動的な実践を問うているのだ。批評という安易な仕事に先立って、制作にたずさわる人間の仕事は安易ではない。批判というメタ言語より先に、ちゃんとひとつのものをつくりあげなければならない(8)」。「知られざる傑作」は、理性の知らぬ闇、混沌《カオス》のざわめくあのブラック・ボックスから生まれいでる。創作者バルザックは、理性の秩序に逆らって、この闇の方に方向をとっているのだ。

　秩序に逆らって？　そう、というのもバルザックは「左足」から踏みだしているからである。セールは言う、右手にあるのは死、左手には生、これは左ききの決断である、と。はたしてバルザックが本当に左ききであったのかどうか、真相はわからない。たしかなことは、セールが左ききだということである(9)。そのセールが語り手＝バルザックの不安定な身体に左ききの身体をみてとったこと、これはセールとバルザックの幸福な「結婚」というべきだろう。そしてセール＝バルザックのこの「左ききの身体」は、右という一方向《サンス》（一義）の支配する理性のシステムを解体してゆく。右と左、生と死、男と女――世界をこうした両立不可能な二項に分割してゆくのは理性である。これにたいし、左ききの身体は、不安定な安定をはかりながら、対立する二項を共存させてゆく。同一性と他性が結ばれあうこのような共存を、セールは「非対称的対称性」あるいは「対掌性」（エナンティオモルフィー）と言う。左手と右手はたがいに対掌的であり、「S」と「Z」がそうである。同じ『サラジーヌ』を論じたバルトの『S／Z』がアンチテーゼ（対照法）を軸にしているのにたいし、セールはこの対掌性によってアンチテーゼを越えてゆく。セール＝バルザックの『サラジーヌ』は、その左ききの身ぶりによって、矛盾を排除してゆくのである[10]。

事実、「ミックスした身体」で始まるこの小説は、対立する二項をどんどん混ぜ、足しあわせ、包摂してゆく。舞踏会を主催するランティ家の一族は、イタリア語、フランス語、スペイン語、ドイツ語、英語の五カ国語を自在に話し、言語の障壁を知らない。息子のフィリッポは少女のように美しい。そのフィリッポに負けず劣らず美しい娘のマリアニーニは、才能と美貌をその一身に集めている。そしてこの一族の秘密の鍵を握る去勢歌手ザンビネッラは、同時に男でもあれば女でもある。「両立不可能な諸要素をどんどん加算し、結合し、あるいは足しあわせてゆくこと」、それがこの小説のなしとげる包摂の術《アール》なのだ。セールはバルザックのこの術の条件を問い、答えて言う。いったい、いかなる条件によってそのようなことが可能であろうか？　支配項をラディカルに始末することによって、と。

支配項を排除すること、それこそ、左ききの身ぶりで始まったこの小説のなしとげる離れ業である。左ききの身体は、右の支配を排除しながら、新しいバランスをつくりだし、「両手きき」の世界をつくりだしてゆく。身体の身ぶりによって始まる「このバルザックの小説は、きわめて稀な、ある難しいロジックのおこなう操作を描きだしている。そこにあるのは同時にまた、協和をもちきたらす、ひとつの甘美な人間的行為であり、至高の美学でもある。すなわち、『サラジーヌ』は排除を排除するのである」[11]。

ミックスサラダの思想

排除とは理性の暴力である。理性は二項を切り離して対立させ、かならず支配項をつくりだす。右と左、光と闇、男と女。二項対立はつねに支配項をつくりだし、他性を劣位のポジションに追いやってしまう。世界を切断するこのロゴスの暴力は、ファルスのふるう暴力と同じものである。「セックスは区別と同じ身ぶりを指ししめしている。すなわちそれは分離と切断を指ししめす。そこにはファルスの掟が支配している」[12]。このファルスの掟を「ラディカルに始末する」こと、切断する性を切断すること、それこそ『サラジーヌ』の中心にある去勢のテーマにほかならない。「排除を排除すること、あるいは支配するファルスの掟を根こそぎにすること、これこそ去勢のもっとも深い意味である」[13]。二項対立の世界の中心を占めるこのファルスを根こそぎにするとき、はじめてそこに「あるがままの多」が現れ、「多」を足し合わせた美が立ち現れるのだ。アフロディテとヘルメスを一身にそなえた両性具有のヘルマフロディトゥスが。

去勢歌手ザンビネッラは、ファルスの掟からすればひとつの「欠如」でしかなく、「非-男」でしかない。けれども、この掟を排除するとき、ザンビネッラは欠如でもあり充実でもあるもの、「欠如プラス充実の化身」であり、男・非男・女・非女のすべてである。「ファルスの掟が無くなりさえすれば、両立不可能な属性の数々の加算、合計、結合が奇跡のように可能になる」[14]。まさにザンビネッラはこの奇跡の「合計」の化身であり、「ファルスの不在を中心にすえた、ありあまる過多」の全体、包摂の術から生まれたヴィーナスなのだ。多を一身に集めた身体、ヘルマフロディトゥス。「包摂の完成された典型」。

バルザックがこのヘルマフロディトゥスを創造したのは、批評のディスクールに先立って、方向をとり、制作の現在におもむいたからであった。排除の排除、包摂の術とは、制作の身ぶりである。批評は規定し、分割し、切断する。だが創造者は組み合わせ、足し合わせ、結びつけ、結合する。バルザックは分離と否定の支配する理性の帝国に背を向けて、「あるがままの多」の横溢する世界を探しもとめていたのだ。「そしてある時、彼はミックスサラダを見いだしたのである」。バルザックは欠如から創造したのではない、とセールは言う。ありあまる充溢と過多、もろもろの能力の過飽和――傑作はあのノワーズな波、横溢の海から誕生するのである。

だがそれにしても、そうして創造者バルザックが見いだしたミックスサラダとはいったい何か？　原語はmacédoine（マセドワーヌ）である。ちなみに仏和大辞典をみてみると、「マケドニア帝国が多くの異民族から成っていたところから」きた語で、「野菜・果物を刻んで混ぜ合わせた料理」とある。古代マケドニアは異民族混淆の国、つまり支配項がなく多が共存していたのだ。そこから来ていろいろな野菜・果物を混ぜ合わせた料理がマセドワーヌだが、もう少し具体的なイメージで言えば、ひとつはイタリアの典型的なデザート、ミックス・フルーツサラダのことであり、これがフランスにくると、果物ではなく、マヨネーズであえた野菜のミックスサラダになる。いずれにしてもミックスした料理、支配項なき多の混ぜ合わせである。そしてバルザックは創造の探求の途で、ミックスというこの料理の術《アール》に出会ったのである。分離と対立しか知らない理性の帝国の外で。

「モラリストはバラバラなものを唾棄するから、ミックスサラダなど大嫌いにちがいない。批評家たちは、区別もつかず差異もないものを排斥するから、混ぜ合わせなどまず好きになるためしはない。ところがサラダという料理は、まさに排除を排除する。好きなように、ニンジンにカブラを足せばいい。何だろうとかまわない。なんならアルティショをもっといれたまえ――ありあまる過多にはいかなる限界もない。サラダのなかでカブはキャベツを排除したりしない」「これこそ中心の掟をとっぱらった過飽和そのものである。そこには結びつけるためのソースなど何ひとつありはしないし、凝固させるためのいかなる原理があるわけでもない」「ミックスサラダは普遍的な加算、支配なき包摂の典型例をさしだしてくれる」[15]。批評家たちが否定のディスクールを弄しているあいだに、バルザックは黙って創造の現場に足を向け、包摂の術によって傑作を生みだした。けれども、この術《アール》は大文字の芸術《アール》のためだけのものではない。セールが料理を語っているように、分離を排して結びつけ、多を混ぜ合わせる術は、すぐれて日常の制作《ポイエーシス》の身ぶりである。理論的ディスクールがなしえぬ業を日々の実践はやすやすと「やってのける」のだ。知のひいた境界線をかいくぐる実践的なテクネーの身ぶり、そこに、「脱・分化」のミックスサラダの思想がある。

リボンの騎士

「分化」にさよならをして、境界線を乱すこと、分離したものを混ぜ合わせること。ポスト近代は脱・分化である。そしてこのミックスの身ぶりは、すでにテクストの外に溢れている。セールの言うノワーズな海は彼方にみえる風景ではない。それは、いま、ここ、わたしたちの生きている現実の光景である。セールによってセールのテクストの外に踏みだそう。が、もちろん左ききのステップで[16]。ミックスサラダの思想とは、不安定なポジションを生きることなのだから。

「知、科学は、同一、不変、安定、一の側にある」とセールは言う。だが、みずからのテリトリーに安住した知をしりめに、現実はとっくに安定を失い、いたるところで境界はゆらいである。結婚という制度はもはや「一」の地位を失って、非婚、未婚、結婚のミックスサラダのなかのひとつになってしまっている。あのレトロ独身物語のなかの「老嬢」は、結婚が支配項だったからこそ、スティグマつきの存在にさせられていたのだ。さらにこの結婚という「中心の掟」は、シングルを排除して社会のパラジット（寄生者）の位置に追いやったばかりでなく、女たちを主婦と娼婦に、「しろうと」と「くろうと」にも分離していた。「フリン」は、近代のこの分化にナンセンス！を言う、脱・分化の響きと怒り（ノワーズ）である。そして近代が男と女のあいだにひいた大文字の境界線、「男は仕事、女は家庭」の分割線はどんどんかすんでいっている。近代の生産主義のロジックは、仕事を右の支配項に立て、女を家庭という左のテリトリーに囲いこんでいた。女たちがこの境界線を横断し、男のテリトリーに進出していったのは、女たちも「右きき」になってしまった（支配項への同一化）ということを意味しない。男たちが女を排除してつくっていた右優位のコミュニケーション回路にパラジット（雑音）をはさんで、回路を乱し、「両手きき」の新しいバランスシートをつくりつつあるということだ。

両手ききを生きること、右が左を排除せず、一が多を排除せず、多が多として共存すること、それがミックスサラダの思想だが、それは、とりもなおさずひとりひとりが「多」になることである――なによりもその性アイデンティティにおいて。つまり性アイデンティティなんかイラナイ、ということ、それこそミックスサラダの思想の核心である。「両立不可能なさまざまな属性」をひとりひとりがその身に「足し合わせ」、ひとりひとりがミックスサラダになること。そのためになにより大切なのは、その可能性の条件である。すなわち「支配項をラディカルに始末すること」だ。支配項に立つあのファルスの掟を根こそぎにすること。そう、「立つ」という身ぶりにラディカルなノン！を言わなければならない。そもそも垂直に立つ－立たせるというこの身ぶりはギリシア以来の西欧形而上学の身ぶりであり[17]、文字通り右の優位に立つ「反動」の身ぶりである。まったく、ポスト近代のこの時代に、ガンバッテ立つなどというのは絶望的なアナクロであり、ダサイというよりほかに言いようがない。「立つ」なんてやめにすること。排除を排除するこの身ぶりを、「よろこばしき去勢」と呼ぼうではないか。両性具有の美の傑作ヘルマフロディトゥスは、そこからしか生誕しない。

　知られざる傑作が潜んでいるブラック・ボックスは、しかし「深層」ではなく、傑作は大文字の芸術だけのものでもない。日常のテクネーであるミックスの術は、現代という時代の表層にこそひしめいている。たとえば、ファッションがそうだ。女がメンズを身につけ、男がピンクを着ている現在、ファッションはとっくにミックスサラダしてしまっている。いや、そう言いきってしまうのは少し気が早いのかもしれない。身を「飾る」というこの日常のエステティーク、そこにもしぶとく「中心の掟」が残っていないかどうか？　それを見とどけるために、もういちどレトロ結婚物語にもどってみて、掟のアルケオロジーをふりかえってみよう。近代のひいた境界線のおさらいである。

　まず第一に確認しなければならないのは、女が何を着、男が何を着ていたか以前に、「飾る」ということじたいがテリトリー化されていたということである。もちろん女の領分として。夫は仕事、妻は家庭という古典「結婚」制度は、男のステータス・シンボルとして妻が飾られることでもあったのだ（男は身を立て、女は身を飾るという分化である）。生産兵士の制服として男は背広にネクタイ、あとの余分なフリルやリボンは女こどもの飾るもの、という区分は、まさに近代産業社会のおこなった境界づけである。けれども女たちはやがてズボンをはいて越境した。女が先にミックスサラダしたのである。それでは、カワイソウに背広ネクタイのままで後にとり残された男たちはどうなるのか？

　ここでひとりの騎士が現れる。ヴァロワ家の血をひく老貴族、シュヴァリエ・ド・ヴァロワことヴァロワ騎士。宮廷風の雅びを身につけた優雅の士である。といってなにもこの騎士、突如天から舞い降りてきたわけではない。レトロ独身物語でみたあの『老嬢』の登場人物のひとりが実はこの彼である。先にみたように、この小説は、田舎の老「お嬢さま」との縁組を争う独身者たちの話であった。その独身者のひとりが彼なのである。その彼のライバルは、優雅とはおよそ縁遠い共和主義者、デュ・ブスキエなる男。さてその二人のライバルがいざ決戦におよぶ山場がやってくるが、ハードボイルドのバルザックのこと、勝負は歴史の運命によってすでに決している。一途に産業化にむかってゆくブルジョワの世紀、もちろん没落貴族は滅びなければならぬ。

　だがそれにしてもその勝負の一瞬、ヴァロワ騎士はいったいどうして敵に遅れをとったのか？　なんと彼は「化粧」に時間をかけすぎてしまったのである。日ごろのみだしなみにも倍して粋な服装に身を凝らし、その身づくろいの仕上げにと、ほんのりひとはけ頬に紅をさしたのだ。この紅ひとはけの時間の差で彼は敵に先を越されてしまったのである。「デュ・ブスキエのほうは、なにしろ品の無い共和主義者のことだから、がむしゃらな欲望にかられ、身なりなどてんでおかまいなしに、先に到着した。こうした些細なことがらが、帝国の運命と同じく、人びとの運命を決するのである」[18]。ああ、優雅の騎士よ、あなたに勝ってほしかった!と思う読者の心をよそに、バルザックの非情な筆は先を続ける。「この貴族にはこのような最期しかありえなかったのだ。彼は〈優雅の女神〉のために生きた。当然この女神の手によって死なねばならぬ」[19]。

時代はこれを横切る人びとにその刻印をおすものである、と語りながら、バルザックはこうして二人の男を新旧両時代の典型として描きわけているが、それにしても今わたしたちがこの小説を読みなおして改めて驚かされるのは、身を「飾る」のは女の領分という「常識」が、たかだか一五〇年の歴史しかもたない新しいものだということである。（男女をふくめこの小説の人物なかでいちばんお洒落なのはもちろんヴァロワ氏で、彼の常日ごろのみだしなみの描写は、爪の手入れから愛用のイヤリングにいたるまで、延々数ページにも及んでいる。）男は背広、「飾り」は女のもの、というエステティークの分化は、近代産業社会のひいた境界線なのである。ちなみに勝負に勝ったほうのブルジョワ男をみると、お目当てだった妻の資産を足掛かりにせっせと資金をふくらませ、地方の資本家に成り上がってゆくその実利一本槍の相貌は、産業社会の「働きバチ」の原型そのものである。「身なりなどてんでおかまいなく」、ひたすら身を「立てる」ことにしか関心がない。バルザックのレトロ結婚物語は、エステティークの領域における男女の分化のアルケオロジーでもある。

——そして今、脱・分化のポスト近代は、その境界線を乱し、分離したテリトリーを「混ぜ合わせ」てゆく時だ。男はエラければダサクてもよいが、女は美しくなければならない（そしてエラくなってはいけない）などという領域分化は、ほんとうにレトロ物語になってもらわなければならない。ひとりひとりが「多」になり、ミックスサラダになるために、「飾る」という身ぶりを女だけのものにしないこと。ミックスサラダの思想はファロクラシーを越え、境界を越えてゆく。「立つ」ことにさよならをしたリボンの騎士に未来はある。(20)

注

（1）フーコーが『性の歴史』第一巻『知への意志』で語っているように、貴族階級における婚姻とブルジョワジーにおけるそれはもてる価値がちがう。貴族にとっては血統が問題であるから、愛や貞節といった性道徳をともなう結婚は問題にならない。『人間喜劇』はもちろんこうした貴族たちの性愛も描いているが、ここではブルジョワジーの結婚風景に的をしぼった。（訳文は基本的に『バルザック全集』水野亮訳、東京創元社による）。

（2）ジャン＝ポール・アロン編『路地裏の女性史』新評論、一九八四年。

（3）Balzac, *La Comédie humaine*, t.4, Gallimard, 1976, p. 244.

（4）ミシェル・ド・セルトー『日常的実践のポイエティーク』山田登世子訳、国文社、一九八七年。

（5）Michel Serres, *L'Hermaphrodite*, Flammarion, 1987, p. 8.（『サラジーヌ』の訳文は基本的に、ロラン・バルト『S／Z』沢崎浩平訳、みすず書房による）。
（6）*Ibid.*, p. 67.
（7）*Ibid.*, p. 68.
（8）*Ibid.*, p. 75.
（9）バルザック記念館でおこなわれた講演会（パリ、一九八八年三月）でのセールの発言より。
（10）同一性と他性が共存するこうした対掌性のロジックは、セクシュアリテの問題に深くかかわっている。ヘルマフロディトゥスとは対掌性による両性具有である。いまセクシュアリテや快楽の問題を考えるとき重要なのは、排除されない他性、エロティシズムを構成するものとしての他性ではないだろうか。快楽が男と女のいずれにあっても結局は同一性の回路をまぬがれえないという「オナニズムの出口なし」（対談・上野千鶴子／金塚貞文『現代思想』一九八七年十月号）のひとつの出口がそこにあるのではないかと思うが、この他性についての考察は別の機会を待ちたいと思う。
（11）*L'Hermaphrodite, op. cit.*, p. 81.
（12）*Ibid.*, p. 95.
（13）*Ibid.*, pp. 81-82.
（14）*Ibid.*, p. 92.
（15）*Ibid.*, p. 85.
（16）ちなみにバルザックには「歩きかたの理論」なる作品もある（『風俗のパトロジー』所収、新評論、一九八二年。後に改題し、『風俗研究』山田登世子訳、藤原書店、一九九二年）。
（17）今村仁司『現代思想の系譜学』筑摩書房、一九八六年。
（18）Balzac, *La Comédie humaine, op. cit.*, p. 906.（訳文は基本的に、前掲『バルザック全集』小林正訳による）。

(19) *Ibid.*

(20) リボンを論じたついでにパンツにふれておこう。栗本慎一郎氏の「パンサル」論は壮大な発展をとげてデカパンとなり、いまやヒトがパンツを捨てる時だそうだが、氏がパンツを捨てようと洗濯しようとまったく氏の自由である。だが批判すべきは、そもそも氏がバタイユの「過剰‐蕩尽」理論をパンツというメタファーでくくったことにはし（た）なくも現れているファルス中心主義である。快楽（過剰の蕩尽）のためパンツを脱ぐ「主体」は男であって女ではない。女は、男の快楽のための美の客体（オブジェ）でしかない。すなわち女はリボンなのである。バタイユのエロティシズム論にあるこうした男＝主体／女＝客体のシェーマを気にかけず、ノーテンキにパンツ（男）でもってヒトを僭称したのが栗本氏の「ホモ・パンツ」論である。が、まあ、もはや氏はパンツを捨てるのだそうだから、勝手に捨てていただくとして、問題はバタイユそのひとのファルス中心主義である。先に註（10）であげた対談で上野千鶴子氏も語っているように、バタイユのエロティシズム論は男のエロスでしかなく、そこで女は、男のエロスが成就するための生贄としての美の客体である（まったく、パンツを脱いだりはいたりするバタイユは十分に想像できるが、リボンをつけたバタイユなど想像もできない）。男は主体＝まなざしであり、女はまなざしの対象（美）だと言ってもよい。エロティシズムにおける領域分化である。この分化をいかに脱・分化するか？　問題は男が主体であることの批判だけではなく、むしろその先、いかにして男も美の客体（リボン）になりうるのか、ということであろう。美のポリティークとともにバタイユのエロティシズム論を解体すること――この課題については、「ホモ・リボン」と仮題して別稿を予定している。

（一九八八・六）

女と賭博師

バルザックにおいては、誰もが、門番女にいたるまで、天才を有している。

――ボードレール

賭博師たち

『人間喜劇』に描かれる幾多の娼婦のなかでも、ひときわ忘れ難い彩を放つ娼婦といえば、『娼婦の栄光と悲惨』のエステルと『従妹《いとこ》ベット』のマルネフ夫人だろう。ひとりの娼婦は恋に死に、もうひとりは悪に死す。いずれも、ありえないほどロマネスクな夢の深さと激しさにひたされている。バルザックの創造する人物がいつもそうであるように、彼女たちもまた「真実の慎ましさ」をはるかに越えた、言わば最上級の娼婦なのだ。

それというのも、エステルとヴァレリー・マルネフという二人の女は、いずれも《運》に身をさらすからである。あたかも、賭博師が運に賭けるのと同じようなやりかたで。事実、『娼婦の栄光と悲惨』や『従妹ベット』が読者を熱狂させずにいないのは、生死のかかった一か八かの「賭け」が展開するからだ。娼婦と運命の賭け——だが、そこへゆくまえに回り道をしよう。『人間喜劇』は最上級の賭博師たちに事欠かないからだ。娼婦にまさる賭博師たち、かれらの名はダンディである。

実際、『人間喜劇』の名だたるダンディたちは賭博師である。

ラスティニャックやド・マルセーをはじめ、バルザックが描くパリ社会の名士たちは、驚くべき無為の徒だ。女をつくり、社交界に出入りし、優雅な服装をひけらかすこと。かれらの生活はあげてそうしたことに費やされている。「黄色い手袋をはめた海賊」と呼ばれるかれらは、要するに《運》をつかんで勝った、ゲームの勝者なのだ。

運をつかむこと——ラスティニャックにむかってヴォートランが言ってのける名せりふをここで思いだすべきだろうか。ヴォートランは出世の哲学を次のように言う。「人間どもを全員敵にまわして、ひとりで運をつかむこと、こいつはやりがいのある勝負じゃないか」。あるいは、同じヴォートランがリュシアンにむかって説く「野心の法典」。「うんと派手な目標をたて、その目標への歩みを隠し、到達手段を隠すこと。(…)狩猟家になって待ち伏せること。パリの社交界にじっと身をしのばせて、獲物とチャンスを待つこと」。獲物、チャンス、勝負……。バルザックの「野心の哲学」は語彙そのものがギャンブラーの語彙からなっている。

いかにもバルザックの小説世界がかきたてる熱狂は、ギャンブルがわたしたちにかきたてる熱狂にひとしい。なぜなら、《運》を相手にするとき、そこで賭けられるものは全人間的能力だからだ。

ベンヤミンが『パサージュ論』で引用しているアナトール・フランスの賭博論が想起される。「運をためすということは月並みな悦楽ではない(…)賭博とは、運命との組打ちである」。「賭博以上に恐るべきものがあろうか? それは、かつ与え、かつ奪う。その道理はわれわれの道理ではない。それは物言わず、目は見えず、耳はきこえない。それは全能である。それは神である」。賭博師は、ありとあらゆる能力と才知を発揮しながら、この全能の神に身を賭ける。「運命との組打ち」で発揮されるこの能力を、ベンヤミンはこう語っている。「ここで問題となっている才能とは、才気煥発さである。それが最高の形で現れたものが、いずれの場合にも予言的であるような読みである」。

バルザックの野心家たちが発揮するのは、まさにここで言われているような「才気煥発さ」であり、「読み」の力である。ひとつひとつの状況を読み、計算し、チャンスをみてとるやすかさず勝負に打ってでる賭博師の才能。その才能を「最高の形」で表しているのが『人間喜劇』最大の賭博師ヴォートランであるのは言うまでもなかろう。この賭博師は、まさに「予言的な読み」をみせつつ勝負に挑む。そして、重要なことは、この大いなる賭博師が、だからこそ神の摂理に従う宿命論者であることだ。賭博師は我と我から運命の神を呼びだす……。少し長くなるが、もういちどベンヤミンの引用を続けよう。

《不可解なもの》が、賭博場と同じようにブルジョワ社会でも君臨している。……予期されず一般には知られない、見た目は偶然によると思われる原因のため成功や失敗が起こるので、ブルジョワはギャンブラーのような精神状態になりがちである。……資本家はその財産を株式に投資するが、その株価と配当の上がり下がりの原因は資本家にはわからない。こうした資本家はプロのギャンブラーである。ところが、ギャンブラーは……きわめて迷信深い人種である。賭博場の連中はいつもお呪《まじな》いの言葉をもっていて、それで運命を呼びだすのだ。

「万人を敵に回して」勝負に挑む賭博師ヴォートランは、パリ社会全体を賭博台に変え、そこに生起するさまざまな出来事の有為転変に《運》をみている。偶然の戯れをあやつる《不可解なもの》の歩みを。『娼婦の栄光と悲惨』の結末部、検事総長にむかってヴォートランが言う言葉はギャンブラーそのままの運命論だ。

私は二〇年来、世間を裏から、その地下から見てきましたが、物事の歩みには一つの力があることがわかりました。あなたがたが《神の摂理》と呼んでおられる力です。私はそれを《偶然》と呼んでいましたし、私の仲間はそれを《運》と呼ぶのです。

「プロのギャンブラー」である資本家が最高度の「読み」を発揮しながら結局最後には不可解なものに賭けるのと同じように、ヴォートランもまた「読み」を発揮しながら偶然に賭ける。『娼婦の栄光と悲惨』がわたしたちを夢中にさせるのは全編が「運と組打つ」この賭けのサスペンスからなっているからだ。この小説が「悪徳の書」であるのは、犯罪者や娼婦が主人公であるからではない。そうではなくて、人間のもつ才気煥発さや力のありったけが、運をつかむギャンブルに捧げられているからである。

オペラ座で幕を上げる小説冒頭のあの暗い夢のような色調。そこに姿を現すリュシアンは、美貌の仮面の下に悪徳の淵を隠している。「美貌と若さの仮面は、彼の内に横たわる深い深淵を覆い隠すことができた。それはパリで、自分の自負に必要な資金を所有せずに何らかの役割を演じたいと思い、そうして、毎日毎日この王宮の中で最も崇めたてまつられている神、すなわち《偶然》に生贄を捧げ、それによって一か八かの危険をおかしている多くの青年にみられる例である」。冒頭からリュシアンはすでに人生というギャンブルに身を捧げている。

実際、この大部の長編は「待つ」ことから始まっている。「パリの社交界にじっと身をしのばせて、獲物とチャンスを待つこと」——ヴォートランの言葉がそのまま小説のプロットとなり、リュシアンと彼の二人組は四年もの間ただひたすら偶然の到来を待ちうけている。そして、そのチャンスがやって来る。月明かりの下、ブーローニュの森に姿を見せたエステルの美しさにパリ随一の銀行家ニュシンゲンが一目惚れをする。この《偶然》がヴォートランの勝負の札となる。「もうこれで四年というもの、われわれは有利か不利かはともかく、ずっと偶然を待ちうけてきたのだ。そこでだ、今日、運のめぐりあわせで飛びこんできた野菜をきれいにむくには、ただ腕をふるうだけじゃ用が足りん。この一か八かの賭けには良い目と悪い目がある。万事がそうだが」。「一か八かの賭け」といい「良い目と悪い目」といい、ヴォートランは随所でまぎれもなくギャンブラーの語を使う。そして、「ただ腕をふるう」以上の才能のすべてをあげて暗躍する。運と組打ちするそのギャンブラーの力業が息もつかせずこの小説を読ませるのであり、とほうもないその力の行使が、まさに賭事のようにわたしたちを魅了するのである。

そして、読者をそのような読みに誘うのは実は作者バルザックそのひとにほかならない。あいつぐ偶然の有為転変を編みながら《運命》という総体をつくりだしてゆくのは作者バルザックであり、宿命論に従い、摂理に従っているのは、ほかでもないバルザック自身である。バルザックはそのことを隠さない。愛するリュシアンを失って最後の勝負に追いつめられたヴォートランを描きつつバルザックは次のように言う。

風俗史家が決して怠ってはならない義務のひとつは、真実を、外見上ドラマチックな潤色をほどこして損なうような真似は決してしないということである。ことに、真実がわざわざ小説になってくれているような場合、決してそういうことをしてはならない。特にパリでは、社会的自然が気まぐれな偶然の成り行きや、情況のもつれあいをかくも豊かにはらんでいるので、創作者の空想力などはたえず乗り越えられてしまう。真実の大胆不敵さたるや、芸術に禁じられている組み合わせにまで達するものなのだ。それほどまでにこの組み合わせは、作者がこれを緩和し、刈り込み、切り落とさないかぎり、真実らしくなく、慎ましさに欠けるものなのである。

真実は小説以上に小説的だというこの作者の弁は、バルザックが歴史をそのような小説的なものとしてみなしているということ、歴史は小説的であるという彼の世界観の表明にほかならない。さまざまな「偶然」や「情況のもつれあい」は《不可思議なもの》に導かれて不可逆の運命をつくりだす。だからこそそれぞれの情況を生きる人間たちは、いずれもが《運》を呼びよせながら賭博師が発揮するあの「最高度の才能」をみせるのである。

最上級の娼婦

それにしても回り道が長くなった。娼婦に話をもどそう。『従妹ベット』のヴァレリー・マルネフに。『人間喜劇』に登場する幾多の娼婦の中でも、ヴァレリー・マルネフこそは最上級の娼婦、ダンディたちと同じように運と組打ちする賭博師である。バルザックが生きた王政復古から七月王政までの十九世紀前半、貧困に追いつめられて心ならずも娼婦に身を落とした女たちは少なくないが、『従妹ベット』が描く娼婦ヴァレリーに、そうした歴史的な実証性や統計性を求めても実りは少ない。バルザック自身の言葉を使うなら、ヴァレリーの娼婦性はあまりに「真実の大胆不敵さ」に満ちていて、慎ましい真実らしさに欠けている。ヴォートランがおよそありそうにもない犯罪者であるのと同じくらい、ヴァレリー・マルネフもまたありそうにもない娼婦である。

そう、ここでもまた『従妹ベット』の読者を魅了するのはギャンブルの場合にみられるあの「最高度の才能」の発揮なのだ。母から美貌をうけついだ若い女がいかに情況を読み、ゲームを有利に運び、駆引きをつくして運を呼びよせるか。読者は、男という獲物を狙っては弄絡する彼女の「才能」に圧倒される。

このマルネフ夫人をバルザックは「ペチコートをつけたマキャベリ」と呼んでいるが、彼女がヴォートランと同じ呼び名で称されるのは偶然ではない。性こそちがえそれは同じ種族、「万人を敵に回して、ひとりで運をつかもうとする」賭博師なのだ。だからこのヴァレリーもまた《運》を相手どってからだをはる。バルザックはこう書いている。

パリでは、女が美貌を売りものにしようと決心しても、それでその女が幸運をつかめるわけではない。美しい容姿に恵まれ、才知も抜群でありながら、ひどくおちぶれて、快楽に始まった生涯を惨めに終わらせる女がよくいるものだ。（…）悪徳は、そうは簡単に成功しないのである。この点、悪徳は天才と似ており、この二つは、運と才能をうまく結びつけるためにどちらもよほど幸運な状況の助けを必要とするのだ。

つまりそれは危険な賭けであり、成功するには運をつかまねばならない勝負なのだ。バルザックがこの成功の困難性について長々と述べているのは、つまりヴァレリーという悪徳の才能がいかに傑出しているか、その「天才性」を際だたせんがためである。実際、この娼婦小説は、機をとらえて男を誘惑し、相手の弱みをつかんで攻略してゆくギャンブラーの才能の全記録である。ヴァレリーというこの「女の姿をした蛇」が遺憾なく発揮する悪の才能の華々しさがこの小説の読みごたえなのだ。ヴォートランの力がありそうにもないのと同じほど、男の色欲につけこむヴァレリーの娼婦性もまた最高度に高められて描かれている。

こうして悪の天才に恵まれたこの女がいかに「つき」をひきよせ、運をたぐりよせてゆくか、その巧みな勝負師ぶりを描く場面をあげてゆけばきりがないが、富豪のブラジル人を攻略するシーンもその典型のひとつだろう。ユロとクルヴェルという二人の愛人がそろっている時、不意に、美貌のブラジル人モンテスがパリに舞い戻ってくる。その偶然の出来事をまたも自分のチャンスに変えるヴァレリーをバルザックはこう描いている。「こうした幸運は美しい女にしかめぐってこないものだが、その晩のヴァレリーも、運良く、実に魅力的な装いをしていた。まっ白な胸が透かしレースにかたく締めつけられて輝いていた」。運に恵まれたこの娼婦は、すかさず攻略に打ってでる。「ヴァレリーは矢のような速さで四階まで駆けあがると、リスベットの部屋を三回ノックし、それから自分の部屋にもどってレーヌにいろいろ言いつけた。なぜなら、どんな女でもブラジルから出てきたモンテスのような男にとりいるチャンスを決して逃したりしないからである」。この間、数時間もない短い出来事である。こうしてヴァレリーは一瞬のうちに手をうち、「悪才をふるいたたせて、ありとあらゆる邪悪な手段をつくす」。

そして、男を操るこの悪才のアウラが読者をひきずりこむのである。巧みなギャンブラーの勝負運びが息をのませてひきつけるのと同様に。男を惑わすヴァレリーの悪才はまさに読者をうならせるのだ。

愛の弱さ

それにしても、娼婦ヴァレリーの賭けの元手は「からだ」である。彼女は自分で自分の性を売る。これにたいし、『娼婦の栄光と悲惨』のエステルは《愛》に賭けて命を断つ。エステルとともに、わたしたちは『人間喜劇』の「運との組打ち」のもうひとつの次元に運ばれる。恋する娼婦エステルは、《愛》という要素をもちこんで賭博師たちのゲームを覆すからだ。

ヴァレリーという娼婦の無類の強さはどの男をも決して愛さないことにある。ゲームに勝つには決して愛してはならない。ヴォートランが語る「野心の法則」を見事に体現していればこそヴァレリーは「ペチコートをはいたマキャベリ」なのだ。すなわち、「人間をすべて道具とみなすこと」。ところがエステルは、その美貌を道具につかわれる立場である。ヴァレリーは自分で自分を売るが、エステルは心ならずも売られる娼婦だ。リュシアンの出世のためには百万フランの資金がいるが、その百万フランのために彼女は銀行家ニュシンゲンに身を売らねばならない。

エステルは身を売る。けれども、愛を売ることにたいしては「否」を言う。ニュシンゲンにからだを売ったその夜、彼女が命を断つのはリュシアンへの愛ゆえである。そして、女のこの一途な愛が賭博師ヴォートランの賭けをくじくのだ。ヴォートランが力をつくして運んできた賭けは、エステルの死を契機に、一転して裏目に運んでゆく。エステルをニュシンゲンに売りつけるチャンスをつかんだヴォートランはこう読んでいたはずだった。「今日われわれは一か八かの勝負をするのだ。しかし幸いなことにカルタには細工がしてあるし、お客さんはずぶのしろうとときている」。ヴォートランが言う通り、こと色恋にかけてはずぶのしろうとの銀行家ニュシンゲンは思惑通り罠にはまる。だが、エステルが死ぬことだけはこの賭博師の「読み」に入っていなかったのだ。

エステルの死は、『娼婦の栄光と悲惨』というこの悪漢小説にもうひとつの深みを刻みこむ。快楽はギャンブルの次元に属しているが、愛は「賭け」を拒むのだ。力は勝敗を競うが、愛は勝敗を超えているからである。美貌を武器にほしいまま男を惑わすヴァレリーがひとつの「才能」であり、されぱこそギャンブラーであるのにたいし、エステルの愛は――すべての愛がそうであるように――およそ勝敗の彼方にある。絶対的に「弱いもの」である愛は勝負の敵手ですらないのだ。だからこそ、全知の力をふるうヴォートランもそこで読みを誤るのである。愛という無力なものは、力に賭ける賭博師たちのつまづきの石なのだ。そして『娼婦の栄光と悲惨』が『従妹ベット』にない深さをたたえているのは、ヴォートランという悪徳の天才自身がみずからの足にも愛という軛《くびき》をつけているからにほかあるまい。「愛という天界の要素は、それほどまでに、いかに腐敗した魂にあっても死滅するのが難しいのだ」――ヴォートランの愛についてバルザックはそう書いている。もしもヴォートランに愛という弱さがなく、エステルがあれほどまでにリュシアンを愛することがなかったら、ゲームはつまづくことなく遂行されて勝ちに導かれたことだろう。『人間喜劇』最高のダンディであるあのド・マルセーが愛という弱さをもたず、それゆえパリ社会に君臨し続けるように。けれども、『娼婦の栄光と悲惨』は、いかに人間が愛を免れては生きえない生きものであるか、その絶対的な「弱さ」を描いているからこそ、ギャンブルの熱狂とともに、それ以上の感慨を読者にもたらすのだ。愛によってギャンブルのゆくえを覆すエステルは、アンチ・ヴァレリーであり、最上級の女なのである。

最上級の女——なぜなら、愛は女の領分であって、およそ「勝負」の世界の外にあるものだからだ。才と力はすべてギャンブルに賭けられるにふさわしい札だが、愛はそのゲームの規則の外にある。繰り返し言うが、エステルの愛はヴォートランの企てる勝負の敵手ですらないからこそつまづきの石になるのだ。女の愛、賭博師にとってそれはまったくの邪魔物でしかない。賭博についてのベンヤミンのもうひとつの言葉が想起される。ベンヤミンはこう書いている。「賭博師とは女を満足させることのできないような人間のタイプである。ドン・ファンは、賭博師ではないのだろうか」。

ベンヤミンのこの言葉を逆にしてこう言うこともできるだろう。「女とは賭博師を満足させることができない人間のタイプである」と。女というこの愛の生きものは必ず勝負事の邪魔になるのだ。《力》は勝負を競う。だが、みずからを勝負の外におく《愛》はただ満たされることしか求めていない。愛は勝敗への絶対的無関心によってゲームの規則を攪乱するのである。男が勝敗を競っているとき、女はひたすら愛に溺れる。死にゆくエステルの胸にあるのはただ恋あるのみだ。計算には計算をもってするヴォートランが、だからこそこの女の「計算の無さ」に運を覆されるのである。

賭博師ヴォートランが女嫌いであるのは、だから当然すぎるほど当然だと言わねばならない。『娼婦の栄光と悲惨』の最後、ヴォートランがはき捨てるせりふは、女と賭博師の永遠の敵対性を見事に言いつくしている。「俺のように、女どものあの子供じみたわがままや、情熱のせいでひっくりかえる誠実さや、無邪気な悪意や、未開人のような悪賢さをまぬがれおおせたら、男はどれほど多くの力を獲得できることだろう。女というやつは、今もこれからもずっと男の損害だ……」。

そうはき捨てるヴォートランは、いましもセリジー伯爵夫人の屋敷を後にしたところである。ヴォートランは、リュシアンを愛していた伯爵夫人の女心を見透かして、狂気の淵をさまよう夫人の心の危機を救ったのだ。バルザックはこう書いている。「この男は、司法官が犯罪者を知っているように、女というものを知っていた」。ヴォートランは、勝負への無関心によって勝負の邪魔をする《女》というものを知りつくしていればこそ、それを侮蔑してやまないのである。

女の心を読むそのヴォートランを、バルザックは「魂の名医」だと語っている。

魂の名医——それはバルザック自身にこそふさわしい形容詞だなどとわざわざ言う必要があるだろうか。熱狂的な《力》の賭けを描いて比類ないこの作家は、力の絶対的敵対者である《愛》を描いても比類ない。賭博師の賭けと、女の愛と、二つのものの淵を描く『娼婦の栄光と悲惨』は、ギャンブルの熱狂で魅了するとともに、それ以上の何かを語ってわたしたちの魂をうつのである。

註記

『従妹ベット』と『娼婦の栄光と悲惨』の訳文は、それぞれ佐藤朔訳、寺田透訳（『娼婦盛衰記』）に依り、文脈によって訳し変えた箇所もある。

（一九九四・一一）

私の訳した本――バルザック『風俗のパトロジー』

何がむずかしいといって、訳書のタイトルほどむずかしいものはない。この本の原題は、Pathologie de la vie sociale。直訳すれば、「社会生活の病理学」ということになるだろう。だが、そもそもこの「社会生活」というのがもう翻訳臭ふんぷんで、日本語ではないので困ってしまう。フランス語の social は幅のひろい言葉で、社会から社交界から世間まで多様なニュアンスを含んでいるけれど、日本語にはそれに相応する言葉がない。さてどうしようと、編集部も思案顔で、タイトルに迷ったのが発行をひと月後にひかえた頃のことだった。

ああでもない、こうでもないと、タイムリミットを気にしながら頭を悩ましたのだが、そこであらためて痛感させられたのは、邦訳タイトルの問題というのは、たんに訳語の問題ではなく、そもそもどういう作品をどんな読者にむけて訳すのか、何を誰に伝えるのかという問題なのだということだった。もともと、非力な私がこの作品の翻訳を思いたったのは、大文豪と名のみ知られてめったに読まれないバルザックがジャーナリストとして鋭い文明批評を展開した評論で、その近代批判は現代産業社会のプロブレマティークをみごとに予見している、そのバルザックをなんとかして現代の読者に伝えたい、それも、できれば文学をこえて社会科学畑の読者にも伝えたいという一念からだった。

その願いを、どんな邦訳タイトルで表わしたらいいのだろうか。そこで、社会科学畑の友人とにわかティーチインとあいなって、「文明生活」か「都市生活」か、いや「近代文明」か……と考えた末、おちついたのが『市民社会の病理学』だった。というのも、バルザックのいう「社会生活」は結局なにをさしているのか。つまり産業革命が開始された十九世紀ブルジョア社会、すなわち近代市民社会ではないか。そうだ、そうだ、「社会生活」では無内容だが、「市民社会」ならば一つの概念だ、よしこれに決めたと、勇んで編集長に電話したのはよかったのだが、返ってきたのはまことにつれない答だった。「ふーん。まあ、十年前のタイトルだなあ」。

そうなのか。現代思想界ではもはや「市民社会」ではいま一つ新鮮味に欠けるのか。しからばと、また頭をきりかえて、それなら百年以上も前の文明批評がそのまま現代に通じる、そのバルザックの現代性を思いっきり生かしてやろうと、ナウくナウく考えて、ようやく思い浮かんだのが「風俗」という言葉。それなら病理学もいっそパトロジーにしてしまおう、というのでやっとできあがったのが『風俗のパトロジー』という次第だった。

おかげをもってか、現代性という点はどうやらアピールしたらしく、読者カードのなかには、定期購読雑誌『アン・アン』と書かれたマドモアゼルもいらしたから、当初には予想もしなかったクリスタルな読者にも読んでもらえたのかもしれない。とにかくタイトルの問題は私にとって、結局、古典をいかに現代に生かすかという根本問題であった。

そうして数カ月たった今、胸にあるのは、それならいっそ訳文も思いきり現代調にすべきではなかったかという想いである。というのも、もともと原作が、わざと学術論文をもじった当時流行の戯文で書かれているからだ。同時代のブルジョア風俗を面白おかしく揶揄したその軽妙さが訳文に生きていなければならない。戯文というなら、古くは江戸の戯作者に始まって、今をときめく昭和軽薄体にいたるまで、どんな戯文にモデルを定めるか……。が、などというのは実は今になっての反省で、翻訳中はそんな余裕あらばこそ、時事性を背景にした原文の意味をやたら訳注を使わずにいかに読者に伝えるかで悪戦苦闘、なかなか軽妙とはまいらなかった。かねて尊敬する内田義彦先生に、「ブリリアントな解説」と思いもかけぬお言葉をいただいて大感激したものの、「が、訳文はもう一つ、読者への親切な説明が文趣を損っているのでは」との鋭い御指摘に、胸つぶれる思い、非力をまたかみしめるとともに、つくづくと古典を現代に甦らせる難しさを痛感させられた。などといって大上段な問題をふりかざしてしまったけれど、そんな大問題以前の基礎的な原文理解のところでもやはり何箇所かいたらぬところがあって、御先達から丁寧な御叱正をいただいた。タイトルといい、訳文といい、げに恐ろしきは翻訳、それが現在の偽らざる実感である。（一九八三・三）

一行のちがい――スタンダールとバルザック

スタンダールとバルザック。近代小説の創始者として必ずならび称せられる二人だが、両者の相違はやはり大きい。

修業時代こそ長かったものの、デビューして以後のバルザックはつねに売れっ子の流行作家だった。一方、十六歳年長のスタンダールは生涯無名のまま。そしてこの無名作家スタンダールを唯ひとり称賛した同時代人が他ならぬバルザックだった。一八四〇年、バルザックは『パリ評論』紙上で、スタンダールの『パルムの僧院』を詳しく紹介し、今世紀最大の傑作の一つとして激賞する。バルザックのこの「スタンダール論」は、二つの稀有な才能の幸運な出会いとして文学史上にも名高く、二作家の相違を語る貴重な資料になっているが、いま、わたしの眼は、そこにある〝たった一行〟のちがいに思わずひきよせられてしまう。

バルザックが加えた一行

十九世紀イタリアの公国パルムの大臣モスカ伯は、人生を前にした若き青年貴族ファブリスに説いて聞かせる。そのモスカの教訓を、バルザックは深い人生の洞察として嘆賞しつつ読者に紹介している。「教えられることを信じようと信じまいと自由ですが、けして反対を唱えてはなりません。ウィストのゲームの規則を教わるとしますね、そのときあなたは規則に反対などするでしょうか」。だがバルザックの筆は、ここでスタンダールの原作にはない文章をつけ加えてしまう。「そうして一度規則を教わり、なるほどと呑込めたら、そのゲームに勝とうとは思いませんか」と。バルザックの筆が図らずも加えてしまったこの一行——他のところでもバルザックの引用はけして正確とは言えないけれど、まさにこの一行のちがいに二作家の相違があまりにも鮮やかに映し出されていると思うのは思いすごしであろうか。

二人の生きた世界とは

「ゲームの世界」とは、『パルム』でいえば権謀術策に明けくれる政治の世界であり、そうして、ひろくスタンダールとバルザックが生きた近代フランス市民社会そのものである。そこでひとは否応なく私的競争の原理を前にし、「同じ一つの壺に入れられた蜘蛛のように相食む」勝負の世界に生きねばならぬ。バルザックは自らの青年主人公たちをこのゲームに参加させ、その掟の非情さ、非人間性をあますところなく描き出す。バルザックの読者なら、右の『パルム』の一節から、ただちにあの『幻滅』末部の名場面を、プルーストをかくも感動させたあの有名な場面を想起せずにはいないだろう。脱獄囚にして人生の哲学者ヴォートランが、美貌の青年リュシアンを誘惑するあの場面を。そのときヴォートランはリュシアンに言う。

「カルタ遊びの席に着くとき、君はその規則をとやかく言うだろうか。規則はそこにある。君はそれを受入れるだけだ」

こうして青年に人生を教え、賭けに誘《いざな》うこのくだりには、あまりにも雄弁な小題が付けられている。「マキャベリの弟子が説く野心家のための歴史講義」と。野心にふくらむ、『人間喜劇』の青年達はみなこのゲームの賭け手なのだ。

二人の「世界」のちがい

けれどもスタンダールの主人公は、同じゲームの世界を前にしながら、けして勝とうとは思わない。ファブリスの純な魂は、権謀術策うずまくゲームの世界の一切をよそに、ひたすらおのれの恋に酔い、幸福の一瞬一瞬の輝きを生きる。この生命の純粋な輝き、自我の充足の一刻一刻こそ、エゴチスト・スタンダールが希求してやまなかったものであり、彼が終生イタリアに憧れ続けたイノチェンテ（無垢）がそこにあるといえるだろう。そうしてスタンダールの世界では、天使のごとく無垢なこの魂の存在が、澄みきった鏡のように、私達の眼にゲームの世界の虚飾と腐敗をあばきだす。

だがバルザックの世界のなかでは、天使の徒には必ず敗者の運命が待っている。ゲームの規則は恋の一瞬にさえ人々を操ってやむことがない。スタンダールは幸福のために生き、幸福のために書いた。恋愛論こそ彼の書くべき本であった。文学的名声を望まず、終生「ミラノの人」とならんことを願い続けたのも、つまりは同時代のフランス社会に距離をとり、その現実を嘲笑う強靭な心の無垢の証しであろう。そこにスタンダールの反俗と洒脱があるとすれば、天使ならぬ俗人バルザックは時代と四つに組み、その腐敗を身もろともに生きた。たえずゲームに勝とうとしながら遂に勝つことのなかった、その人生の不幸こそ『人間喜劇』の源泉であり、つきせぬ主題ではなかったろうか。

スタンダールの洒脱と、バルザックの偉大と。どちらが好きかと言われれば、むろんわたしは、実人生の苦杯を文学というもう一つの世界の力と為した、巨人バルザックの力業に魅せられてしまう。

（一九八三・一一）

今こそ「人間喜劇」がおもしろい――バルザック生誕二〇〇年に寄せて

今年〔一九九九年〕は文豪バルザックの生誕二百周年にあたっている。誕生日は五月二十日。今月いっぱい、フランスでは各種の研究会から愛好会までさまざまなイベントが目白押しらしい。バルザックの巨大なパワーが伝わってくるようである。

新訳編纂のねらい

わが日本でも、仏文学会や専門的なバルザック研究会などで、二百周年記念の行事がすすめられているが、私たちは専門的立場をはなれて広く一般読者にバルザックを紹介しようと、『「人間喜劇」セレクション』（藤原書店刊）を編んだ。九〇篇にのぼる『人間喜劇』の膨大な作品群から一〇篇を厳選し、すべて新訳にする。くわえてバルザックの世界の奥行きがわかるように、『全作品あらすじ』と登場人物事典『「人間喜劇」ハンドブック』をそえた。

実際、『人間喜劇』の世界は、こんなふうに登場人物事典だの全作品要約集だのができるほどスケールが大きいのである。といって、重厚長大かというと、そうではない。長いのは確かだが、いちど読みだしたら最後までやめられない。抜群のストーリーテリングにつられて「次はどうなる？」と、つい一気読みしてしまう。難しい理屈を抜きにして、とにかくおもしろいのがバルザックなのである。選集のプレ企画に、編者のひとり鹿島茂氏とバルザックの世界を無手勝流に語る対談集を編み、『バルザックがおもしろい』と題したのは、編者の実感そのままなのである。

まったく、バルザックの小説は何よりまず読んで「おもしろい」。それというのも、この作家の活躍した十九世紀前半は「新聞小説」の全盛時代だからである。テレビの大河ドラマもピークをこえて今やインターネットの時代だが、百五十年前のフランスはマス・メディアといえば新聞しかない時代、新聞小説はもっとも大衆うけする娯楽だった。だから元祖「新聞小説作家」バルザックの小説はとにかくエンターテインメントとして読ませるように書かれている。にもかかわらず、文学全集といえばなぜか「硬く」「退屈な」イメージがつきまとう。そのうえ今はその全集さえ絶版で、読者の手に届かない。それならいっそバルザックを新しいパッケージに包んで選集を刊行すればいい——そう思いたったのがことの始まりである。

《消費》の快楽描く

新しいパッケージ、すなわちそれは新しい「選本」である。これまでバルザックといえば『谷間の百合』のような恋愛小説が代表作とされてきたが、この世紀末に読みごたえのある作品といえば、資本主義の成熟と退廃を描いた一連の「都市小説」であり、あるいは一商人の繁盛と破産を描いた「商業小説」、あるいはまた、銀行の内幕や偽装倒産などを描いた「金融小説」である。いずれも、パリという近代都市に息づく「美徳と悪徳の貸借対照表」が生き生きと描かれている。しかも、美徳はともかく、「悪徳」の方は、バブルを経験した世紀末日本にごく親しいものだ。

そう、《消費》という快楽はバルザックの時代に始まりを告げ、以来今日までやむことをしらぬ快楽なのである。『ペール・ゴリオ』や『十三人組物語』、『あら皮』といったパリ小説はバブリーな消費都市の神話と構造を活写してあますところがない。そのうえバルザックはバブルの後の落日もきっちり見通しているのだからすごい。『従妹《いとこ》ベット』や『従兄《いとこ》ポンス』は「宴の後」の都市の暗い閉塞感を見事に描き出して魂に迫ってくる。

今こそ「読みどき」

ということは、今こそバルザックの読みどきということだ。消費の快楽とその空しさを味わい知った現代日本こそバルザックを読むにふさわしい。しかも悪徳というなら、《消費》という悪徳だけでなく、《メディア》という悪徳も忘れてはならない。新聞小説の元祖バルザックは、ジャーナリズムの内幕を暴いた「業界小説作家」の元祖でもあるのだ。大小の作家から評論家、ジャーナリストの面々にいたるまで、メディアの攻防を描いた『幻滅』は、長くても興味にひきずられて読んでしまうことうけあいだ。究極のメディア小説なのである。久しく絶版になっていたこの業界小説の傑作を読者に届けようというのも今回の選集の眼目の一つである。

さらに、おもしろいのはこうした「主題」だけではない。バルザックはまた「人物」でも読ませる作家である。『人間喜劇』は同じ登場人物が別の小説にも登場する人物再登場法で知られるが、多くの人物群の中でも「究極の人物」は悪党ヴォートランである。神出鬼没、超人的な力技をみせながら、虚栄の舞台都市を陰で操るヴォートランの悪の哲学は、下手な思想書などよりはるかに明快に資本主義の本質をあばきだす。『娼婦の栄光と悲惨』はこのヴォートランの活劇を描く痛烈な「悪党小説」である。難しいことを言わず、頁をめくれば後はもう手に汗握り最後まで読んでしまう――。

つまりこのセレクションは、「おいしい」バルザックの最も「おいしい」読み方案内なのである。生誕二百年を機に、バルザック・フリークスがひとりでも増えてほしいと願う。

（一九九九・五）

「真珠夫人」に映るバルザック

「真珠夫人」が話題を呼んだ年だった。復刊された菊池寛の原作も相当な売れゆきだという。菊池寛を読む好機到来と、文庫版で読んだところ、予想以上の発見をした。

はじまりは、文春文庫の解説に付された川端康成の文章である。菊池はこの新聞小説の構想にあたり、「その頃愛読していたバルザック」からヒントを得たと言う。

さすがは通俗小説の雄、菊池寛である。バルザックは金から土地投機からセックスまで、資本主義の核心をつくテーマを描き、貴婦人の織り成す社交界から娼婦たちの裏社交界まで、十九世紀パリの時代風俗を活写した。文字通り風俗小説の天才だ。三年前、そのバルザックの生誕二百年を記念して、百篇あまりの作品群から十篇を選んだ新訳『「人間喜劇」セレクション』（藤原書店）の責任編集にたずさわっただけに、バルザックに学んだ菊池の慧眼《けいがん》に深くうなずいた。

実際、『真珠夫人』はバルザック・インパクト絶大である。まずタイトルだ。先の『セレクション』には飯島耕一訳の大長編『娼婦の栄光と悲惨』が収められているが、このヒロインが真珠夫人を思わせる。男という男を魅了する美貌の娼婦エステルは青年リュシアンに宿命の恋をして、汚れた我が身を悔い、恋人に身も魂も捧げつくす。作中、バルザックはこの可憐な娼婦を「海底の真珠」にたとえている。一度読むと忘れ難い印象を残す個所で、『真珠夫人』のタイトルはこれに想を得たものにちがいない。

しかも影響はタイトルだけではない。テレビでも人気の鍵になった「貞操」というテーマが同じなのである。娼婦エステルは、青年の出世の犠牲となり、強欲無比の大銀行家に売られる身となるのだが、純愛のヒロインは、涙や手管で、日一日と床入りを引き伸ばして貞操をまもりぬこうとする。読者が手に汗握るこのくだりは小説の読みどころの一つをなしていて、それもそのはず、この部分は、『真珠夫人』と同じく、「銀行家の恋」と題してパリの新聞小説に発表されたものなのである。

菊池寛がこの「銀行家の恋」を大正時代の風俗に翻案して広く読者の興味をかきたてたのだとしたら、見事な才能というべきだろう。実際、復讐のために男を翻弄するヒロインを創造して「新しい女」を生き生きと描き出し、流行風俗の波頭を切った才覚には舌をまく。

思うにその成功は、バルザックと同じく、菊池もまた新聞というマスメディアの力を知りぬき、その活力を存分に小説に活かしたからだと思う。ともすれば痩せ細りがちな純文学にくらべ、メディア好きな大衆はどこまでも野太い。菊池寛といいバルザックといい、沈滞した社会の無意識は、大衆小説の底力に失われた活力を求めているのではなかろうか。

（二〇〇二・二・一六）

作家の「名の値段」

新聞小説全盛の十九世紀、圧倒的な人気を誇ったアレクサンドル・デュマ（ペール）は下書きライターを多数かかえ、「小説工場」とうわさされたものだった。けれども、その作品は、必ずアレクサンドル・デュマとだけしか署名されなかった。なぜだろうか？

その答えを、新聞小説の発明家エミール・ド・ジラルダンに語らせよう。いわく、「アレクサンドル・デュマという署名のある新聞小説なら、一行三フランの値打ちがある。だが、デュマとマケという署名では、三十スー（一フランは二十スー）の値打ちしかない」（アンドレ・モーロワ『アレクサンドル・デュマ』菊池映二訳、筑摩書房、一九七一年）。

作家のランキング

ジラルダンの言葉はネームヴァリューというものの本質を見事に言いあてている。小説が商品となったこの時代、小説家の「名」には売れ行きに応じてランキングがつけられたのだ。

ジラルダンが作った「作家の値段表」を紹介しよう。

トップはユゴーとポール・ド・コック。本の売れゆきが二千五百部を上回る彼らの原稿は、一作三千から四千フラン（現在の日本円でおよそ三百万から四百万円）。

第二ランクは、千五百部程度の作家たち。シューやフレデリック・スーリエ、バルザックなどがこのランクである。彼らの値段は千五百フランぐらい。

次のランクは六百から千部しかでない作家で、彼らになると五百から千フラン。ミュッセやゴーチエなどがこのランクに入る。

さらに下のランクは五百フラン以下。ほとんど無名の作家は三百フラン。

新聞の購読者をのばすのが商売のジラルダンにしてみれば、「売れる作家は良い作家」だったのである。だから彼は、自分のネームヴァリューの低さに文句をいうゴーチエにむかってこう言った。「そりゃ君たちはみな大作家さ。まちがいない。しかし君たちでは購読者を十人だって増やせやしないよ。問題はそこなのさ」（同書）。

彼が言うとおり、「問題」は読者の獲得であって、作品の文学的クオリティーなどではなかったのである。新聞社が欲しがったのは何より売れる名前なのだ。ずばりジラルダンはこう語っている。

「たとえデュマやウージェーヌ・シューがくだらないものを書いたとしても、書かせたとしても、読者は旗印を信用して、傑作だと思ってしまう。胃袋はいつもあたえられる料理に慣れているものだ」(同書)。要するに、デュマやシューの名は、当時ピカピカのブランドだったのである。

バルザックの嫉妬

ちなみに、ジラルダンの「作家の値段表」は一八三五年のもの。新聞小説が誕生する前年だから、シューの値段はトップを切ってないし、デュマの名もない。数年後、『パリの秘密』(一八四二〜四三年)の大ヒットで一躍人気をさらったシューはたちまちトップランクに躍りでるが、シューの名の値段の急騰は、他の作家たちの値下がりをひき起こした。たとえばバルザックなど、シューのにわか人気に激しい嫉妬を燃やし、傑作を書いて奴のくだらなさを思いしらせてやると、息まいたものだった。

それというのも、バルザックは自分の文学的天才を信じて疑わなかったからである。自分の作品は高級な文学だが、「売れセン」作家の書くものはくだらない商品にすぎない。バルザックはそう信じて彼らを軽蔑していたのだ。

ということは?

そう、私たちにおなじみの「純文学」と「エンターテインメント」の反目はすでに当時からあったということである。金にならない小説家は「文学的価値」という名誉で自分をなぐさめたがるのだ——。

文学業界の風景は現代と少しもかわらないのである。

（一九九九・一〇）

小説プロダクション

連載小説のヒットが新聞の売り上げを左右した「新聞小説の世紀」は、小説の量産が必要とされた世紀でもあった。

実際、当時の小説はむやみに長い。アレクサンドル・デュマ（ペール）の時代劇、ウージェーヌ・シューの大衆小説、バルザックの風俗小説、いずれもみな長大な長編小説ばかりである。それもそのはず、初出メディアが新聞だからだ。一年間の長丁場にわたる連載小説だったからである。

一年間に十万行

たとえばデュマの『三銃士』（一八四四年）にしても、もともと新聞社とデュマの契約は、「一年間に十万行」というしろものだった。つくる方もつくらせる方も、内容よりまず量だったのである。毎日見せ場があり、しかも、明日の続きがどうなるか、読者をはらはらさせる——そういう小説こそ新聞にとって最高の「商品」だったのである。

そして、小説が商品なら、小説家はさしずめその商品の「製造業者」だった。数々の連載小説をこなし、そのほとんどを大ヒットさせた作家といえば、何といってもこのデュマだが、「小説メーカー」という陰口をどれほどたたかれたことだろう。『小説工場、アレクサンドル・デュマ会社』と題された暴露本が出まわった時など、ここぞとばかり、デュマ人気をやっかむ文壇スズメがスキャンダルを楽しんだといわれている。

しかも、この陰口は根も葉もないものではなかった。本当のところ、デュマは小説メーカーではあったのである。というより、現代風に「デュマ・プロ」といった方がわかりやすいだろうか。資料を発掘し、筋書きを考え、あとは「デュマ先生」の仕上げを待つ、いわゆる下書きライターを何人もかかえていたのだ。デュマの驚異的な多産ぶりは確かにプロダクションあってのものだったのである。

とはいえ、デュマはもともと演劇でデビューした作家。演劇の場合、台本作者と演出家の共同作業は当然のことであり、大切なのは作者のオリジナリティーより作品の面白さなのだ。そして、その面白さにかけてならデュマは当代随一である。要するに、デュマは百パーセント新聞小説むきの作家だったのだ。

脇役が消された理由

そう、「デュマ・プロ」は新聞小説の書き方をよく心得ていた。どうすれば「一年間に十万行」のノルマを上手に果たせるか、そのノウハウにかけてはまさにプロだった。アンドレ・モーロワによる伝記は愉快なエピソードを伝えている。ある日、『フィガロ』紙の編集長がデュマの家を訪ねたところ、デュマは原稿を読み直し、まるまる数ページ分を削っていたのだ。

「デュマ、いったい何をしているのだ?」「なあに、おれは奴を殺したのさ」「誰をさ?」「グリモーだよ……おれがこの男をつくりだしたのは、行を変えるだけのためだったんだ。ところが、これはもう役に立たなくなったからな」

（アンドレ・モーロワ『アレクサンドル・デュマ』菊池映二訳、筑摩書房、一九七一年）

従者グリモーは口数の少ない脇役で、返事の時にも一言しか口をきかない。この名脇役は、『シエークル（世紀）』と『プレス』の二大紙が「欄の半分をこえない行は一行として認めない」と決めたので、御用済みになってしまったのである……。当時の原稿料は、一行いくらの行払いだったからだ。テンポよく会話をすすめながら「行」を稼ぐ、デュマ・プロ式小説製造法を生き生きと伝えるエピソードではないか。

読者に手に汗握らせてうならせるなら、共作だろうとかまわない。とにかくニーズに応えて量産しなければ——。手塚治虫の「虫プロ」がそうであったように、娯楽小説工房デュマ・プロはエンターテインメントの何たるかをよく心得ていたのである。

（一九九九・一〇）

いま『従妹ベット』をどう読むか

失われた放蕩

『従妹《いとこ》ベット』は、バルザックの小説の中で例外的な幸福に恵まれた作品である。なぜなら、読者を悩ますあの冒頭の長たらしい「描写」がほとんどないからだ。

それには、この小説が新聞小説として書かれたという理由が大きい。『コンスティテュショネル』紙から連載を依頼されたバルザックは、新聞小説であることを十二分に意識して、読者に読ませることをめざした。だから『ベット』はバルザックにしてはめずらしく冒頭からストーリーが始まり、アップテンポに物語が進行してゆく。最晩年の円熟した技量に新聞小説という枠組みがプラスに働いて、その長大さにもかかわらずスピーディーに読める傑作が誕生したのである。

この新聞小説はまた、エンターテイメントであるとともに「同時代史」でもある。物語は一八四六年のユロの再婚で終わるが、連載の開始がまったく同年の一八四六年のことだ。おそらくバルザックは最初から物語の終わりを執筆開始の年に設定し、そのうえで過ぎた一〇年間をふりかえり、回顧するかたちで、物語の始まりを一八三六年にしたのではないだろうか。

そう考えるのは、この小説がある時代の終焉を語っているからである。そう、この一〇年間で何かが決定的に終わってしまったのだ――『ベット』はそうして終わった時代にむけたバルザックの挽歌でもある。

いったい何が終わってしまったのか？　ナポレオンの剣が象徴する「赤」の時代、ヒロイックな英雄時代が。時まさに商人《ブルジョワ》が権力の座についた時代、剣にかわって金が勝ち誇り、赤の軍服にかわって官吏の黒服が支配する「黒」の時代が到来したからである。

こうして到来した黒の時代は、すべてがスケールを欠いてみみっちく、現代風に言えば、セコイ時代だ。女道楽もまた例外ではない。一代の伝説となって世評を呼び、一つの悪の詩ともなるような豪快な遊蕩はもはやアナクロニズムと化している。ユロ男爵の放蕩は、黒の時代の最後の「赤の放蕩」にほかならないのだ。ユロのそのドン・キホーテ的な放蕩を、バルザックはヒロイズムの落日のように哀惜しつつ描いている。この意味で『ベット』は「失われた好色」小説にほかならない。

変わったのはしかし、男の好色だけではない。

女の性愛の制度こそ、男のそれにもまして大きく変わってしまった。

しかもその変貌の振幅は、バルザックの予感をはるかに越えている。それは、「一時代の終わり」をさらに越えて、十九世紀と二十世紀をへだてる「世紀の転換」を遂げ、大きく、ドラスティックに、音をたてて変わってしまった。

バルザックの時代は、女が結婚という制度の外で生きることなど、およそ考えられもしなかった「家庭の時代」である。シングルという言葉と、それが表現しているライフスタイルがさりげない文化の風景として定着したのはついこないだ、二十世紀末のことだ。ベットが生まれた十九世紀初頭から約二百年の間、女は家庭のなかで妻の座を占めるか、それとも家庭の外で、たとえば娼婦というかたちで男に養われるか、それ以外の生き方など考えることさえできなかった。まだしも農村なら、独身でも何らかの労働力として共同体の一員になることができただろうが、パリという都市でずっと独身をとおす女は、まぎれもないはみだし者であり、徴《しるし》づけられた存在以外の何ものでもない。ましてやそれが、ベットのように醜く、四十の坂を越えた老嬢であってみれば。

そう、ベットは老嬢、すなわちオールドミスである。「ゆきそこない」のラベルをはられて差別の対象になる存在だ。『従妹ベット』は、こうして差別される女が、自分とは逆に玉の輿にのって男爵夫人になった従姉に嫉妬心を燃やし、その家庭を破壊しようと、一生をかけて復讐を企む「女の復讐」のドラマである。その復讐欲は激しく、仮借なく、桁外れなバルザック的スケールに達している。よく指摘されるように、そのスケールにおいて、闇の陰謀家ベットは悪の巨人ヴォートランと同族関係を結んでいる。

けれども、悪のために悪を愛するヴォートランとはちがって、女として抑圧されたベットの復讐劇は、そうした復讐にかりたてた社会的状況全体がドラスティックな解体をきたし、はや二十一世紀の現在、遠い記憶のなかに埋もれゆきつつある。女をめぐる制度がすっかり変貌をとげてしまったのだ。

歴史のなかの「老嬢」

その変貌のほどは、老嬢という言葉の訳しにくさにそっくり表れている。

実際、vieille fille をどう訳すべきか、訳者としてずいぶん迷った。従来の訳語は「老嬢」だが、現在、ロウジョウと聞いてすぐに「老嬢」という語が浮かぶ人間はまずいないだろう。「老嬢」と文字で表しても、若い人たちはもはやその意味が分からない。たとえオールドミスと言い直してみても、この言葉にまとわりついていた陰鬱な暗さや影はほとんど伝わらない。要するに、老嬢もオールドミスも、死語と化したのである。これらの差別語を生みだした「女をめぐる制度」が、風化し、解体してしまったからだ。

ということは、ほかでもない、「老嬢」というこの小説のテーマじたいが歴史の領域に移行してしまったということである。女性としての存在を認められない女の悲哀も復讐欲も、「それは・かつて・あった」という記憶の領域に移りゆき、アクチュアリティを無くしてしまった。この意味では『従妹ベット』はたしかに古びたのである。それは、十九世紀の女の物語として、くっきりと歴史の刻印を帯びている。

――というのは、実は、訳し終えての感想であって、このセレクションの企画が立ちおこった七、八年前まで、正直なところ、ベットの復讐劇がそれほど過去のものだという実感は薄かった。訳者として、また責任編集にたずさわる一員として、この小説の副題は「女の復讐」が妥当だろうと考えていたのである。だから、セレクションの予告案内にも、ずっとこの副題をかかげてきた。

ところが、幸か不幸か、さまざまな事情が重なって翻訳が遅れに遅れ、ついに二十一世紀を迎えてしまった。その間の時の流れのなか、訳をすすめながら、しだいにわたしは自分のなかで「女の復讐」というテーマがいやがうえにもセピア色にそまってゆくのを感じざるをえなかった。『従兄《いとこ》ポンス』とならんで『貧しき縁者』二部作を構成し、ともに「独身者の悲劇」を語るはずのこの小説は、少なくとも「老嬢」にかんするかぎり、その悲劇性をかたちづくっていた文化的土壌が根底から地滑りをきたしている。いまや都市に生きる単身の女は悲劇でも何でもなく、ごくふつうの散文的な存在にすぎない。

男の好色

こうして、わたしのなかで「女の復讐」のドラマの影が薄くなってゆくにつれ、逆に「男の好色」のドラマが生き生きと前面にせりあがってきた。

いやはや、男の女好きは何と変わらないことだろう。男にとって女が弱みであり、「おいしい生きもの」である事実は、バルザックの時代も今も少しも変わっていない。女たらしユロの放蕩は男の永遠の夢ではないだろうか。『源氏物語』がそうであるように、ユロもまた少女好みのロリコンで、青い果実が自分の手で熟してゆく歓びに骨まで溺れてゆく。

いや、バルザックのすごさは、そうした男の女好きの永遠性を描いているばかりではない。到来した黒の時代、根っからブルジョワ的でチマチマした家庭の時代にありながら、この「好色のナポレオン」は、アナクロと化した帝政式の放蕩に身をゆだね、家庭も名誉も投げ捨てて、ひたすら破滅の道を転がり落ちてゆく。そのユロの巨人的な放蕩ぶりは、あっぱれアンチ・ヒーローのオーラを放っている。良き父であり良き夫である息子のユロがはなはだ魅力に乏しいのにたいし、ひたすら堕ちてゆくユロのすさまじい迫力。

プルーストが『失われた時を求めて』に描いた老残のシャルリュス男爵もこのユロに感銘をうけ

てのことだ。いずれも老いぼれの身で、なおも「おいしげな獲物」を目にするや、たちまちギラギラと欲望の目を光らせてやまない。『従妹ベット』は迫真の力で瘋癲老人の性を描きだした先駆的な傑作なのである。邦訳の副題を改めて『好色一代記』としたゆえんである。

性を売る女

この好色小説は、こうしてアナクロな女遊びを描くことで、逆に相手の女の「現代性」をあざやかに浮かびあがらせている。

相手の女というのは、ほかでもない娼婦ヴァレリーのことだ。この若い人妻がはじめてユロを「はめた」のは二十三歳のとき。その手練手管があまりにバルザック的に超天才的なので、読者はついヴァレリーの若さを忘れがちになるのだが、この若い女が男どもを操ってせっせと自分に貢がせる厚顔さ、また、そうして貢がせた金を好き勝手な贅沢に使う浪費ぶりは、女の子が性を売る現代風俗をさえ彷彿とさせる。それほど、ヴァレリー・マルネフの売春は現代的だ。

それというのも、マルネフ夫人は「しろうと」だからである。脇役に登場するジョゼファやジェニー・カディーヌといった女優たち、あるいは『娼婦の栄光と悲惨』のヒロインのエステルなど、『人間喜劇』はパリ風俗を飾る「くろうと」の高級娼婦たちを多々登場させているが、この最晩年にいたって、バルザックは「しろうと娼婦」の時代の始まりを描いたのである。花柳界の名花を相手どってこそ男の誉れともなる遊蕩三昧が、小娘ほどの若さのしろうと娼婦につかまって他愛なく操られ、無残に身ぐるみはがされてゆく。その悲喜劇こそ、この小説のテーマなのだ。この意味でこの娼婦小説は先端的、いや前衛的ですらある。

むろん、そうしたしろうと／くろうとの二分化は、男たちが勝手につくりだした制度にすぎず、二十一世紀の現在、もはやそのような境界線は存在しない。けれども、こうして女をめぐる神話と制度が解体したからこそ、かえって女の本来的な娼婦性があらわになった時代にわたしたちは生きている。とにかく女はその気になればいつでも性を売れるのだ。歴史の皮肉というべきか、家庭劇としての「女の復讐」劇は古びたのにたいし、ヴァレリーという若い女の売春ドラマは少しも古びてないのである。もちろん、先にふれたとおり、その娼婦性のスケールはまさにバルザック級で、日常的なリアリティをはるかに超えているのはくりかえすまでもないが。

人の海／金の波

実際、「楽しみながら金もうけをすることをきめこんだ」この娼婦の計算高さと物欲は、わたしたちの想像をはるかにしのいでいる。彼女を動かしているのは、男を意のままに操りたいという驕慢な支配欲だけではなく、金銭欲もまたすさまじいものだ。ユロからは幾らの金、クルヴェルからは幾らの年金と、ヴァレリーはいつも男からまきあげた金を数えあげては楽しんでいる。その貪欲さは、これまたバルザック的極限をゆく。物欲といっても、そこらのブランド品ですむような程度ではないのである。

しかも、その貪欲さはヴァレリーだけではない。もと香水商のクルヴェルを筆頭に、ここでは登場人物全員がたえず金の計算に忙しい。金だけが頼りの独身者ベットはもちろんとして、ユロ男爵は女遊びの資金ぐりのため、妻と息子は放蕩親父の不始末の穴埋めのためにと、誰もがいつも金勘定に追われている。『人間喜劇』すべてに言えることだとはいえ、この『ベット』ほど金勘定にうめつくされた家族小説もないだろう。何万フランの年金、何千フランの負債、何十万フランの急場の借金と、毎ページのように登場する「金銭」は、性とならんでこの小説のもうひとつの主人公だといっても過言ではない。金銭と性、すなわち「金」と「色」。まさにそれがこの好色小説のアルファにしてオメガなのだ。

さらに言えば、こうして金にまみれた世界は、『ベット』だけでなく、このセレクションのほとんどを占める「パリ生活情景」の作品群の著しい特色でもある。なぜならバルザックの描くパリは、たえず金銭の波に洗われている広大な海だからだ。たとえば『ベット』の何げない一節に、次のような文章がある。ユロの娘と義姉が庭でリラの芽生えを楽しんでいるシーンである。「このような春の祭典をたっぷり味わえるのはパリだけだ。なにしろパリジャンは、半年ものあいだ植物のことなど忘れ果て、うごめく人海が波立つ石の断崖で暮らしているのだから」。

バルザックの描くパリジャンは、半年どころか、永遠に植物のことなど忘れ果て、たえず「人の海」と「金の波」に洗われている。その証拠に、この長大な『従妹ベット』のなか、天候の記述は皆無にひとしい。引用したのは唯一季節を語っている箇所であり、あとはただひたすら金勘定と女の話ばかり……「パリ生活情景」にあっては、空の青さや風の匂いなど、何ひとつ生活のリアリティを構成しないのである。雨が降ろうが晴れようが、性の悦楽には何のかかわりもなく、切実なのはひたすら金ばかりだ。バルザックのパリはまさに膨大な「人の海」に満ちて、たえず「金の波」で泡立っている——その日の天気一つで恋の哀歓が微妙にゆらぐプルーストの感じやすい文学世界と何という相違であろう。

人生の達人

いま、バルザックの描くパリを語るために、さりげない一節を引用したが、実は『従妹ベット』には、この引用のような、物語の本筋とかかわりない叙述がたいへん多い。

しかもそれが、実に鋭い人生訓なのだ。

ふつう、ストーリーとかかわりない説明的な叙述は、くどくどしい描写とならんで、物語の邪魔をする不純物である。フローベールの純粋小説が誕生する以前、バルザックの小説はこの不純物をたっぷりと含んで膨れあがっている。話の先を知りたいわたしたちは、いきおい飛ばし読みをしてしまう。いわゆる小説の技法という視点からしても、人生論が長々と挟まるなど、下手な書き方の典型というのが常識である。ところが、『ベット』はそうした常識をくつがえす力をもった不思議な小説と言わねばならない。ここでは、社会批評や人生訓がむしろ小説に厚みをあたえているからである。

一つには、冒頭にふれたとおり、バルザックが自覚的に「同時代史」を書こうと努めているからだろう。たとえばわたしたちが八〇年代論や六〇年代論を書くときのように、ここでバルザックは今を去る一〇年前のパリをふりかえり、「失われたパリ」を復元してみせるのだ。冒頭部の忘れがたい「ルーヴル界隈」の描写などその典型的ケースである。

あるいはまた、バルザックは同時代の風俗批評家として辛辣な筆をふるう。「一八四〇年代のラブホテル」や、娼婦を論じた「不道徳をめぐる道徳的考察」などがそれだが、こうした風俗批評は、いわばバルザックの独壇場であって、飛ばし読みどころか、作品の読みどころの一つともなっている。バルザックの「おいしさ」をとくと堪能できる箇所なのだ。「歴史の司書」をもって任じた『人間喜劇』の作者の腕の冴えが凝縮されているといってもいい。

同じことが、人生論についても言える。随所にちりばめられた卓見は、「バルザック名言集」を編みたくなるほどである。ほんの一、二例をあげてみよう。「嘘でかためた金銭がらみの恋は、真実の恋より魅力がある。本気の恋愛だと、つまらぬ口げんかをしておたがいに傷つけあったりするが、冗談半分のけんかは、相手をだましながら自尊心を愛撫してやるようなものだ」――ヴァレリーを語るくだりの一節だが、男と女の心理の綾と、女のおそろしさがよく伝わってくるではないか。あるいは、ユロの人となりを語るくだり。「身持ちが良くない人びとは、つぐなわねばならない罪を犯しているので、自分を裁く立場にある人たちの欠点にはひどく寛大で、自分も大目に見てもらえるようあらかじめ点を稼いでいるのだ。だからかれらは良い人だという評判をとる」――まさにこれは、いわゆる「犯罪者心理」の洞察ではあるまいか。犯罪が起こると、「まさかあんな良い人が」とよく言われる。バルザックはそのわけを語っているのである。あるいはまた、サロンの常連を語る何げない文章。「パリではなれあいこそ真の神聖同盟である。利益で結ばれた者はいつか必ず分裂するが、堕落した者どうしはいつまでも仲が良い」――パリでなくても、人間関係の機微をついてドキリとさせる省察ではないか。

こうして引用すればきりがないほど、人生の卓見がちりばめられているのが『ベット』の特徴なのである。おおげさかもしれないが、「叡知」に満ちているのだ。この晩年の傑作は、パリという怪物と真っ向から格闘して生きた人間バルザックならではの透徹した洞察力に満ちみちている。「小説の神様」バルザックはまた「人生の達人」でもあるのだ。

とまれ、こうした「不純物」のおかげで、読者は小説を二冊も三冊も読んだような充実感を味わう。へんな言い方だが、『従妹ベット』は最高に「読んで得をする」小説なのである。その醍醐味をたっぷり堪能していただきたいと思う。

（二〇〇一・七）

Ⅳ　フィクションの力

永井荷風『ふらんす物語』挿絵

エイメが描いたモンマルトルの恋物語

モンマルトルの物語

『壁抜け男』の主人公デュティユルは、うだつのあがらぬ役所勤め。これといった出世欲もないままに、休日は切手のコレクションを整理したりして暮らしている。人がよくて、気弱な独身の四十男だ。

マルセル・エイメの主人公は、みなこのデュティユルのようなダメ男たち、ひっそりと社会の底辺に生きている孤独な人々が多い。

これは、彼の生まれ育ちからきているものだろう。マルセル・エイメは一九〇二年、ブルゴーニュ地方の小さな町ジョワニーで生まれた。父親は貧しい蹄鉄工で、二歳のときに母親を亡くしている。

六人兄姉の末っ子だったマルセルは、母方の祖父母のところにひきとられて育てられた。数学が得意だったので、エンジニアを志したが、病気のため断念せざるをえなかった。

二十歳でパリに出てきたマルセルは、さまざまな職を転々としている。銀行員、保険のセールスマン、映画の端役、労務省の役所勤め、商店の店員、通信社の新聞記者など、いずれもぱっとしない、地味な職ばかり。エイメの主人公に日の当たらない場所で生きている人々が多いのは、こうした苦労人としての人生経験からきているのにちがいない。

少年時代はまた、エイメの作品世界に二つの特権的な場所をあたえた。一つは、田舎の緑豊かな田園地帯である。母亡きあと、ひきとられた祖父母の家は、森と牧場が広がるのどかな田舎だった。この田舎暮らしの思い出の風景は、映画化されて大ヒットした『青い牝馬』や、ロングセラーとして長く書き継がれた童話シリーズ『おにごっこ物語』の舞台となって、エイメ独特の風景をつくりだしている。

もう一つ、エイメにとっての特権的な場所は、何といってもモンマルトルである。エイメがパリに出てきた頃のモンマルトルは、ムーラン・ルージュをはじめ、観光客相手のキャバレーが立ち並ぶ世界に名高い歓楽街だったが、少し外れまでくると、いまなお葡萄畑や緑地が広がる丘が残っていた。

かつてルノワールをはじめ印象派の画家たちがアトリエを借りて暮らした田舎、無名時代のピカソやモジリアーニが身を寄せ合ってアトリエを借りた場所がいまだ変わらぬ姿を残していて、貧乏画家たちは、家賃の安いこのモンマルトルの丘に暮らしながら、未来を夢見て修業に励んでいた。

画家たちばかりではない。田舎からパリに出てきて良い職にありつけず、屋根直しや女工や花売りといった低賃金の仕事で生計をたててゆかざるをえない人々が住み着いたのもこのモンマルトルである。

貧しい人々は、都会っ子のパリジャンとはちがって、いまだ田舎暮らしの習慣を忘れず、困ったときにはたがいに手をさしのべて助けあうあたたかい心をもっていた。そんなパリの中の田舎ともいうべき場所が当時のモンマルトルだったのである。自身、田舎から出てきてここに住み、この地をこよなく愛したエイメはモンマルトルを幾多の作品の舞台にし、そこに暮らす貧しい者たちを主人公にしているが、『壁抜け男』はその代表作である。

ファンタジーと人生の真実

『壁抜け男』の原作は、次のように始まっている。「パリのモンマルトル・オルシャン通り七五番地の二にあるアパルトマンの四階に、デュティユルという人のいい男が住んでいた。その男はどんな壁でもするりと通り抜けられるという、めずらしい能力の持ち主だった」(長島良三訳)。

ＳＦにも似た超能力が、唐突に、何の説明もなく、まるで人物の癖の一つでもあるかのようにさりげなく語られている。

　このような特異な幻想性はエイメの際立った作風で、「死んでいる時間」という短編は、これも舞台がモンマルトルだが、真夜中から次の真夜中まで、二日に一日しか生きられず、あとの一日はこの世から姿を消してしまうという男の悲しい恋物語だ。かと思えば、「サビーヌ」という短編は、自分の分身を世界のいたるところで無限に増やすことができる女の物語である。

　幻想譚といえばまさにそうにちがいないのだが、エイメの語りは、ありふれた日常の哀歓、ふつうの人々が味わう心理の機微をリアルに描いてゆくので、読者はいつのまにか超能力などこだわることなく小説世界にひきこまれてゆく。

　こうした特異なファンタジーは童話でも際立っていて、『おにごっこ物語』中の一篇『えのぐからとびだした話』は、デルフィーヌとマリネットの姉妹が牧場で動物の絵を描く物語である。ろばや馬やニワトリたちが、自分の姿を絵に描いてもらえるというので、大はしゃぎ。

　「なにしろ、わたしたち動物は、自分の姿がどんなものなのか、めったに見ることができないのですからね」とろばが言う。そこで娘たちはかれらの姿をキャンバスに描くのだが、初めてのお絵かきとあって、ろばの足は二本しかなく、馬よりニワトリの方が大きい始末。そんな絵を見せられた動物たちは、悲しげな不満顔をして、絵に描かれたとおりの姿になってしまう。馬はニワトリより小さくなり、ろばの足は二本だけ。

そんな動物たちの姿を両親に見られては大変だと思った姉妹は、知恵者のアヒルに助けられて、大急ぎで絵を描きなおす。ろばは四本足に、馬は大きく、ニワトリは小さく……。そうして描きなおした絵を動物にもういちど見せて、本当の姿にもどってもらおうとするのだが、なかなかうまくゆかない。

両親の怒りをこわがっておろおろしているマリネットをなぐさめようと近寄ってきたろばは、言葉をかけようとして胸がいっぱいになり、目にあふれてきた涙が絵の上に落ちてしまう。「それは友情の涙でした」。すると、あら不思議、鋭い痛みとともに、いつの間にかろばはもとどおり四本の足で立っているではないか。こうして、「友情の涙」のわざで、どの動物ももと通りの姿をとりもどしてゆく。

この童話は、シャルル・ペローをこよなく愛したエイメの面目躍如というべき作品だが、ラ・フォンテーヌの寓話にも通じる人生の知恵を明かしている。ここで動物たちに託して語られている真実は、人間がいかに自分自身の本当の姿を知らないか、ということだ。ろばは四本の足を持ち、馬はニワトリよりずっと大きいのに、絵に描かれた自分の姿——すなわち他人の眼に映った姿——を自分自身の姿だと思いこんでしまう。そうして、本来自分がもっているはずの力に気づかぬままに人生を過ごしてしまうのである。

こうして童話が明かす真実は、『壁抜け男』のそれと何と似通っていることだろう。本当は超能力をもったヒーローなのに、デュティユルは自分のことを真面目だけがとりえの野暮くさい勤め人だと思いこんでいる。役所の同僚たちが彼をそう思って侮っているからだ。

ところが、彼にあたえられた超能力は、自分のうちにひそむ潜在能力を彼に教えた。いつも怒鳴られてばかりいる部長にしぶしぶ従っていた彼は、ある日ついに部長に歯向かって、相手をやっつける意欲と能力があることに気づき、壁をつき破って相手を狂乱状態におとしいれてしまう。

こうして自分がもっている力を発揮する楽しさを味わい知った彼は、そんな自分のカッコイイ姿を役所の同僚たちにも知ってもらいたいと願い、そのためにわざわざ警察に捕まりにゆく……。あの童話のなかの馬やろばと同じく、人は他人に認めてもらいたい存在なのである。

エイメの作品のファンタジーは、冒険小説や怪奇小説のそれではなく、人生の深い知恵、人間というものの心のありかを描く特異なトリックなのである。

フランス的人生、その愛

そう、マルセル・エイメの作品は、人間の弱さや哀しさ、愚かしさをしみじみと描きだす。時にユーモアをこめ、時には乾いた筆致でつき離すようにして。SFまがいの超能力をはさんでも、決して冒険譚にはならず、ほろ苦い人生の哀歓を語り明かして、読む者のうちに何ともいえない余韻を残す。

言葉をかえれば、まさにそれこそエイメが生粋のフランス作家であるということなのだ。いかに超能力を駆使しても、語られるのはいつもフランス的人生なのである。もしもこれがアメリカ的人生の物語だとしたら、超能力はスーパーマンを生みだすだろうし、スーパーマンとはいかなくても、人生の成功の階段を上りつめて成功譚やその挫折を語る物語になるにちがいない。

ところが、われらがデュティユルは、そんな超能力をもちながら、恋に悩み、愛しいひとの心をつかめるかどうか、気弱に懊悩する男なのだ。実際、ここフランスでは、恋こそ人生の最大の大事である。その恋はいつももつれて、一筋縄ではゆかない。まして、デュティユルのようにナイーブで、四十にもなってまだ恋人のひとりももったことのない男となれば、恋は武者修行にも似た人生の大事である。超能力は、スーパーマンどころか、悲喜劇的な波乱ぶくみの恋愛模様を織りなしてゆく。

『壁抜け男』をミュージカルに仕立てた音楽家、あの『シェルブールの雨傘』で名高いミシェル・ルグランは、長いあいだ、こうした悲喜劇的なフランス的人生を語る小説を探し続けたと言う。日本初演の折、脚本を書いたディディエ・ヴァン・コーヴェレールたちと交わした鼎談で、ルグランは、ミュージカル『壁抜け男』についてこう語っている。

ある形のミュージカルっていうものを、その頃模索していたんですよ。それは、楽しくて、哀しくて、悲劇的で、喜劇的で、とても感動するというもの。で、その基となるいろんな小説や詩などを読んでいたんだけど、いつもエイメにゆきつくんだ。しかもいつも『壁抜け男』に。

モンマルトルの男の恋は楽しくて、しかも哀しい。お澄ましのパリジャンとはちがって、田舎の仲間づきあいの習慣を残すモンマルトルの恋は、はやしたてる仲間たちがいるから、どこの恋よりも楽しい。楽しいけれど、貧しさがついてまわるモンマルトルの恋は、いつもはかなく、どこか哀しい。ハッピーエンドには遠いのだ。人生そのものがそうであるように、なかなか思うようにはゆかないのである。

そうして思い悩みながら、哀しく生きている人々、そのかれらの人生に、どれほどエイメは愛を注いでいることだろう。その愛が、「友情の涙」が、わたしたちを感動させて、言葉にならない余韻を残すのである。

（二〇一二・一）

プルーストの祝祭につらなって
――鈴木道彦訳『失われた時を求めて』を読む

シャルリュスの方へ

ずっと昔のことだが、友人が言っていた言葉を思い出す。「プルーストって、田舎で読む小説だよね」。サンザシの花が咲きこぼれ、リンゴの樹に驟雨がかかり、雲がうつろうプルーストの小説は、たしかに、せわしない都会の室内よりも遥かな土地の空の下、木陰で風の匂いを感じたり、陽の明るさを感じたりしながら、ゆったりと読むにふさわしい。

美しい水色の表紙からして清新な鈴木道彦氏の新訳の『失われた時を求めて』を読みながら、あらためてその感を強くした。すらすらと心に入ってくる平明な訳文は、わたしたちを「くつろいだ」読書に誘う。そう思いながら読むうち、いつしか早や五巻、『ゲルマントの方』にさしかかっていた。

読みやすさをめざした新訳が見事に成功しているのに感嘆する。そうして全一三巻を通読してしまった。

といってそれは、まったく飛ばし読みをしなかったということではない。

あとがきにあるとおり、平明さとならんで、新訳のもうひとつの意図は、この小説の構造を浮き彫りにするため、とにかく読者に「通読」させるということだが、そのねらいは至るところにはりめぐらされた仕掛けにも明らかだ。各巻冒頭に付された「はじめに」は、うねうねと小路のくねる長大な小説空間にさまよいこんで幹線を見失わないための道標になっていて、巻から巻へと読み継ぐのを大いに助けてくれたし、丁寧な訳注と「主な情景の索引」も魅惑的な横道の数々を一覧する優れた指標になった。

こうして通読を誘う仕掛けに助けられつつ、それでもわたしは、結果としてムラのある読み方をしてしまった。というのも、ある人物にいたく興をそそられ、彼の登場する場面を、丹念に、時間をかけて読みこんだのである。

その人物は、シャルリュス男爵。数年前、リゾート文化論を書きすすめるなか、井上究一郎訳でこの長編を読んだ時は、テーマの関係もあって、『花咲く乙女たちのかげに』、『囚われの女』、『逃げさる女』と、アルベルチーヌを中心に読んだのだった。引用には私訳も試みたものの、果てるともなく続くプルーストの文章をいざ訳すとなると、とても歯がたたず、プルーストの息の長さをそっくり伝えるかのような訳文に改めて敬服したのをありありと思い出す。今もなお、バルベックの明るい銀のプラージュとそこに咲く花の乙女たちの魅惑的な姿は、わたしのなかで井上究一郎氏の訳文とともにある。

そして今回、新訳での再読。リゾート論の折りには深く読みこまなかった性倒錯者の肖像があざやかな印象とともに浮かびあがった。シャルリュス男爵の登場するシーンをなめるように読んだ。井上究一郎訳がいわばわたしを「アルベルチーヌの方へ」誘ったとしたら、鈴木道彦訳は「シャルリュスの方へ」誘ったと言ってもいいかもしれない。

実のところ、こうしてシャルリュスの方へと誘われたのには、もう一冊の書物がかかわっている。『失われた時を求めて』の新訳完結を待っていたかのように上梓されたブラッサイの『プルースト／写真』である。一般に、良き書物は一種の祝祭的な力をそなえていて、周囲に良き書物の群れを出現させるものだ。いろいろな雑誌で特集がくまれ、そのうえ映画上映のタイミングにも恵まれた今回のプルースト新訳はまさにその好例だが、ブラッサイのこの本もプルーストをことほぐ一冊ではなかっただろうか。プルーストの世界の核心に写真というメディアをすえた名写真家の本は、わたしにとってまさに「我が意を得る」書物だった。今回シャルリュスの方へ導かれたのはブラッサイに負うところも少なくない。

何よりもまず、あの有名な「のぞき」のシーンである。

『ソドムとゴモラ』の冒頭部、語り手の《私》は、ゲルマント公爵夫妻の帰りを見逃さぬよう、中庭の階段に隠れて見張っている。その《私》の前に、思いもかけずシャルリュス男爵が姿を現す。そこで男爵は元チョッキ職人のジュピヤンを見初めるのである。《私》の眼の前で繰り広げられるこの「見初め」のシーンは強烈な視覚的効果を放っている。

何を私は見たのだろう！　中庭で向きあっている二人（…）男爵はなかば閉じていたその目を不意に大きく見開き、異様な注意をこめて、店の敷居のところにいる元チョッキ職人を見つめており、一方、相手はシャルリュス氏を前にしてとつぜんその場に釘づけになり、植物のように根が生えたまま、感嘆の面持で、老いを感じさせる男爵のふとった身体を凝視しているのであった。けれどもさらにいっそう驚くべきことに、シャルリュス氏の態度が変わると、秘法の掟にでも従うように、ジュピヤンの態度もたちまちそれに調和しはじめたのである。

ひとに見られていることを知らない二人は、無言で「秘法の掟」に従い、受精を待つ「マルハナバチと蘭の花」がするであろうような、なまめかしい媚態のパーフォーマンスを繰り広げる。このとき、二人の「おとこ女」の踊るトランス・ダンスは、隠れて見ている語り手の「眼」の存在によって、いやがうえにも卑猥な印象をかもしだす。プルーストは、隠れた眼をとおして、読者にも禁断のシーンを「のぞき見」させるのである。

このような「のぞき」は、最終巻『見出された時』の男娼館のシーンでも繰り返される。そこでもまた読者は《私》とともに、鞭打ちの快楽にうめくシャルリュス男爵のあられもない姿を盗み見るのだが、『失われた時を求めて』がソドムとゴモラの性愛のシーンで同様の窃視のまなざしを多用していることはよく知られている。写真家ブラッサイのプルースト論の斬新さは、この窃視を写真に関連づけて考察していることだ。

探偵の眼

じっさい、カメラという「機械の眼」は、礼節の掟をわきまえない侵入者である。それは、人間のもつ「好奇の眼」を装置化したものだ。大の写真愛好家であったプルーストは、写真というこの残酷な好奇の眼を存分に駆使して、禁断の愛のときめきをいっそう際立たせたのではあるまいか。

事実わたしは、シャルリュスの秘密の全貌をさぐりたい欲望にかられて最終巻の『見出された時』まで頁を追った。まるで推理小説を読むように。

いや、むしろ探偵小説と言うべきなのかもしれない。それというのも、もどかしく頁をめくるわたしの脳裏にベンヤミンのプルースト論の一節がはたとよみがえったからである。社交界を探訪する《私》のスノビスムについて、ベンヤミンは語っていた。「プルーストの好奇心には探偵趣味が混ざっていた。上流社会はかれにとって犯罪者の一味であり、比類なき集団的共謀者、すなわち、消費者の秘密結社のようなものであった」。

プルーストのスノッブな好奇心と「探偵趣味」には、格好の道具として、写真が――そして対象をレンズでのぞくカメラ的な眼が――寄り添っていたのではないだろうか。事実、性倒錯者シャルリュスをはじめ、この小説のいたるところで写真が人物の隠された顔を暴きだす役割を果たしている。たとえば画家のエルスチールのところで見つかる男装の女、ミス・サクリパンの肖像画のエピソードなどその典型だろう。《私》がその女のモデルをオデットだとつきとめるには、肖像画の写真が最後の決め手になっている。

ここで写真は、まぎれもなく、犯人のアイデンティティを同定するように人物を「割り出す」役割を果たしているのだ。男でありながら実は「女」であるシャルリュス男爵といい、出身の曖昧な娼婦オデットといい、たしかにプルーストは写真を動かぬ証拠にして、人物のアイデンティティをつきとめてゆく社交界の探偵なのだ。

別の面から言えば、こうして写真を愛好したプルーストは、同一人物が歳月の流れの中で見せるさまざまな表情の変化になみなみならぬ興味を抱いていたということでもある。ブラッサイが言うように、プルーストにあって、写真は「《時》のこの破壊作用の動かぬ証人の役」を務めているのだ。そのもっとも雄弁なシーンが、最終巻『見出された時』のあの大公夫人の仮装パーティーだろう。

歳月とともに脱げない老いの仮面をかぶってしまった人びとを、ひとりひとり執拗に描いてゆく数十頁は、さながら「十数年後の肖像集」を思わせずにはいない。その残酷な描写は、写真という機械の眼の残酷さにぴったり照応している。どの人物も——隠したいと思っていた秘密の現場を写真にとられているように——老醜の動かぬ証拠を暴かれているのである。

夜の写真家

けれども、写真というメディアがそれ以上に興味深いのは、それがこの小説の方法と切り結んでいるところである。

プルーストが写真を偏愛したということは、言葉をかえれば、現実を前にしてたえずシャッターチャンスをうかがっていた「魂の写真家」だったということにほかならない。プルーストにとって、生きられた現実は記憶という「暗室の魔術」にかけられてはじめて真の姿でよみがえるのである。作家のその「暗室の魔術」を語るブラッサイの言葉をひいてみよう。

ブラッサイはまず、プルーストが自分と同じく「夜の写真家」だったと言う。たしかにプルーストは、「眠り」の後に生まれてくる夜の形象を愛した。月夜の浜辺を思わせるアルベルチーヌの眠る姿、幼い少年の日の自分自身の眠り、そして、大戦下のあのパリの夜空……。その魔術的な夜空の光景は、ブラッサイの写真集『夜のパリ』に勝るとも劣らぬ鮮烈なオーラを放っている。

数時間前にはまるで昆虫のように、夕方の青い空に褐色の斑点を作っているのが見えた飛行機も、今では一部の街灯が消されたためにいっそう深められた夜の闇のなかを、焼打ち船のように光を発して過ぎて行った。(…)飛行機は今なお次々と打ち上げ花火のように上って行っては星に合流し、サーチライトはいくつにも区切られた空のなかに、まるで青白い星屑のように、幾筋ものさまよう銀河をゆっくりと移動させていた。

この世ならぬ光にいろどられたパリの夜空。この引用一つとってみても、鈴木道彦訳の「明快さ」がよく伝わってくる。くっきりと鮮明にイメージが浮かびあがるのである。

プルーストは、このようなワンダーな光景に遭遇するとシャッターを切らずにはおれない写真家であって、それも、魂の眼によって視える世界の光景にシャッターを切る「夜の写真家」だったのだ。

しかし、ブラッサイがいう夜の写真家は、それ以上にプルーストの無意識的記憶と切り結んでいる。

プルーストは卓抜な「夜の写真家」、「ふだん目に入る物象を消し去り」、「月の非現実的な光が唯一つ現実であるように見える」夜の写真家である。《時を求めて》の作家にとって、記憶そのものがいわば一つの夜であり、その闇は私たちの思い出を呑み込んでしまっているが、一条の光が闇から不意に過去のイメージを浮き上がらせ、現出させる。

ここでブラッサイが語っている「過去のイメージの現出」が無意識的想起であることは説明するまでもないだろう。現実の物象は忘却の闇をくぐり、記憶の暗室のなかで現実性をぬぐいさられ、しかるのち月の光にも似た一条の光によって不意に闇から浮上してくる。このめくるめく想起の作用そのものが「暗室の魔術」なのだ。過去の歳月は、魂の暗室のなかに沈められて、それから「現像」されるのである。

そういえば、ベンヤミンもプルーストの無意識的記憶について良く似た言葉を残していた。プルーストの無意識的記憶とは、「過去に存在したものがいきいきとした《刹那》のうちに映し出される」瞬時の「若返りのショック」にほかならない、と。ベンヤミンもまた写真というメディアにひきつけられた思想家だったが、不意にレンズをあてられて、きらめく《刹那》のうちに映し出される世界とはまさに写真に切り取られた世界以外の何ものでもない。「時」は写真に映し出されることによって、めくるめく「永遠の現在」の魅惑を付与されるのである。

じっさい、『失われた時を求めて』は、プルーストという「夜の写真家」が編纂した長大なアルバム集ではないだろうか。あのシャルリュス男爵の秘密の愛の現場写真、「マルハナバチと蘭の花」の媚態のシーンから、カブールの海にかかる雲の影、眠るアルベルチーヌの姿にいたるまで、どの一枚も月の光に似た非現実の光を浴びてこの世ならぬ輝きを放っている。そうしてきらめくイメージの群れを追いながら、いつしかわたしたちは昼の世界を忘れ果て、あらぬ虚空の住人になっている。

写真のように……

刹那の一瞬の魅惑をたたえた写真集。

だからこそこの小説はバラバラと頁をめくらせるのだろう。わたしたちは、その時々こころをひくイメージに長く魅せられ、そうでない人物や風景写真はさっと飛ばしてゆく。しかもそれでいて『失われた時を求めて』は、写真集だからというまったく同じ理由で、最後まで通読させるという逆説をはらんでいる。

もちろんそうして読了させるのは、平易な訳文のスピード感の果たす力が絶大なのだが、さらに深く内容的に、この小説が、先にもふれたように、「秘密」を暴いてゆくからである。いったいアルベルチーヌはゴモラの娘であるのかないのか、オデットはいつから娼婦であり、誰々と関係し、最後には誰の女におさまるのか。あるいは、「おとこ女」のシャルリュスはいったいどこまで正体を露呈するのか――こうして長い時にわたる人物の経歴を「割り出して」ゆく小説は、謎解きのサスペンスをはらんで探偵小説のように読ませる。明快な訳文は、それだけいっそう、解くべき「謎」を際立たせるのである。

そして、謎というなら、この小説の最大の謎は、何といっても語り手の《私》をめぐる謎であろう。この長い物語を語っている《私》、いったいそれはどこまでプルースト自身なのだろうか？　くしくも鈴木道彦氏のプルースト読解の出発点も、この語り手の《私》の位相をめぐる問いであったという。プルーストの読者がこの問いにとらわれずにいないのは、そこに微妙な「ねじれ」が存在しているからにちがいない。

プルーストをめぐる、ねじれ。まずそれは、「性のねじれ」である。いったいシャルリュスはどこまでプルーストなのか？　そして「若い娘」アルベルチーヌはどこまで「若い男」アゴスチネリなのだろう？　こうしてわたしたちは、虚構の背後の現実に好奇の眼を向け、「ほんとう」のことを探りたくなる。

事実、プルーストの伝記は、ジョージ・ペインターのそれにしろ、これまた新訳完結の祝祭の一端を担うように翻訳が刊行されたジャン＝イヴ・タディエのそれにしろ、いたくわたしたちの興味をそそりたてる。わたしたちは、プルーストの生きた現実を「のぞき」たくなるのである。モデルは誰であり、語られた出来事はプルーストの実生活の何を下敷きにしているのか……。そうした問いに答えるように記された訳注はたいへん読みやすく、わたしもたびたび目を通したが、そうして注を読みたくなるのは、その巧みさもさることながら、そもそもプルーストの小説がそうさせるのである。

なぜなら、繰り返しになるが、この小説が「写真」に似ているからだ。

そう、写真というメディアは語るのだ。ここに映っているのは「現実」であり、ほんとうに在ったことだ、と。それは、プルーストの記憶の暗室に潜んでいたものはすべて実在したものなのだと思わせる。とはいえ、まぎれもなくそれは「虚構」であって、そのまま現実ではありえない——こうしてわたしたちは、現実と虚構の奇妙なねじれのトリックにはめられるのである。プルーストをめぐって訳注や評伝が面白かったりするのは、「実証研究的」な専門家的関心によるものではさらさらない。そうではなくて、やはりわたしたちはほんとうのことをのぞきたくなるのである。あまりにその小説が「自伝」にそっくりの「写真」的虚構であるからだ。

このような現実と虚構のねじれについて、これまたプルーストの祝祭に連なるもう一冊の書物、鈴村和成氏の『愛について——プルースト、デュラスと』の言葉を借りるべきかもしれない。副題に「プルースト、デュラスと」と冠したこの書は、『失われた時を求めて』は「疑似的自伝」であり、「自伝的フィクション」にほかならないと言う。だからこそそれは読者の好奇心をかきたてるのだ、と。「ここに見られる逆説とは、プルーストやバルト、そしてデュラスのように、作品を伝記的事実に還元することを排した作家に限って、彼らの伝記に対する読者の関心が強められる、ということである」。

著者によれば、プルーストはこのように「実生活と虚構をないまぜにする」書き方をして読者の興味を呼びさました初めての作家なのだ。しかも興味深いことに、著者もまたそこで写真の比喩を使っている。「これは絵画より写真のほうが、それを再現する対象に対する関心が強くなることと似ている」と。

かぎりなく写真に似た、ヴァーチャルな自伝小説……。

ここまできて、わたしはあらためて気づく。なにゆえシャルリュスという人物がかくも強烈な印象を残すのか。この「おとこ女」、性倒錯者の肖像には幾重にも実と虚がないまぜになっているからなのだ。この人物は、性倒錯者プルーストそのひとの面影を映しており、しかもそのことを秘密にしている。それでいながらこの作中人物は、作者自身によって正体を「のぞき見」られ、暴かれている。つまりシャルリュスという人物にあっては、性と虚構と現実をめぐって事態が幾重にも錯綜しているのである。

どこまでも作者に似た語り手の「のぞき」によって残酷に正体を暴かれつつ、それでいて暴いた当の作家の自画像でもあるらしい、不可思議な人物の肖像。「暴く」ことと「隠す」ことのこのゲームにも似た錯綜が、この人物にかくも独特な魅力をあたえ、わたしたちの心をとらえてはなさないのだろう。

それにしても、こうした謎が鮮明に浮かびあがるには、何より訳文が明晰で透明でなければならない。ちょうど、くっきりとモデルを映しだす鮮明な写真のように。ぴったりピントのあった名写真家の手になる訳書をとおして、かぎりなく写真に似たプルーストの小説を読んだわたしは、幾重にも幸福な体験をしたのにちがいない。

（二〇〇一・九）

世紀末のヴァカンスとスポーツ

十九世紀は鉄道の世紀、パリ近郊線にはじまって、フランス全土に鉄道網の飛躍的発展をみた時代である。だからこの鉄道の世紀は「旅行の世紀」でもあった。この頃から富裕な階層は夏になるとパリを離れ、田舎で過ごす習慣を身につけてゆく。リゾート文化の曙である。

もっとも、いわゆる夏のヴァカンスが制度として定着するのは第二次世界大戦後のことにすぎない。それまで、ヴァカンスといえば、貴族か裕福なブルジョワに限られていた。もともと、十八世紀から夏を離宮で過ごしはじめたイギリス王室の習慣が海を渡ってきたのである。

それでも、十九世紀後半になると、「アウトドア」で余暇を楽しむ習慣が広く大衆のあいだに広まっていた。行き先はパリ西郊のセーヌ河畔。モネやルノワールなど印象派の絵画でなじみ深い「水と光」の光景は、ボート漕ぎやレガッタなど、当時はやったアウトドア・ライフの模様を生き生きと伝えている。

こうしてセーヌ河畔ではじまった水辺の行楽は、時とともにセーヌの流れをそのまま北上してノルマンディーの浜辺に移ってゆく。鉄道の発展と余暇の増大が海浜リゾートをうみだしたのである。陽光をうけてきらきらと輝く銀の浜辺は、夏のヴァカンスの特権的な場所となった。

療養の世紀末

プルーストの『花咲く乙女たちのかげに』(『失われた時を求めて』第二編、一九一九年)は、ノルマンディーの海辺を舞台に夏の日々を綴ったヴァカンス小説の傑作である。さらにまたこの小説は「療養」小説でもある。病弱なプルーストは、行く先を思案しながら、「航海とサナトリウムと僧院」を兼ね備えたようなところに行きたいのだと、友人への手紙に書き綴っている。きらきらと眩しい夏の浜辺は、療養のための「サナトリウム」でもあったのだ。十九世紀末は肺結核の大流行を見た時代であり、転地療法が発明された時代だったからである。

ということは、「リゾートの世紀末」が同時に「健康の世紀末」でもあったということだ。実際、当時のリゾート地では、心身の休息と鍛錬という二つの目的にかなう「スポーツ」がもてはやされていた。こうした療養的な効果のあるスポーツは、したがって今日では考えられないほど穏やかなものであった。たとえば海辺のリゾート地でいちばん普通のスポーツといえば、何といっても朝夕の「散歩」である。

温泉から海辺へ

そう、散歩であって、海水浴でないことに注意しよう。海水浴や日光浴の習慣がスポーツとして広まってゆくのは第二次世界大戦後、南仏コート・ダジュールにおいてである。それ以前、肺結核のため転地療養が盛んだった世紀末は、新鮮な「空気浴」こそ最も望ましいセラピーだと考えられていた。命の水音が響く浜辺の空気は、渇いた心身を潤し、疲れた魂を癒す――。だからこそ、強い日差しで乾燥した地中海より湿潤なノルマンディーの浜辺が好まれたのである。

いや、もともと海辺の夏がトレンドになる以前、保養地としてはじめに選ばれたのは実は温泉地であった。第二帝政期は温泉地ヴィシーが栄えた時代である。リウマチを患っていたナポレオン三世がヴィシーを愛好したのが繁栄の始まりだった。

とはいえ、フランスの温泉は日本のそれとちがって飲用泉であり、「湯につかる」のは特殊な医療浴に限られていた。だから、ここでも湯治客の日課といえばホテルの遊歩道《プロムナード》の「散歩」であった。いきおい、暇をもてあます客たちはホテルという「夏の社交場」でのアヴァンチュールをひそかに期待する。ここから「一夏の恋」が生まれてくるいきさつは詳しく語るまでもないだろう。

こうして温泉にはじまったリゾートは、ボトリング技術の発展とともにしだいにすたれてゆく。いまや温泉水はミネラル・ウォーターとなって都市に運ばれ、「水の産業化」が本格化してゆくからである。以来、温泉にかわって海辺が夏のヴァカンスのトレンドになってゆく。

自転車ブーム

こうした海浜リゾートの繁栄とともに散歩以外のスポーツもさかんになっていった。『花咲く乙女たちのかげに』の読者は、そこ、ノルマンディーの浜辺に、少女たちの一群が「光る彗星のような」鮮烈な輝きを放って登場するシーンを決して忘れることはないだろう。散歩する人びとを尻目に、少女たちは潑剌と自転車乗りを楽しんでいる。そう、十九世紀末は「自転車」が大ブームになった時代である。自転車こそまさに世紀末の女王であった。

なにしろそれまでプライベートな交通手段といえば馬車しかなかった時代である。馬車という乗り物は、スピードや性能よりむしろ地位や財産を表す「ブランド」であり、貧富の差を表す乗り物だった。そこに出現した自転車は、その民主的な性格ゆえに、たちまち大衆のあいだに広まり、男女をとわず熱狂的に愛好された。第一回の「トゥール・ド・フランス」が開催されたのが一九〇三年。以来、このフランス一周自転車レースはほぼ百年間フランス中の熱狂を駆りたてるスポーツでありつづけている。

観光小説「ルパン」

その自転車レースの後を追って流行したスポーツは自動車レースだった。ルノーやタイヤ会社のダンロップなど、自動車産業がスポーツ新聞と手を組みながらスポンサーとなってレースを開催したのが大きい。自動車が全てオープン・カーだった当時の自動車競走は、命がけのスピード・レースであった。

大のスリル好きの「怪盗ルパン（リュパン）」がスピード狂の自動車マニアであるのは、まさにこの怪盗がベルエポックに誕生したヒーローであることを物語っている。ハンドルを握ってパリ―ノルマンディー間を縦横に移動しつつ、ルパンが商売（盗賊！）にはげむ土地はみな風光明媚なリゾート地ばかり。エトルタを舞台にした有名な『奇巌城』（一九〇九年）をはじめ、「怪盗ルパン」シリーズは観光小説としても読めるようになっている。読者はスリルと謎解きを楽しみながら同時にノルマンディーのリゾート地を周遊できるのだ。《ルパン》シリーズの爆発的な人気の秘密の一つであろう。

物質文明に倦み疲れた都市生活者は美しい風光に「眼の癒し」を求め、「水と緑」のヴァカンスに心身のセラピーを求めてゆく――もしかしてリゾートは、世紀末が生んだ発明の最大のものの一つかもしれない。

（二〇〇〇・一〇）

小説はメタモルフォーズ

文学研究者はいつか実際に小説を書いてみたいと思うものだが、例にもれずわたしもその一人だった。長年バルザックの研究にたずさわりながら、バルザックのようにドラマチックなストーリー性のある小説を書いてみたいと思っていた。

その想いがかなって、数年前さる文芸誌に小説をのせることになった。二年がかりで百枚ほどの恋愛小説に仕上げ、『恍惚』と題して本にしたが、小説を書くという実作体験は、小説について、文学について、目から鱗の発見の数々をあたえてくれた。これを機に小説にたいする認識が大きく変わったといっても過言ではない。その意味で、小説を書いた経験は長年にわたる文学研究の大きな跳躍点でもあった。

小説の貨幣

書いて初めてわかったのは、何よりまず登場人物の「名前」の意味の大きさである。「固有名詞は小説の貨幣である」とは、バルザックの『サラジーヌ』を論じたバルトの名著『S／Z』中の一文だが、この言葉の真実性をひしひしと嚙みしめた。ヒロインの名をどうするか。小説の性格はそれによって九分どおり決まってしまう。

迷ったあげく、わたしはヒロインをアンリ・ド・レニエの小説『神々の黄昏』中の人物から借りてジュリア・ベルクレディと名づけることにした。こうしてヒロインの名をジュリアとしたことで、わたしの小説の骨格はほぼ大枠が固まったといってもまちがいではない。

まず、舞台は必然的にヨーロッパの都市になる。実際、ヒロインの命名と同時にわたしは舞台をパリにすることに決め、筆の運び次第でヴェネチアも第二の舞台にしようと決めた。人物の名と舞台となる土地の名はおそらく最も近しい関係にある二つの固有名詞である。パリという都市の名、ジュリア・ベルクレディというヒロインの名、この二つでわたしの小説の性格はほぼ決まったといっていい。

まったくバルトの言うとおりなのである。固有名詞は小説の貨幣、通用する範囲を決定してしまう。もしわたしがヒロインの名を「亜希子」にしていたら、舞台は日本の都市になっていただろうし、仮にパリを舞台にしていても、ジュリアでなく亜希子がヒロインなら全然別の恋愛小説になっていただろう。

いや、亜希子とかジュリアだとか、名づけないタイプの小説もある。たとえばMやLというふうにイニシャルだけにする方法である。すると小説の性格全体ががらりと変わってしまう。同じことが舞台となる土地の名についても言える。土地に固有名詞をつけず、SとかNというふうに名づければ、いきおい小説は抽象性を帯び、それだけでいわゆるリアリズムから遠ざかってゆく。

人物といい、場所といい、リアリズムは固有名とともにある——小説を書く作業をとおしてわたしはそのことをいやというほど思い知った。この体験がなかったとしたら、バルザックの小説世界の認識も漠としたままに留まっていたにちがいない。そう、わたしは、改めて思い知らされたのである。人も物も場所もすべて固有名詞でびっしりとうずめつくされたあの『人間喜劇』の世界がまさしくリアリズムの王道であることを。

エクリチュールと経験

けれども、固有名以上に劇的な認識の転換を経験したのは、登場人物の「性」についてであった。人物の名は迷ったものの、テーマの方は小説を書こうと思い立ったときからすでに決まっていた。恋愛とモードである。自分にとっていちばん身近で、詳しくて、自在に語れるものといえば、この二つをおいてない。モードの都パリを舞台にすれば、おのずと恋愛小説にもモードがからんでくるし、裸体と衣裳は分かちがたく結びあった二つだから、いわゆる「ぬれ場」を書く時にも衣裳という「細部の真実」は大いに役立つにちがいない。

そう思って描き始めたのだが、この目論見は終わりまで一度も裏切られることなく、描写の愉しみを味あわせてくれた。ヒロインが恋人を待ちながら化粧をするシーンや、ブーローニュの森へ出かける身支度のシーンなど、口紅の色からドレスの色や帽子のかたちまで、描きながらまるで自分が着飾るような気持ちがした。作者にとって小説とは「擬似体験」にほかならないのだと身にしみて納得した。

そういえば、小説家の高樹のぶ子がどこかで書いていたのを思い出す。恋愛小説を書くということは作者もまた恋をするということにほかならない、と。その言葉の真実をわたしは何度も味わっていた。

ところがそうして書き進むうち、思いもかけぬ事態に直面したのである。一〇〇枚ほど書いたところだったと思う（というのも初稿段階では三〇〇枚の小説にする予定で、それを縮めて一二〇枚に仕上げたのだった）、ある朝わたしはヒロインの名を呼びながら、目覚めたのである。

「ジュリア、ジュリア」——呼びながら、わたしは胸苦しさにあえいでいた。目を覚ましたわたしは、愕然として、ようやく自分の身に何が起こっているのかを理解した。

明らかにわたしは愛の悶えにとらえられていたのである。書く《エクリチュール》ということはまさに体験するということ、恋愛小説を書くということは自ら恋に落ちることである。恋の葛藤を描きながら、わたしは我と我が仕掛けた罠にはまり、ヒロインのジュリアに恋をしていたのだ。

小説の性

そう、わたしはジュリアに恋をしていた。女であるわたしは、いつしか自らの性を抜けだし、ヒロインに恋をする「男」になっていたのだ。思いもかけぬことであった。自分が女だから女はよく書ける——そう思って書き始めたはずなのに、いつのまにか虚構の性にとらえられて、男の性を生きようとは……。

事実わたしは「男」になりかわっていた。小説を書き終える最後まで、「ジュリアを抱きたい」というせつない愛の渇きがずっとつきまとって離れなかった。作者としてのわたしはヒロインを冷たい「宿命の女」に仕立てあげ、彼女に翻弄される男たちを描くつもりだったのだが、書き進むうち、わたしに憑依してきたのは、ヒロインでなく、恋人役の男の方だったのである。ヒロインならいざ知らず、自分が男に変身しようとはまったく予期せぬ事態だった。

この憑依体験は、小説に描かれる性についてのそれまでの認識を一八〇度くつがえす体験だったといっていい。たとえば近年、小説のジェンダー論的分析といった研究が盛んである。そうした研究方法にたいしてことさら疑問も持っていなかったわたしだったが、今回の小説体験をとおして、作者の性別（ジェンダー）と作者が書く虚構の性という二者の関係はそれほど単純でないことを思い知らされた。むしろわたしが開眼したのは、虚構のなかで作者はその性別を問わず、男にでも女にでも変身できるという事実である。そうだとすれば、「女の眼で書く」とか、「男の眼で書く」といったものさし自体が不変でないことを考慮に入れなければならないのではないか……。

幸いにもわたしはフェミニズム批評やジェンダー論的分析といった方法を採ったことがないので、それについてはそれ以上深く思索をつめることもなかったが、文字通り目から鱗が落ちる思いをしたのは、ほかでもない、冒頭に引いたバルザックの小説『サラジーヌ』についてである。

イタリアを舞台にしたこの小説は、謎めいた去勢歌手ザンビネッラという人物をめぐって展開してゆく。去勢歌手ザンビネッラは男でありつつ同時に女であり、まさに「性」を主題にした小説でもある。さまざまな読みを誘うこの作品は批評家好みの小説であり、バルトに続き哲学者のミシェル・セールも『ヘルマフロディトゥス』というタイトルで『サラジーヌ』論をだしている。邦訳が『両性具有』と題されているとおり、「性」に多くの頁を割いた評論である。

たまたま原著がでた年、わたしはパリに留学中だった。刊行記念と題し、バルザック記念館でミシェル・セールの講演会があったので、期待して出向いた。本には書いてない、著者セールの本音が聞けたのが面白かった。ざっくばらんな口調でセールはこう語ったのである。「わたしにはね、わかっているんだよ、バルザックがバイセクシュアルだってことが。でなきゃ、あんなに女らしい歌手が書けるわけがない」。長いあいだ——自分が小説を書くまで——わたしはこのセールの言葉をほとんど信じていた。論というより「直感」を吐露したセールの言葉はそれほどインパクトがあったのである。

文学の虚と実

だが、小説を書いてみて、「男」に変身してしまったわたしは、はたと思い当たった。あの時のセールの言葉はまちがっている、と。小説のなかで真に迫った女を書くために、作者がバイセクシュアルである必要などどこにもありはしない。延べ数千人になろうかという数の女たちを描いてきたバルザックは、男であるままで、小説のなかではやすやすと女に変身していたにちがいないのだ……。まったく、虚構の力はたやすく現実を超えてしまう。時代をベルエポックに設定して馬車を描いた作者のわたしは、乗ったこともない馬車の轍の音をありありと耳に聞いたものだった。いちど小説を書いたことがあるだけで小説家ともいえないわたしにしてこうなのだから、小説家のなかの小説家であるバルザックが書きながら性の壁を乗り越え、もうひとつの性になりかわることなど不断の営みだったにちがいない。

小説はメタモルフォーズ——書くという体験は、この意味で「開け、ゴマ」の体験であった。何百冊の研究書を読んでもわからなかった小説の真実が、あっけなく解けた。

だが、もしかしてそれは真相の一端にすぎないのかもしれない。もういちど小説を書いてみたら、今度はまた全然ちがった事実にぶつかって愕然とするのかもしれない。そう思うといつかまた別の小説を書いてみたくなる……。こうして奥が深いからこそ、文学研究の旅はどこまでも続いてゆくのだろう。

（二〇〇七・五）

鉄幹のつぶやき

ほとんど誰も知らない与謝野鉄幹の、ふとしたつぶやき。盛夏の蟬しぐれを聞きながら、そのつぶやきにじっと想いをひそめている自分がいる。

夢の一つは斯くなりき。
かなかなの蟬かなかなかなと、
かなかなの蟬かなかなかなと、
木毎に啼くを能く聞けば、
みなわが母の声なりき。

明治四十一年、『明星』がついに終刊をむかえたとき、終刊号に寄せた言葉である。といっても、目次にあがっているわけでもない。そっと頁の余白にしのばせた、密やかな想い。見開きの左頁には、上田敏や蒲原有明など『明星』の詩人たちの肖像写真がならんでいる。右の頁は木下杢太郎の短歌。ゆったりと誌幅をとったその詩の下段左隅のほんのわずかなスペースに、ごく小さな活字で組みこまれている。さらに小さく目立たない字で、寛の名。

編集の言葉でいえば、これこそ「埋め草」なのだろう。けれども、ずっと『明星』を読んできて、編集者鉄幹の割り付けや活字指定の妙技を見てきたわたしは、最終号のこの短詩を前にして、さまざまな思いに誘われる。

文学作品を初出で読む面白さに目覚めたのはもうずいぶん前のことだった。一年間の渡仏中、専門のバルザックの『従妹ベット』の初出が新聞であったことにはたと気づいて、新聞小説というメディアに開眼したのがきっかけである。以来、テクストの読み方が変って、初出にこだわるようになった。

ふとしたことで編集者から与謝野晶子論を勧められたのも早や十年前のことになるが、すぐに『明星』を読んでみたくなった。幸いにも大学に全巻そろっていた。読み始めてすぐ、活字の大小の妙に気がついて、鉄幹という男の編集の才覚に舌をまいた。

最盛期の『明星』の詠草欄が、晶子をはじめ、山川登美子、増田雅子などの才媛たちが恋歌を競う場であったことはよく知られているが、末尾の余白に小活字で組まれた鉄幹の返歌がまことに興味深い。ある号には十一首が並んでいる。そのうちの一首「あめつちに一人の才と思ひしは浅かりけるよ君に逢はぬ時」。これはきっと晶子に宛てたものにちがいない。すると登美子には……というように、読む者は思わず相聞の場にまきこまれてゆく。誌面に臨場感があふれているのである。最も気をひくのは二カ月後の同欄の隅に書かれたただ一首の歌。「恋と名といづれおもきをまよひ初めぬわが年ここに廿八の秋」。少女《おとめ》らは皆この歌に想いを馳せたことだろう。鉄幹の小活字は意図した「ささやき」なのである。並の大きさの活字ではこの親密性が伝わらない。そっと囁くには小声がふさわしいのだ。

逆に、大活字は名の大きさを語る。上田敏の訳詩は、四号活字という破格の大きさで組まれていて、驚くべき効果をあげている。その堂々たる大きさゆえに、その号の主役が上田敏であることが一目でわかるのだ。終刊も近い頃、白秋や杢太郎や吉井勇など若い同人たちが自分たちの歌の活字が小さいのを不満に思って新詩社を去ったのも同じ理由である。

こうして活字の大きさで「名」と「恋」の綾なす関係を仕切った鉄幹の編集の才のすごさを思い知ったからであろう。最終号の、もはや誰にささやくでもない鉄幹の孤独な「つぶやき」はしんと心にしみるものがある。

といいつつ、実はこのつぶやきに気づいたのは、与謝野晶子論を上梓してから七、八年もたった後のことなのだ。その折の『明星』の面白さをからだが覚えていて、第二次『明星』も読んでみたくなり、その間にでた『スバル』まで読んでみたくなったのである。『明星』全一四八巻と『スバル』

六〇巻を読みとおし、耽美派を形成した歌人や作家たちのさまざまな貌にふれて興味はつきなかった。ことに森鷗外の口語体小説の多くを初出で読み、ほとんど私小説である「半日」に驚いたりして、全集で読むのとはちがった親近感を抱いた。やはり雑誌ならではの時代への臨場感が読む者を近づけるのだろう。

そうして明治大正昭和の長いタイムスパンで第一次『明星』を改めて読み返し、以前より遠景を眺めるような心もちで再読したが、その折にはたと最終巻の鉄幹のつぶやきに出会ったのだった。鷗外、荷風、白秋などなど名だたる文人たちに接した後だっただけに、その声のかそけさが胸にしみた。蟬しぐれも遠のく秋に刊行予定の『明星』論の鉄幹の項が長くなってしまった所以である。

（二〇一五・九）

ただならぬ哀しみのひと――森鷗外「半日」など

このところ明治の文学を読みふけっている。与謝野晶子を生んだ雑誌『明星』論を書こうと思ってのことだが、寄り道が愉《たの》しいのが探究の常。ついでに『スバル』もと読みはじめたら面白くてとまらなくなった。森鷗外の独壇場だからである。

フランス文学が専門だから、荷風は何度も読んでいる。耽美派の私のこと、漱石は読んでも好きになれない。それでは鷗外はといえば、読まず知らずの自分に気がついた。『舞姫』も『青年』も読んではいたが、印象が薄かった。

そこへきて、『スバル』掲載の初小説「半日」に遭遇したのである。あの令名高い文豪がこんなミもフタもない私小説を書くだなんて――。鷗外その人とおぼしき博士が、わがままな美貌の妻としっかり者の母との確執に悩む日々が克明にしるされている。『舞姫』の雅文とちがって現代文なだけに、赤裸々な感覚は田山花袋にも劣らない。

家庭人としての鷗外の不幸に胸をつかれるとともに、「ひと」としての森林太郎を深く知りたくなった。ただならぬ哀しみを直観したからである。同じ『スバル』掲載作「鶏」でもその印象は変わらなかった。鬱々とした単身赴任の日々が淡々とつづられている。何も起こらず、何も解決しない人生。その虚しさ。にもかかわらず、父として複雑な家族の中心に立ち、絶えず気配りを怠らない日々の重さ。鷗外論の古典、山崎正和の『鷗外　闘う家長』はみごとにこの文豪の不幸の構造をとらえている。

虚しさと寂しさに黙って耐え、誰にも口外しない諦念。それが、鷗外というひとの近づきがたい品格の真実なのだ。あのおびただしい数の翻訳も、晩年の史伝『澁江抽斎』も、この孤独を癒やすひそかな慰めだったにちがいない。

偉大すぎる妻をもった与謝野鉄幹のうらぶれを愛する私は、鷗外の哀しみにも惚れこんでしまったのだ。鷗外はエリート官僚と思いこんでいる読者がいたら、ぜひ「半日」を薦めたい。

（二〇一二・一〇）

フランス文学の翻訳と明治・大正の日本語

グローバリゼーションの世の中、英語が大手を振っている。英語で会議の会社が増え、大学も英語で授業をするのが流行だ。

明治大正の昔が何とはるかなことだろう。明治もまた外国語の吸収を急いだ時代だった。近代の日本語の形成に翻訳がどれほど大きな役割を果たしたことか。青年、恋愛、自由など、すべて翻訳語である。なかでも文人たちに影響を与えたのはフランス文学の翻訳だった。海の彼方のフランスはきらららかな芸術のオーラを放ち、明治の児《こ》らはひたとフランスに憧れた。

この時代の風を読んだ文芸美術誌、それが与謝野鉄幹主宰の『明星』である。創刊は一九〇〇年。折しもパリは華やかな万博開催の年、花の都は栄華の絶頂にあった。黒田清輝や和田英作など洋画家たちがパリに渡り、フランス芸術がリアルタイムで『明星』に届いた。与謝野晶子『みだれ髪』のアールヌーヴォー風の装丁もその好例である。

ここまでは文学史上よく知られていることだが、驚くべきはこの『明星』がフランスはじめ海外文学の翻訳に多くの紙幅を割いていることだ。第一次・第二次『明星』全一四八巻を読み通して、それを痛感した。北原白秋や木下杢太郎、高村光太郎などの同人はみなフランス詩に絶大な影響を受けている。明敏なジャーナリスト鉄幹は、森鷗外とならぶ名訳者であった上田敏を迎えて、彼の訳詩を雑誌の華にしたのである。名高いヴェルレーヌの「落葉《らくやう》」の冒頭をひく。

秋の日の／ギオロンの／ためいきの／身にしみて／ひたぶるに、／うら悲し。

大活字で組まれた詩は上田敏のスター性をありありと物語っている。与謝野晶子の歌がこのような大活字で組まれたことは一度もない。『明星』といえば晶子の歌を載せた短歌誌だという〝常識〟は覆されるべきなのだ。昨秋出した明星論のタイトルを『「フランスかぶれ」の誕生――「明星」の時代 1900-1927』(藤原書店) とした所以である。

実際、『明星』はハイブローなバタ臭さが魅力の「詩誌」であった。白秋の『邪宗門』の詩も多くがここに掲載され、エキゾチックな薫りを誌面にくゆらせた。上田敏を「魂の母」と慕った若き白秋はフランスかぶれの詩人だったのである。

明星派に近しい永井荷風もまた上田敏の薫染を深く受け、『ふらんす物語』は過剰なまでのフランス憧憬に満ちている。「あゝ! パリー! 自分は如何《いか》なる感に打たれたであらうか!」「あゝ、巴里の黄昏《たそがれ》！　其《そ》の美しさ……」。渡仏後に上梓した訳詩集『珊瑚集』は風雅を極め、デカダンスの昏《くら》さをも写して、文語らしい憂いをたたえている。口語体の小説でも、花柳界の艶に色めいたかと思うと、時に寂とした瞑色《めいしょく》をにじませる荷風の筆は、明治の日本語をどれほど豊かにしたことだろう。

白秋もまた斬新な詩語を駆使して大正モダンの先端を行き、「城ケ島の雨」や「からたちの花」などあまたの歌謡で真新しい言葉を大衆に送り届けた。第二次『明星』の新星、堀口大學のエスプリの効いた短詩訳も巷の流行になったものだ。たとえばコクトーの「耳」。「私の耳は貝のから／海の響きをなつかしむ」。堀口の訳詩集『月下の一群』のモダニティーは大正の日本語を刷新したのである。その明治大正から百五十年あまり、いまやネット文化とともに英語が覇をふるっている。そこで飛び交う日本語は、もはや憂いもエスプリもなく、品格など求めるべくもない。ネットによって荒廃した日本語の復興を祈るばかりである。

（二〇一六・四）

時代遅れの衣裳

——ごらん、死んだ〈歳月〉が、時代遅れの衣裳を着て、天のバルコニーにもたれている。

——ボードレール

「紋切り型」のパリ

永井荷風の『ふらんす物語』は読みづらい作品である。時代の刻印があまりにも明白で、読みながらある種の感慨に襲われずにいない。何ともいえないその感慨に強いて言葉をあたえるなら、《時代遅れ》という言葉が最もふさわしいのではなかろうか。一昔前に流行った衣裳を見せられた時に襲われるあの気分。デジャ＝ヴュの懐かしさと気恥ずかしさ。何とデモーデな作品なのだろうと思う。

『ふらんす物語』が読む者にひきおこすそんな気分に、適確な表現をあたえているのは吉田健一である。ここに漂うのは「ある名状し難い田舎臭さ」だと彼は言う(1)。この田舎臭さは「批判力の欠如」から来るものだが、荷風は少しもそれを自覚していない。それゆえ荷風は「フランスに対する一方的な心酔」の表白に終始しているのだ、と。吉田健一が言う通り、たしかに『ふらんす物語』は田舎臭い。それは、作者がたんなる「フランスかぶれ」以上の何か、一時代を席巻した《流行》にかぶれているからである。十九世紀のパリに発生し、この二十世紀末にようやく終焉をみた一大流行に……。

そうして荷風がそまっていた流行は、ひとまずパリの「風景」にかかわっている。『ふらんす物語』に描かれているパリ風景は、もしこう言ってよければ、《紋切り型》そのものなのだ。冒頭の「船と車」から典型的な一節を引こう。

あゝ巴里よ、自分は如何なる感に打たれたであらう。有名なコンコルドの広場から並木の大通シヤンゼリゼー、凱旋門、ブーロンユの森は言ふに及ばず、リボリ街の賑ひ、イタリヤ広小路の雑沓から、さてはセインの河岸通り、又は名も知れぬ細い路地の様に至るまで、自分は見る処至る処に、つく〴〵此れまで読んだ仏蘭西写実派の小説と、パルナッス派の詩篇とが、如何に忠実に如何に精細に此の大都の生活を写して居るか、と云ふ事を感じ入るのであつた。

「あゝ巴里よ」――横溢するこの手の「心酔」と「詠嘆」の反復についてはいまさら多くを語る要もない。恋にも似たこの憧憬は、気恥ずかしい印象をいやがうえにも強め、こうしたパリ恋慕は、それだけでも十分に流行遅れだと言わねばならないだろう。「十九世紀の首都」として、世界の最先端を行く都市パリ……。荷風は、つい昨日まで日本でも続いていたこの都市神話を真にうけつつ、パリ伝説にそまっているのである。眼にする風物のことごとくに心ふるわせ、「現実に見たフランスは見ざる時のフランスよりも更に美しく更に優しかった」と記す荷風は、「見ざる時」からフランスの美的洗練を信奉していたのであり、偏愛に潤んだ眼でかの国を見ている。要するに、観念が事実に先行しているのである。

そして、この観念の源泉は言語、すなわち書物である。先の引用にある通り、荷風は「写実派の小説」や「パルナッス派の詩篇」というリブレスクな眼をとおしてフランスを見ている。ル・アーブルの夜景を見るなり、「モーパッサンの著作」中の叙景を思い浮かべ、「大家の文章と実際の景色を比べ」ようと一心になる荷風だ。すでに言語化された風景を、後から眼がなぞっているのである。『ふらんす物語』のフランスは、最初から《文学の中の風景》なのだ。荷風の見ているフランスは、現実のそれというより、「見立てのフランス」なのである。『ふらんす物語』は、「写実派の小説」や「パルナッス派の詩篇」が描いた風景を現実のなかに探しながら、虚構と現実の一致に感動しているのだ。モーパッサンが描いた通りのセーヌがそこに在り、イール・ド・フランスの野の美しさは、「多年自分が油絵に見てゐた通り」だ、と。まぎれもなく、ここでは自然が虚構を模倣している。

けれども、およそわたしたち人間にとって景観とはそのようなものであり、その意味でいうなら、すべての風景は「虚構の風景」であるほかないだろう。わたしたちはみな、芸術や広告その他の情報メディアをとおして見るべき風景を頭で学ぶのであり、既成の知識が眼を開かせるのだ。わたしたちは、知らないものを見ることはできない。しかも荷風は、このことに十分《意識的》である。この意味で言えば、荷風はフランスで風景の「見立て」の方法そのものを学び、観念にならって自然を仮構する技法を学んだといってもいいかもしれない。事実、『すみだ川』も『濹東綺譚』も、そうした技法の見事な成果であろう。そうだとすれば、ここに描かれた風景のどこがどう田舎臭いのか?

その田舎臭さは、実は《パリ》にかかわっている。問題なのは、フランスの風景ではなく、パリの風景なのだ。というのも、そのパリ風景は、文学とはまた別のもうひとつの《紋切り型》を踏襲しているからである。先の引用をもういちど読んで見よう。荷風の足は、パリのどこに向いているか？「有名なコンコルドの広場から並木の大通シヤンゼリゼー、凱旋門、ブーロンユの森」「リボリ街の賑ひ、イタリヤ広小路の雑沓」「セインの河岸通り」、あるいは「名も知れぬ細い路地」……。

最後の「細い路地」はおそらくボードレールをとおして見たパリであろうが、その他、シャンゼリゼからグラン・ブールヴァールに至るまでは、見事なまでにベルエポックのパリの《観光名所》に重なりあう。そう、『ふらんす物語』の「パリ地図」が著しく紋切り型の印象をあたえる原因のひとつは、その散策コースが観光コースを踏襲しているからである。言いかえれば、『ふらんす物語』のパリは、旅行ガイドの記述に似ているのだ。たとえば荷風は「有名な」コンコルド広場と書く。だが、そのコンコルドは、どのように有名なのか？　特に理由があるわけでもなく、観光地パリにあって有名な、という意味以外の何でもなかろう。『ふらんす物語』がどうしようもなく野暮な紋切り型にみえてしまうのは、こうしてそれが観光都市の見物記になっているときである。《文学の中のパリ》は同時にまた《観光ガイドの中のパリ》でもあるのだ。しかもこのとき、観光ガイドという匿名メディアは、当然ながらマスを対象にしている。ところが荷風は、「ひとり旅」の孤愁を詠嘆的に強調するので、そうであればあるほど、匿名メディアを無意識になぞって感嘆している身ぶりは実にちぐはぐな印象をあたえずにはいない。再び吉田健一の辛辣な言葉を借りるなら、「上野で降りて銀座に連れて行かれたお上りさんが田舎に帰つて何か言つてゐるといふ感じ」を彷彿とさせてやまないのである。

それというのも、荷風の見るパリは実に当時の観光名所ばかりなのだ。ベルエポックのパリ観光案内といってもいいほどである。たとえば、「雲」の舞台。主人公の小山が宿をとるのは凱旋門近くのエトワール界隈、そこから彼の散策の足は、シャンゼリゼからコンコルド広場、あるいは、ブーローニュの森か、でなければ地下鉄を乗り換えてモンマルトルに至る。そこモンマルトルには繁華な夜の灯がともり、そこで小山は女をひろう……。世紀末から二十世紀初頭にかけ一大歓楽地であったモンマルトルはじめ、この短編に描かれるパリはいずれも「右岸」、外国人観光客がもっとも多いところで、グラン・ブールヴァールをのぞけば、現代まで変わらず「歓楽のパリ」として有名な観光スポットである。

こうして小山の歩く《観光のパリ》が荷風自身のそれであったであろうことは、地下鉄の乗り換えから路地の抜け道まで、小説がよく地理を生かしていることから想像できるが、まったく、荷風の描く初夏のパリは「絵葉書」のように美しい。「青い若葉の影にかくれて、このあたりには風雅な料理屋と、夏の夜を涼みがてらに聴く劇場があつて、数知れぬ軒端の灯火は、絹よりも薄く軟かな青葉を、茂りの奥底から照出すので、満目、何処を見返つても、透通る濃い緑の色の層をなして輝きわたるさま、造化の美を奪ふ人工の巧み。ああ、これがパリだと貞吉は思つた」。まことに「絵のような」シャンゼリゼ風景ではないか。

といって、このような《観光のパリ》描写は、荷風が観光ガイドを読んでいたということを必ずしも意味していない。「細い路地」を愛する陋巷趣味にボードレールの影響がうかがわれるのと同じように、荷風が耽読した「写実派」には、ベルエポックの観光名所を舞台にした作品が多いからである。たとえば、この時期の荷風がもっとも傾倒したモーパッサンが典型である。長編『ベラミ』

の舞台はもっぱら右岸、新聞社から新興成金《ヌーヴォー・リッシュ》の屋敷、さらにかれらの遊び場まで、いずれもモンマルトルからオペラまでのグラン・ブールヴァールが中心になっている。他でもモーパッサンの描くパリはほとんどが右岸だ。それもそのはず、ベルエポックの社交空間は右岸に集中していたからである。これが一世代前のバルザックなら、社交の中心は左岸の貴族街フォーブール・サンジェルマン、それと対照をなす貧乏な学生街カルチエ・ラタンもやはり左岸である。グラン・ブールヴァールの賑いだけは変わらないが、シャンゼリゼときてはいまだ野の面影を残していた。そのシャンゼリゼが、ブーローニュの森とともに華麗な社交空間になりはじめるのがフローベールの時代。そして、その流行がそのままベルエポックまで続いて、プルーストのパリに至る。

　こうしてみれば、荷風が滞在した二十世紀初頭、「文学的パリ」は「観光的パリ」とほぼ一致している。というより、人のひしめく繁華街や商業の中心地を描こうとした《写実派》なればこそ、人びとの寄り集ったトレンディ・スポットを文学の中に盛りこんだと言うべきだろうか。いずれにしろ、その写実派の「眼」を借りた荷風のパリが、観光的パリに重なるのは自然ななりゆきなのである[2]。そして、たとえ『ふらんす物語』がたんにそのレベルの紀行であったとしても、荷風の時代、それはめざましくハイカラであり流行の最先端であったのは言うまでもない。「洋行」や「遊学」といった言葉がいまだ実をもって鳴り響いた明治時代なのだから。

　それから百年あまりの現在、もはやパリ観光など流行遅れですらない。時が流れたのである。かって最先端を行った知見は古めかしい情報となり、感嘆の表出は、気恥ずかしい思いを誘うのみ……。『ふらんす物語』はデモーデなのである。

芸術家物語

そして、その時代遅れぶりは、たんにパリの風景や風物だけのことではない。

一年足らずの短い歳月、久しい憧憬の地に逗留した荷風の内面の表白こそ、風景にもまして時代遅れな当のものである。そして、これもまた、「花の都」パリという都市神話とならんで一世を風靡した、もうひとつの《流行》にかかわっている。荷風は、この流行に手ひどくかぶれていたのだ。おそらく、同時代の多くの文学者と同様に——。

その流行を、一言で名づけるとすれば、《芸術家物語》と呼ぶのがいちばん適切であろう。『ふらんす物語』は、一人称の語りが多い。三人称の小説があっても、主人公の内面は容易に作者そのひとのそれと察せられて、どの語りも色濃く叙情性をにじませているが、その叙情にはくっきりとした「偏向」がある。そう、語り手は、たんなる旅行者ではなく、これから文学をもって世に出ようとしている作家志望者なのだ。パリは、彼のような若き芸術家を容れる「選びの地」として賛えられている。「芸術の都」は決してアメリカではなくフランスであり、なかでもパリなのである。そして、そのパリのなかでも特に神話的な伝説の場が、こんどは左岸のカルチエ・ラタンである。

「おもかげ」がよくそれを伝えているので、冒頭から引用しよう。

幾年以来自分は巴里の書生町カルチヱエラタンの生活を夢みて居たであらう。イブセンが「亡魂」の劇を見た時はオスワルドが牧師に向つて巴里に於ける美術家の放縦な生活の楽しさを論ずる一語一句に、自分は只ならぬ胸の轟きを覚えた。プッチニが歌劇 La Vie de Bohéme に於ては路地裏の料理屋で酔ひ騒ぐ書生の歌、雪の朝に恋人と別れる詩人ロドルフが怨の歌を聞き、わが身もいつかはかゝる歓楽、かゝる悲愁を味ひたいと思つた。モオパッサンの小話、リッシユパンの詩、ブウルヂエエの短篇、殊にゾラが青春の作「クロオドの懺悔」は書生町の裏面に関する此の上もない案内記であつた。

荷風が、その「歓楽」と「悲愁」を身をもって味わいたいと憧れた「書生町カルチヱエラタンの生活」とは、続く文にあるように、公然と「放縦」が許された生活、プッチーニの歌劇『ラ・ボエーム』が描いてみせたような若き貧乏画家たちの青春時代であり、若き芸術家だけに許された特権的なボヘミアン・ライフである。このボヘミアン・ライフについては、今橋映子『異都憧憬　日本人のパリ』が詳細に論じているのでそちらにゆずるが[3]、ここで確認しておきたいことは一点、荷風がそのボヘミアン・ライフに心底から共鳴をよせていることである。その共感のほどは、画家を主人公にした三作に見られるだけではない。「雲」といい、「巴里のわかれ」といい、気ままな放浪と遊蕩を愛する心情は『ふらんす物語』のいたるところにみてとれる。そのパリ憧憬は、「芸術家らしい」無頼な生活への憧憬とわかちがたく結びついている。芸術家は、現実社会から身をひき、孤独と無頼をわがものとして、それらしい独自な生を生きるべきなのだ。貧乏画家を描く「ひとり旅」がよくその心情を語っている。旅の同行を乞う相手にむかって、この孤独な画家はしたためる。「小生は淋しき人にて候」「然り寂漠の情孤独の恨ほど尊きものは無之候」と。こうした反俗的な孤高の姿勢は、明らかに、芸術家としてかくありたいと願う荷風の夢の表現であり、この孤愁の夢こそ『ふらんす物語』の基調底音にほかならない。その意味で、ここにあるのは、まぎれもない《芸術家物語》なのだ。荷風は、一世を風靡した流行に魂までそまっているのである。そう、それはまぎれもなく、一大流行風俗であったのだ、《芸術家》らしいボヘミアン・ライフなる夢は——。

バルザックをはじめ多くの平民作家を輩出した十九世紀後半以来、パリは芸術家を育む特権的な場として多くの潜在的芸術家たちの夢をかきたて、かれらをそこに招きよせた。はじめは地方の田舎から、そして、時代とともに世界各地から。いわゆるロマン主義と呼びならわされる時代は、こうして「芸術の都」パリという都市神話が形成されていった時代にほかならない[4]。以来、この芸術家神話は、広く世界に普及してゆくが、ベルエポックはこの神話がアメリカをはじめロシアその他の外国に及んだ《芸術家物語》の黄金時代にあたっている。こうして日本にまで及んできた物語は、たとえば永井荷風のような才能に強烈な牽引力を及ぼしていったことだろう。その「夢」の力は、百年以上もの歳月を生き続ける力があったほどだから、余人に先がけてこの夢を知った——というのも、この神話が、それじたい小説や戯曲といった物語形式をとって流通していったからだが——荷風が、いかなる磁力によってそこに惹きよせられていったかは想像にかたくない。有能な社会人にして芸術に無理解な「父」と、社会に背を向けて芸術に憧れる文学青年の「息子」という世代間葛藤のシェーマは、明治時代の世代間の葛藤の典型の一つであるとともに、「絵にかいたような」近代の芸術家物語の典型でもあったのだ。

それを確認したうえで、わたしたちにとって大切なこと、それは、この《芸術家物語》が同時に《パリ物語》であることである。芸術家たちは、特権的な放縦と孤立を許すパリを賛美し、パリ生活を謳歌する。その選びの地が学生街カルチエ・ラタンなのである。芸術家物語はそれゆえ《カルチエ・ラタン物語》でもあって、荷風がパリ逗留の宿をカルチエ・ラタンの真中に定めたのは、芸術家物語の「本場」にふれ、願わくば身をもって体験もしてみたいと「夢みて居た」からにちがいない。事実、短いとはいえ荷風はその夢を果したのだ。やがてつかみとる成功までの猶予期間《モラトリアム》のあいだ、無頼とアバンチュールの日々を過ごし、その恍惚と憂愁を文に綴る——そうしてできあがったのが『ふらんす物語』であり、この作品じたいが《芸術家物語》の一バリエーションだといってもいいだろう。モーパッサンやゾラの小説をとおして物語の筋立てに精通していた荷風は、自分もまたその《物語の中の芸術家》を生きてみたいという夢を抱き、その夢を、短くはあれ、現実のものとしたのである。そのことへの感慨が『ふらんす物語』の叙情にどれほど濃密にうたわれているか、もはや繰り返すまでもなかろう。芸術の都の「本場」滞在記である『ふらんす物語』は、一世を風靡したこの流行の所産なのである。

このとき重要なこと、それは、この流行が一種独特のライフスタイルにかかわっていることである。芸術家物語の中の人となってこの神話を生きること、それは、カルチエ・ラタンの学生や画家たちのような「芸術家の卵らしい」服装をすることにはじまって、周囲のブルジョワ社会と一線を画した奔放なライフスタイルを送ることを意味している。つまり、実際に作品を生産するかどうか以前に、その独自なスタイルを身につけることが夢なのであり、芸術家物語とは生活スタイルにかかわる風俗現象だったのである。そこで何より重要なのは、おのれの身を芸術家らしく「仮構する」ことなのだ。要するに、芸術以前に、「生活の芸術化」が夢見られているのであり、一種誇張された青春のライフスタイルが果てない憧れをそそったのである。

そう、『ふらんす物語』は《青春》物語であり、芸術家物語のシェーマをこれほど典型的に語っている作品も少ない。典型的というのを通りこして、またしても《紋切り型》と言いたいほどに。人生の何にもまして「寂漠の情孤独の恨」を愛する心情は、そう言いたいほどに「芸術家物語」的ではないだろうか。吉田健一はそう指摘していないけれども、『ふらんす物語』の名状しがたい田舎臭さは、芸術以前に「芸術家」生活に憧れるその夢の紋切り型に由来しているのだ。この物語の要請する「絵にかいたような」芸術家は、「銀行員」という地道な職業生活とは到底相入れない。その物語によれば、芸術家という人種は世に背く無頼の徒でなければならないのだから。「孤独の恨み」を吐露する『ふらんす物語』の作者は実に律義にこの役柄にそまりきって恥じるところがない……。

そうして、その『ふらんす物語』から百年たらずの歳月が流れた。いまや会社員であることと小説家であることはさして破綻なく両立することがらであり、芸術家であることは、「呪われた人種」になることでもなければ「特権階級」になることでもありはしない。こうして百年以上もひとを酔わせた芸術家物語の流行がなしくずし的な終わりを告げた今日、作家であるということへの過度な思い入れと、その物語の「本場」パリへの過度の心酔に、どうして《時代がかった》という形容詞をつけずにいられれようか。みずからを選ばれた種族と思いこむ、その錯覚の深さは、読む者に別の感嘆をよびおこさずにはいないのである。ああ、その昔、何という時代がかった思いこみがあったのだろうか、と。

「下駄」という意匠

けれども、わたしたちはここでもういちど立ちどまって、自問することもできないではない。はたして荷風は、本当に無自覚に、「上野で降りて銀座に連れて行かれたお上りさん」よろしく、無防備に芸術家という物語にかぶれていたのだろうか、と。老獪な「役者」をもって鳴り、「演じる」ということにあれほど長けていた永井荷風ともあろう者が？

そうなのだ、もしかして荷風の《芸術家》ぶりは自己演出であって、『ふらんす物語』の刊行は効果を狙ってのことだったのではないのだろうか。近代文学の揺籃期にある日本に、近代の芸術家の「本場」のありさまを語ってみせること、それも、傍観者としてでなく、主人公の芸術家の役割を演じつつ、哀歓の吐露によって物語の流行に拍車をかけること——荷風の狙いはそこにあったのではないのか？

『濹東綺譚』や『断腸亭日乗』の作者である後の荷風を知るわたしたちは、そのような問いを発して、『ふらんす物語』の面目を救いたい誘惑にかられないわけではない。それというのも、ここには強力な味方がいるからだ。花田清輝である。花田清輝の「荷風の横顔」(5)は、荷風という作家の徹底した《役者ぶり》を描きだしてみせる。例のあの鋭利な文体で書かれた荷風論は全文を引用したいほどだが、わたしたちの関心に的を絞るなら、荷風は「ふらんすかぶれの芸術家」を演じて世人をたぶらかしたのだ――ということになるだろう。

もちろん、花田が文字通りそんなことを語っているわけではない。荷風のふてぶてしい「無頼漢」ぶりを論じてゆくその論は、荷風悪党説を展開してゆくのである。重要なのは、この悪党にかかるとき、芸術家の「無頼」もまた信条というよりポーズと化すということだ。花田の論理にしたがえば、『ふらんす物語』はことさららしく寂漠と孤愁を誇張して、世に芸術家を演じてみせたということになろう。たしかに荷風は、「見られる者」としての文人という意識が人一倍強かった。「仮面」の韜晦は彼の好んだところである。我は「進んで我生涯をも一個の製作品として取扱はん事を欲す」――「矢はずぐさ」のこの一文は雄弁だ。そうして自分の生涯を「一個の製作品」とする意識は、おのずから「演技者としての芸術家」を意味することになるだろう。事実、荷風の「風雅」な生活ぶりはよく知られている。しかも、その風雅な生涯を日記に記すという行為そのものが、「演技としての文人生活」をあざやかに語っている。ダンディが鏡の前で生きるように、荷風は文人としての自己を仮構し続けたのだ。

とはいえ、そのことをもって、一世を風靡したあの《芸術家物語》を荷風が真にうけていなかったという結論をひきだすわけにはゆかない。あのパリ憧憬が心底からのものでなく、演技であるには、十全にそれに覚めていなければならないからだ。けれども、一種の熱病にも似たあの芸術家物語の派手派手しい流行は、国籍を問わず、近代の小説家が誰ひとりとして汚染をまぬがれなかったほどに強烈なものであったのだから、いかに荷風が悪党であったとしても、覚めることなどそもそもありえなかったと言わなければならない。バルザック、フローベール、モーパッサン、ゾラ、ボードレール、思いつくままにあげてみても、荷風が親しんだ「本場」の詩人や小説家でこの流行と無縁に生きた者は誰ひとりとしていない。そのいずれもが何らかのかたちで「芸術家」である自己を一般市民と異なった人種と錯覚している。実に根深いこの《錯覚》こそ芸術家物語の突出した特徴であり、その錯覚を、『ふらんす物語』の著者だけが払拭していたとはとうてい思われないのである。

やはり、若き荷風の作家的自意識は、ポーズであるにはあまりにも紋切り型の「悩める芸術家」である。何より「文人」という孤高の生活スタイルにこだわる性向が、まぎれもなく芸術家物語の著しい特徴にほかならない。繰り返しになるが、「カルチエラタンの書生生活」とは、いかにも芸術家らしい服装をして、お針娘《グリゼット》とのはかない恋に泣き、孤独な身の上を悩みつつ愛してやまぬといった、一連の生活スタイルなのであり、つまりは「人生の芸術化」なのだ。というより、そうした「人生の芸術化」が芸術生産の条件だと思いこむ強固な錯覚なのである。孤愁を愛して《反俗》を志した荷風は、芸術家神話にそまりつつ、その流行の普及に加担したのだと言うべきだろう。事実、荷風の《無頼ぶり》に瞠目する花田清輝自身でさえ、この神話から自由であるとは言いがたい。なぜなら、そうして花田が論じる《反俗性》こそ、芸術家物語の恰好のトポスにほかならないからである。無頼といい、反俗といい、とにかく自己と社会の間に虚構の境界線をひこうとするその意識こそ、まさに芸術家物語の所産そのものなのである。

かくも人迷わせなこの意識がしだいに色褪せて風化してゆき、作家と俗人の壁がなしくずし的な消滅をきたして、ついには時代遅れになってしまうには、それからほぼ百年の年月が必要だったのだ。

むしろ、ここで興味深いのは、花田清輝が、荷風の反俗性をその「服装の洗練」にみていることである。実際、自己を「一個の製作品」とし、「見られる者」であることを十二分に意識した荷風にとって、服装は無視すべからざる問題であったにちがいない。しかも花田の冴えわたる眼は、帰朝後の荷風の「一分の隙もないヨーロッパ風の身なり」より、その後の荷風の服装の「非ヨーロッパ化」に洗練の深さをみている。「洋服に下駄ばき」の姿、それこそ荷風の強固な反俗性の表れだと彼は言う。まさしく卓見であろう。フランス風の衣裳＝意匠にくわえて「下駄」をもってくること――まさにそれこそ荷風の独創的な趣向である。そうしてヨーロッパ趣味と日本趣味をあえて混交させた独自なスタイルの創案によって、荷風は世間からの《距離》を表現したのだ。偏奇館に住みながら江戸ものに親しむ荷風は、まさに「洋服に下駄ばき」という意匠によって、文人としての自己を衒ったのである。

「洋服に下駄ばき」。永井荷風の個性を言い得てあまりあるこの表現はまた、荷風のなかで時代遅れにならないものの魅力を適確に言いあててもいる。「洋服」という舶来物は、あまりにも普及しすぎてポピュラーになってくるにつれ没個性な「紋切り型」に埋もれてしまうが、逆に「下駄」の部分は、荷風の私的な趣味性ゆえに、浮き立ってあざやかな個性の色をそえる。初めから《古衣裳》を承知で選んだその衣は、歳月とともに古びようもない独自のスタイルとなって作品を際だたせるのである。逆に言えば、洋服姿の荷風は、流行の変遷とともにデモーデにならざるをえないということであろう。最新流行はすべていつの日か廃れてしまうのが時の定めなのだから。こうして『ふらんす物語』は色褪せ、「洋服に下駄ばき」の荷風は、逆に時の風化をまぬがれるのである。

それにしても、《反‐芸術家物語論》とでもよぶべき花田清輝の荷風論は捨てがたく面白い。花田は、荷風にあっては無頼さえ世を衒うための「変装」の一つにすぎなかったと言い切るのである。荷風は「芸術家」ではなく「職人」だったのであり、この職人にとっては、モラルもアモラルも実はどうでもいいことにすぎず、その目的はただ、「熟練のはてにうまれた微妙な感覚にものいわせて」、ひたすら「記念品《スーブニル》の製造」にいそしむことだったのだ、と。

いま、わたしは、みごとに仕上げられたかれの一々の作品に即して、それが人びとのノスタルジーをあてこんでつくられた、おみやげ屋の店先に並んでいる記念品以外のなにものでもないということを、くどくどと説明しなければならないだろうか。そうした退屈な仕事は願いさげにしたい。小箱に描きだされている異国の風景が——あるいはまた、過去の風景が、たとえどのように叙情的であろうと、わたしの興味をひくのは、小箱ではなく、小箱をつくり出した職人の散文的な横顔だけである。

「荷風の横顔」はこうして論を結ぶ。荷風の仕事を「記念品の製造」と断じるその論旨はまことに歯切れ良く、思わず肯定してみたい力をたたえているが、わたしたちは、それでもなお花田に逆らって、『ふらんす物語』の名状しがたい黴臭さに引導を渡すべきであろう。たとえ百歩ゆずって、荷風のパリ憧憬と、無頼礼讃が、それさえ「変装」であり演技であったと仮定したとしても、その製造した「パリみやげ」は、ノスタルジーをかきたてるにはあまりに野暮臭く、出来の悪い品だと言わざるをえない。アンティークにもならない流行遅れの洋服は、捨てる以外に処分のしようがないのである。

そう、花田が言う通り、永井荷風の魅力は、芸術がほとんど《芸》の域に達していることにある。『すみだ川』や『濹東綺譚』でいかんなく発揮されるそのスタイリッシュな器量に見ほれるために、時代遅れの衣裳は、セーヌでも隅田川でも、逝く水の流れに投げてやるのが務めというものであろう。

注

（1）吉田健一「永井荷風とフランス」（『吉田健一著作集　第二巻』集英社、一九七八年、所収）。以下、吉田健一の引用はすべてこれによる。
(2) ここで問題にしている風景はすべてパリにかかわっている。紋切り型はすべて《パリ》であり、観光名所でないリヨンの風景は、荷風の独創でしかありえない。たとえば「秋のちまた」のリヨンの河べりの風景描写は、すでに後の叙景の巧みを思わせるものがある。あるいはまた、「蛇つかひ」の冒頭、ソーンの河岸から「田舎行きの電車」や「河筋通ひの小蒸気」に乗ってリヨンの郊外散歩に行くくだりは、その散策コースからして独自であり、観光に背をむけつつ鄙びた水の巷をひとり散歩する「下駄ばき」の荷風をすでに予告している。
(3) 今橋映子『異都憧憬 日本人のパリ』柏書房、一九九三年、参照。
(4) 芸術家神話については、次を参照していただければ幸いである。山田登世子『メディア都市パリ』ちくま学芸文庫、一九九五年、筑摩書房〔編注 本書は工藤庸子の「解説」を付して、二〇一八年、藤原書店より再刊されている〕。
(5) 花田清輝「荷風の横顔」(『七・錯乱の論理・二つの世界』講談社文芸文庫、一九八九年、所収)。

(一九九七・三)

編集後記

本書は、故山田登世子の自著未収録文集の三冊目です。今回のテーマはフランス文学を中心とした文学論です。彼女は「フランス文学者」として紹介されることが多かったのですが、この第三文集ではじめて本業（?）に関係する本となりました。……と言ってしまうと言い過ぎかもしれません。前著『モードの誘惑』『都市のエクスタシー』でも、随所にフランス文学への言及があったばかりでなく、文学的センスはむしろ全体の通奏低音をなしていたとも思われるからです。本書からは、文学を通して何よりもまず女について、そして愛と性、美徳と悪徳、虚構と現実、時代と風俗と社会について何を語ろうとしたのか——そのあたりを読みとっていただければ幸いです。

なお、故人はバルザック論から研究生活を出発させ、またそれは生涯のホームグラウンドでもありました。したがってバルザックについて書いた文章は多いのですが、本書ではそのごく一部を「Ⅲ」に収録できたに過ぎません。若き日、大学紀要などに一〇本ほどのバルザック論を発表していますが、ここではすべて割愛しました。

前二冊と同様、本書への転載を許可していただいた関係機関のみなさまに感謝いたします。そして藤原書店社長の藤原良雄さん、編集部の刈屋琢さんには、今回も心から御礼申し上げます。

二〇一九年二月一日

山田鋭夫

初出一覧

＊再録が存在する場合は［　］内に示す。

Ⅰ　文学と女たち

鏡の中の女　『Mr. & Mrs.』67、日本ホームズ、一九九二年十月

サロンでは、誰もが《女優》のように――　『マリ・クレール ビス（marie claire bis Japon）』13、中央公論社、一九九五年十月

モーパッサンの描く女たち　『女の一生』東宝現代劇11・12月特別公演、東宝株式会社演劇部、二〇〇〇年十一月

水のメランコリー――モーパッサン『女の一生』　『ヨーロッパⅣ〈週刊朝日百科 世界の文学61〉』工藤庸子編、朝日新聞社、二〇〇〇年九月十七日

ブージヴァル――癒しと性のファンタスム　『ミューズ』11、愛知県文化振興事業団、二〇〇三年八月

勝ち誇る娼婦たち　『恋愛の発見〈週刊朝日百科 世界の文学30〉』山田登世子編、朝日新聞社、二〇〇〇年二月十三日

少女伝説のゆくえ　『恋愛の発見〈週刊朝日百科 世界の文学30〉』山田登世子編、朝日新聞社、二〇〇〇年二月十三日

世紀末夢遊　川原由美子『観用少女《プランツ・ドール》』②、解説、朝日ソノラマ、一九九六年三月

恋愛は小説を模倣する　『恋愛の発見〈週刊朝日百科 世界の文学30〉』山田登世子編、朝日新聞社、

二〇〇〇年二月十三日（原題「ロマンティックな文学とともに、ロマンティックな恋愛が誕生した。」）
読書する女、恋する女　『恋愛の発見〈週刊朝日百科 世界の文学30〉』山田登世子編、朝日新聞社、二〇〇〇年二月十三日
タンタンの宝石箱　『ユリイカ』43（14）、青土社、二〇一一年十二月
《女》のゆくえ　『新潮』93（4）、新潮社、一九九六年四月

Ⅱ　フランス美女伝説

フランス美女伝説　『NHKテレビ フランス語会話』（毎月全一二回）50（1）〜50（12）、日本放送出版協会、二〇〇七年四月—二〇〇八年三月（うち「サラ・ベルナール」と「美女たちの宝石戦争」は、一部修正のうえ、山田登世子『贅沢の条件』岩波新書、二〇〇九年に再録されている）

Ⅲ　バルザックとその時代

ミックスサラダの思想　『現代思想』16（7）、青土社、一九八八年六月
女と賭博師　『ユリイカ』26（12）、青土社、一九九四年十二月
私の訳した本——バルザック『風俗のパトロジー』　『翻訳の世界』8（3）、バベル・プレス、一九八三年三月
一行のちがい——スタンダールとバルザック　『新評論』8、新評論、一九八三年十一月
今こそ「人間喜劇」がおもしろい——バルザック生誕二〇〇年に寄せて　『産経新聞』一九九九年五月十九日付夕刊
「真珠夫人」に映るバルザック　『朝日新聞』二〇〇二年十二月十六日付夕刊

作家の「名の値段」　『ヨーロッパⅢ〈週刊朝日百科 世界の文学16〉』鹿島茂編、朝日新聞社、一九九九年十月三十一日
小説プロダクション　『ヨーロッパⅢ〈週刊朝日百科 世界の文学16〉』鹿島茂編、朝日新聞社、一九九九年十月三十一日
いま『従妹ベット』をどう読むか　『従妹ベット――好色一代記 下〈バルザック「人間喜劇」セレクション12〉』山田登世子訳・解説、藤原書店、二〇〇一年七月（原題「訳者解説」、うち最後の二パラグラフは省略）

Ⅳ　フィクションの力

エイメが描いたモンマルトルの恋物語　劇団四季『フレンチミュージカル　壁抜け男　モンマルトル恋物語』解説、二〇一二年一月
プルーストの祝祭につらなって――鈴木道彦訳『失われた時を求めて』を読む　『文學界』55（9）、文藝春秋、二〇〇一年九月
世紀末のヴァカンスとスポーツ　『ヨーロッパⅣ〈週刊朝日百科 世界の文学64〉』吉田城編、朝日新聞社、二〇〇〇年十月八日
小説はメタモルフォーズ　『学士会会報』864、学士会、二〇〇七年五月
鉄幹のつぶやき　『日本近代文学館』267、日本近代文学館、二〇一五年九月
ただならぬ哀しみのひと――森鷗外「半日」など　共同通信配信、二〇一二年十月二十一日『新潟日報』他
フランス文学の翻訳と明治・大正の日本語　『中日新聞』二〇一六年四月一日付夕刊（原題「文人ら

に影響　仏文学の翻訳」）

時代遅れの衣裳　『ユリイカ』29（3）、青土社、一九九七年三月

＊収録にあたり、明らかな誤字や誤記は訂正し、固有名詞の表記は極力統一した。
また用字もできるだけ統一した。

著者紹介

山田登世子（やまだ・とよこ）

1946-2016年。福岡県田川市出身。フランス文学者。愛知淑徳大学名誉教授。

主な著書に、『モードの帝国』（ちくま学芸文庫）、『娼婦』（日本文芸社）、『声の銀河系』（河出書房新社）、『リゾート世紀末』（筑摩書房、台湾版『水的記憶之旅』）、『晶子とシャネル』（勁草書房）、『ブランドの条件』（岩波書店、韓国版『Made in ブランド』）、『贅沢の条件』（岩波書店）、『誰も知らない印象派』（左右社）、『「フランスかぶれ」の誕生』『モードの誘惑』『都市のエクスタシー』『メディア都市パリ』（藤原書店）など多数。

主な訳書に、バルザック『風俗研究』『従妹ベット』上下巻（藤原書店）、アラン・コルバン『においの歴史』『処女崇拝の系譜』（共訳、藤原書店）、ポール・モラン『シャネル——人生を語る』（中央公論新社）、モーパッサン『モーパッサン短編集』（ちくま文庫）、ロラン・バルト『ロラン・バルト　モード論集』（ちくま学芸文庫）ほか多数。

女《おんな》とフィクション

2019年3月10日　初版第1刷発行©

著　者　山田登世子
発行者　藤原良雄
発行所　株式会社　藤原書店

〒162-0041　東京都新宿区早稲田鶴巻町523
電　話　03（5272）0301
FAX　03（5272）0450
振　替　00160-4-17013
info@fujiwara-shoten.co.jp

印刷・製本　精文堂印刷

落丁本・乱丁本はお取替えいたします
定価はカバーに表示してあります

Printed in Japan
ISBN978-4-86578-213-4

7　金融小説名篇集

吉田典子・宮下志朗 訳＝解説
〈対談〉青木雄二×鹿島茂

ゴプセック――高利貸し観察記　*Gobseck*
ニュシンゲン銀行――偽装倒産物語　*La Maison Nucingen*
名うてのゴディサール――だまされたセールスマン　*L'Illustre Gaudissart*
骨董室――手形偽造物語　*Le Cabinet des antiques*

528 頁　**3200 円**（1999 年 11 月刊）◇978-4-89434-155-5

高利貸しのゴプセック、銀行家ニュシンゲン、凄腕のセールスマン、ゴディサール。いずれ劣らぬ個性をもった「人間喜劇」の名脇役が主役となる三篇と、青年貴族が手形偽造で捕まるまでに破滅する「骨董室」を収めた作品集。「いまの時代は、日本の経済がバルザック的になってきたといえますね。」（青木雄二氏評）

8・9　娼婦の栄光と悲惨――悪党ヴォートラン最後の変身（2分冊）

Splendeurs et misères des courtisanes

飯島耕一 訳＝解説
〈対談〉池内紀×山田登世子

⑧448 頁 ⑨448 頁　各 **3200 円**（2000 年 12 月刊）⑧◇978-4-89434-208-8 ⑨◇978-4-89434-209-5

『幻滅』で出会った闇の人物ヴォートランと美貌の詩人リュシアン。彼らに襲いかかる最後の運命は？「社会の管理化が進むなか、消えていくものと生き残る者とがふるいにかけられ、ヒーローのありえた時代が終わりつつあることが、ここにはっきり描かれている。」（池内紀氏評）

10　あら皮――欲望の哲学

La Peau de chagrin

小倉孝誠 訳＝解説
〈対談〉植島啓司×山田登世子

448 頁　**3200 円**（2000 年 3 月刊）◇978-4-89434-170-8

絶望し、自殺まで考えた青年が手にした「あら皮」。それは、寿命と引き換えに願いを叶える魔法の皮であった。その後の青年はいかに？「外側から見ると欲望まるだしの人間が、内側から見ると全然違っている。それがバルザックの秘密だと思う。」（植島啓司氏評）

11・12　従妹《いとこ》ベット――好色一代記（2分冊）

山田登世子 訳＝解説

La Cousine Bette

〈対談〉松浦寿輝×山田登世子

⑪352 頁 ⑫352 頁　各 **3200 円**（2001 年 7 月刊）⑪◇978-4-89434-241-5 ⑫◇978-4-89434-242-2

美しい妻に愛されながらも、義理の従妹ベットと素人娼婦ヴァレリーに操られ、快楽を追い求め徹底的に堕ちていく放蕩貴族ユロの物語。「滑稽なまでの激しい情念が崇高なものに転じるさまが描かれている。」（松浦寿輝氏評）

13　従兄《いとこ》ポンス――収集家の悲劇

Le Cousin Pons

柏木隆雄 訳＝解説
〈対談〉福田和也×鹿島茂

504 頁　**3200 円**（1999 年 9 月刊）◇978-4-89434-146-3

骨董収集に没頭する、成功に無欲な老音楽家ポンスと友人シュムッケ。心優しい二人の友情と、ポンスの収集品を狙う貪欲な輩の蠢く資本主義社会の諸相を描いた、バルザック最晩年の作品。「小説の異常な情報量。今だったら、それだけで長篇を書けるような話が十もある。」（福田和也氏評）

別巻1　バルザック「人間喜劇」ハンドブック

大矢タカヤス 編
奥田恭士・片桐祐・佐野栄一・菅原珠子・山﨑朱美子＝共同執筆

264 頁　**3000 円**（2000 年 5 月刊）◇978-4-89434-180-7

「登場人物辞典」、「家系図」、「作品内年表」、「服飾解説」からなる、バルザック愛読者待望の本邦初オリジナルハンドブック。

別巻2　バルザック「人間喜劇」全作品あらすじ

大矢タカヤス 編　奥田恭士・片桐祐・佐野栄一＝共同執筆

432 頁　**3800 円**（1999 年 5 月刊）◇978-4-89434-135-7

思想的にも方法的にも相矛盾するほどの多彩な傾向をもった百篇近くの作品群からなる、広大な「人間喜劇」の世界を鳥瞰する画期的試み。コンパクトでありながら、あたかも作品を読み進んでいるかのような臨場感を味わえる。当時のイラストをふんだんに収め、詳しい「バルザック年譜」も附す。

文豪、幻の名著

風俗研究

バルザック
山田登世子訳＝解説

文豪バルザックが、十九世紀パリの風俗を、皮肉と諷刺で鮮やかに描いた幻の名著。近代の富と毒を、バルザックの炯眼が鋭く捉える、都市風俗考現学の原点。「優雅な生活論」「歩き方の理論」「近代興奮剤考」ほか。

図版多数〔解説〕「近代の毒と富」
A5上製　二三二頁　**二八〇〇円**
（一九九二年三月刊）
◇978-4-938661-46-5

PATHOLOGIE DE LA VIE SOCIAL　BALZAC

写真誕生前の日常百景

タブロー・ド・パリ

画・マルレ／文・ソヴィニー
鹿島茂訳＝解題

パリの国立図書館に百五十年間眠っていた石版画を、十九世紀史の泰斗が発掘出版。人物・風景・建物ともに微細に描きだした、第一級資料。

厚手中性紙・布表紙・箔押・函入
B4上製　一八四頁　**一一六五〇円**
（一九九三年二月刊）
◇978-4-938661-65-6

TABLEAUX DE PARIS　Jean-Henri MARLET

全く新しいバルザック像

バルザックがおもしろい

鹿島茂・山田登世子

百篇にのぼるバルザックの「人間喜劇」から、高度に都市化し、資本主義化した今の日本でこそ理解できる十篇をセレクトした二人が、今日の日本が直面している問題を、既に一六〇年も前に語り尽していたバルザックの知られざる魅力をめぐって熱論。

四六並製　二四〇頁　**一五〇〇円**
（一九九九年四月刊）
◇978-4-89434-128-9

十九世紀小説が二十一世紀に甦る

バルザックを読む

Ⅰ対談篇　Ⅱ評論篇

鹿島茂・山田登世子編

青木雄二、池内紀、植島啓司、髙村薫、中沢新一、中野翠、福田和也、町田康、松浦寿輝、山口昌男といった気鋭の書き手が、バルザックから受けた"衝撃"とその現代性を語る対談篇。五十名の多彩な執筆陣が、多様で壮大なスケールをもつ「人間喜劇」の宇宙全体を余すところなく論じる評論篇。

各四六並製　Ⅰ三三六頁　**二四〇〇円**
Ⅱ二六四頁　**二〇〇〇円**
（二〇〇二年五月刊）
Ⅰ◇978-4-89434-286-6
Ⅱ◇978-4-89434-287-3

知られざるゾラの全貌

〈ゾラ・セレクション〉プレ企画

いま、なぜゾラか

〔ゾラ入門〕

宮下志朗・小倉孝誠編

金銭、セックス、レジャー、労働、大衆消費社会と都市……二十世紀を先取りする今日的な主題をめぐって濃密な物語を描き、しかも、その多くの作品が映画化されているエミール・ゾラ。自然主義文学者という型に押しこめられ誤解されていた作家の知られざる全体像が、いま初めて明かされる。

四六並製　三二八頁　**二八〇〇円**
（二〇〇二年一〇月刊）
◇978-4-89434-306-1

ゾラは新しい！

ゾラの可能性

〔表象・科学・身体〕

小倉孝誠・宮下志朗編

科学技術、資本主義、女性、身体、都市と大衆……二十世紀に軋轢を生じさせる様々な問題を、十九世紀に既に濃密な物語に仕立て上げていたゾラ。その真の魅力を、日仏第一線の執筆陣が描く。

アギュロン／コルバン／ノワレ／ペロー／ミットラン／朝比奈弘治／稲賀繁美／荻野アンナ／柏木隆雄／金森修／工藤庸子／高山宏／野崎歓

Ａ５上製　三四四頁　**三八〇〇円**
（二〇〇五年六月刊）
◇978-4-89434-456-3

〝欲望史観〟で読み解くゾラへの導きの書

欲望する機械

〔ゾラの「ルーゴン＝マッカール叢書」〕

寺田光徳

フランス第二帝政期、驀進する資本主義のもと自らの強い〝欲望〟に突き動かされる一族の物語を解読。フロイトに先立ち、より深く、人間存在の根底の〝欲望〟と歴史、社会の成立を描いてみせた文豪ゾラ像を抉る。

四六上製　四二四頁　**四六〇〇円**
（二〇一三年三月刊）
◇978-4-89434-905-6